"이걸로 우리도 저쪽 편 세계로 갈 수 있겠군요."
문을 올려다보며 그렇게 린제가 중얼거리자
박사는 미안하다는 듯이 시선을 피했다.

"이번에는 토야와 함께 저쪽 편 세계로 건너가려고 해도
조건이 한정되어 있어. 음, 지상에서의 중량으로 환산하면
토야 이외에 한 사람 48킬로그램 이하……
그래, 안전하게 생각해 45킬로그램까지는 문제없어."
박사의 무자비한 말을 듣고 몇 명인가가 따악 몸이 굳어 버렸다.
이봐…… 어쩔 거야, 이 분위기를?!

이세계는 스마트폰과 함께.13

축제가 열려 히로인들도
기분이 들썩들썩!

「주세요♪ 주세요♪
깔끔하게 파낼 테니
당신의 눈을 주세요♪
겸사겸사 하트도 주세요♪」

「당신의 하트도 주세요♪」
심장

그런 노래를 흥얼거리면서 몸에 튄 피로 흠뻑 젖은 소녀가 빙글빙글 돌았다.

그리고 홀에 있는 우리 쪽을 보고 미소를 지으며 계속 노래했다.

이세계는 스마트폰과 함께. ⑬

후유하라 파토라　illustration ■ 우사츠카 에이지

캐릭터 소개

모치즈키 토야

하느님의 실수로 이세계로 가게 된 고등학교 제1학년(등장 당시). 기본적으로는 너무 소란을 피우지 않고 흐름에 몸을 내맡기는 스타일. 무의식적으로 분위기 파악을 하지 못한 채, 은근히 심한 짓을 한다.
무한한 마력에 모든 속성 마법을 가지고 있으며, 무속성 마법을 마음대로 사용하는 등, 하느님 효과로 여러 방면에서 초월적. 브륀힐드 공국 국왕.

유미나 엘 네아 벨파스트

벨파스트의 왕녀. 열두 살(등장 당시). 오른쪽이 파란색, 왼쪽이 녹색인 오드아이. 사람의 본질을 꿰뚫어 보는 마안의 소유자. 바람, 흙, 어둠이라는 세 속성을 지녔다. 활이 특기. 토야에게 한눈에 반해, 무턱대고 강하게 다가갔다. 토야의 신부가 될 예정.

에르제 실레스카

토야가 구해 준 쌍둥이 자매의 언니. 양손에 건틀릿을 장비하고 주먹으로 싸우는 무투사. 직설적인 성격으로 소탈하다. 신체를 강화하는 무속성 마법 【부스트】를 사용할 줄 안다. 매운 것도 좋아한다. 토야의 신부가 될 예정.

린제 실레스카

쌍둥이 자매의 여동생. 불, 물, 빛이라는 세 속성을 지닌 마법사. 빛 속성은 별로 잘 사용하지 못한다.
굳이 따지자면 낯을 가리는 성격으로 말이 서툴지만 가끔 대담해진다. 단 음식을 좋아한다. 토야의 신부가 될 예정.

코코노에 야에

일본과 비슷한 먼 동쪽의 나라, 이센에서 온 무사 소녀. 존댓말을 사용하며 남들보다 훨씬 많이 먹는다. 진지한 성격이지만 어딘가 어긋나 있는 면도. 본가는 검술 도장으로 유파는 코코노에 진명류(眞鳴流)라고 한다. 겉만 봐서는 잘 알기 어렵지만 의외로 거유. 토야의 신부가 될 예정.

루시아 레아 레굴루스

애칭은 루. 레굴루스 제국의 제3 황녀. 유미나와 같은 나이. 제국 반란 사건 때에 자신을 도와준 토야에게 한눈에 반했다. 쌍검을 사용한다. 유미나와 사이가 좋다. 요리 재능이 있다. 토야의 신부가 될 예정.

스우시 엘 네아

애칭은 스우. 열 살(등장 당시). 자객에게 습격당하고 있을 때 토야가 구해 주었다. 벨파스트 왕국의 왕녀인 유미나의 사촌. 천진난만하고 호기심이 왕성하다. 토야의 신부가 될 예정.

힐데가르드 미나스 레스티아

애칭은 힐다. 레스티아 기사 왕국의 제1 왕녀. 검술에 능하며 '기사 공주'라고 불린다. 프레이즈에 습격당할 때 토야에게 도움을 받고 한눈에 반한다. 긴장한듯한 말을 더듬는 습관이 있다. 야에와 사이가 좋다. 토야의 신부가 될 예정.

린

전(前) 요정족 족장. 현재는 브륀힐드의 궁정마술사(장정). 어려 보이지만 매우 오랜 세월을 살았다. 자칭 612세. 마법의 천재. 사람을 놀리기를 좋아한다. 어둠 속성 마법 이외의 여섯 가지 속성을 지녔다. 토야의 신부가 될 예정.

사쿠라

토야가 이센에서 주운 소녀. 기억을 잃었었지만 되찾았다. 본명은 파르네제 포르네우스. 마왕국 제노아스의 마왕의 딸이다. 머리에 자유롭게 빼낼 수 있는 뿔이 나 있다. 감정을 겉으로 잘 드러내지 않지만, 노래를 잘하고 음악을 매우 좋아한다. 토야의 신부가 될 예정.

폴라

린이 【프로그램】으로 만들어 낸 곰 인형으로, 마치 살아 있는 것처럼 움직인다. 200년 동안 계속 움직이고 있으며, 그사이에도 개량을 거듭했다. 그 움직임은 상당한 연기파 배우 수준. 폴라…… 무서운 아이!

코하쿠

토야의 첫 번째 소환수. 백제라고 불리는 서쪽과 큰길의 수호자로, 짐승의 왕. 신수(神獸). 평소엔 새끼 호랑이 크기로 다니며 눈에 띄지 않게끔 한다.

산고&코쿠요

토야의 두 번째 소환수. 두 마리가 한 세트. 현제라고 불리는 신수. 비늘의 왕. 물을 조종할 수 있다. 산고가 거북이, 코쿠요가 뱀.

코쿠

토야의 세 번째 소환수. 염제라고 불리는 신수. 새의 왕. 침착한 성격이지만, 외모는 화려하다. 불꽃을 조종한다.

루리

토야의 네 번째 소환수. 창제라고 불리는 신수. 푸른 용으로, 용의 왕. 비꼬기를 잘하며, 코하쿠와는 사이가 나쁘다. 모든 용을 복종시킬 수 있다.

모치즈키카렌

정체는 연애의 신. 토야의 누나를 자처하는 중. 천계에서 도망친 종속을 포획해야 한다는 대의명분으로, 브륀힐드에 눌러앉아있다. 느긋한 말투. 꽤 으르다.

모치즈키모로하

정체는 검의 신. 토야의 두 번째 누나를 자처한다. 브륀힐드 기사단의 검술 고문에 취임. 늠름한 성격이지만 조금 천연스럽다. 검을 쥐면 대적할 상대가 없다.

프란세스카

바빌론의 유산 '정원'의 관리인. 애칭은 셰스카, 메이드복을 착용. 기체 넘버 23. 입만 열면 야한 농담을 한다.

하이로제타

바빌론의 유산, '공방'의 관리인. 애칭은 로제타. 작업복을 착용. 기체 넘버 27. 바빌론 개발 청부인.

벨플로라

바빌론의 유산 '연금동'의 관리인. 애칭은 플로라. 간호사복을 착용. 기체 넘버 21. 폭유 간호사.

프레드모니카

바빌론의 유산 '격납고'의 관리인. 애칭은 모니카. 위장복을 착용. 기체 넘버 28. 입이 거친 꼬마.

프리오라

바빌론의 유산 '성벽'의 관리인. 애칭은 리오라. 블레이저를 착용. 기체 넘버 20. 바빌론 넘버즈 중 가장 연상. 바빌론 박사의 밤 시중도 담당했다. 남성은 미경험.

파메라노엘

바빌론의 유산, '탑'의 관리인. 애칭은 노엘. 체육복을 착용. 기체 넘버 25. 계속 잔다. 먹고 자기만 한다. 기본적으로 게으르고 뭐든 귀찮아하는 성격.

이리스팜므

바빌론의 유산, '도서관'의 관리인. 애칭은 팜므. 세일러복을 착용. 기체 넘버 24. 활자 중독자. 독서를 방해하면 싫어한다.

리루루파르셰

바빌론의 유산, '창고'의 관리인. 애칭은 파르셰. 무녀 복장을 착용. 기체 넘버 26. 덜렁이. 게다가 자각이 없다. 깔빡하고 저지르는 실수가 잦다. 잘 넘어진다.

아틀란티카

바빌론의 유산, '연구소'의 관리인. 애칭은 티카, 흰옷을 착용. 기체 넘버 22. 바빌론 박사 및 넘버즈의 유지보수를 담당하고 있다. 극심한 어린 여자아이 취향.

레지나바빌론박사

고대의 천재 박사이자 변태. 공중 섬 '바빌론'을 비롯한 다양한 아티팩트를 만들어 냈다. 모든 속성을 지녔다. 기체 넘버 29번의 몸에 뇌를 이식하여 5000년의 세월을 넘어 부활했다.

이세계는 스마트폰과 함께.
세 계 지 도

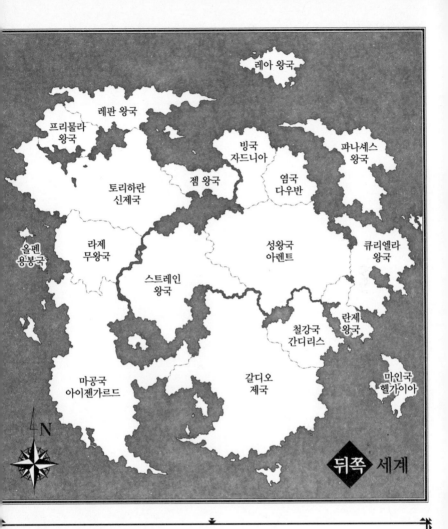

레아 왕국

레판 왕국

프리물라
왕국

빙국
자드니아

파나셰스
왕국

젬 왕국

염국
다우반

토리하란
신제국

올펜
용봉국

라제
무왕국

성왕국
아렌트

큐리엘라
왕국

스트레인
왕국

란제
왕국

철강국
간디리스

마공국
아이젠가르드

갈디오
제국

마인국
헬가이아

N

뒤쪽 세계

지금까지의 줄거리

하느님이 특별히 마련해 준 스마트폰을 들고 이세계에 오게 된 소년, 모치즈키 토야. 수많은
만남을 거쳐 소국 브륀힐드의 왕이 된 토야는 세계의 왕들과 힘을 합쳐 이세계의 침략자
프레이즈에 맞선다. 나라라는 울타리를 넘어 세계를 돌아다니던 토야는 어느 나라에서 고렘이라고
불리는 기계 장치 인형이 존재하는 다른 세계로 들어가게 된다. 거울을 보는 것처럼 좌우로 역전된
세계지도. 토야의 앞에 새로운 이세계의 문이 열렸다…….

표지 · 본문 일러스트
우사츠카 에이지

테이블을 가득 채운 수많은 간식거리.

케이크, 푸딩, 카스텔라, *안미츠, 타르트, 아이스크림, 셔벗, 파이, 스콘, 젤리, 요구르트……. 달콤한 향기가 신축한 가게 안에 가득 퍼졌다.

"이것도 저것도, 전부 맛있어요! 역시 아에루 씨, 훌륭해요!"

"감사합니다."

루의 칭찬을 듣고 아에루 씨가 작게 고개를 숙였다. 테이블 앞에서는 다들 좋아하는 달콤한 음식을 먹으며 행복한 웃음을 지었다.

나도 케이크를 먹었지만, 달콤한 음식을 그렇게 좋아하지 않았기 때문에 역시 세 개 이상은 먹을 수 없었다. 그런 나를 제쳐놓고 모두는 잇달아 테이블의 간식거리를 먹었다. 여자아이들은 왜 이렇게 달콤한 음식을 많이 먹을 수 있는 건지…….

그건 그렇고 한 명, 한 명 각자 좋아하는 취향이 다 다르구

---

*안미츠(あんみつ): 팥과 흑설탕을 재료로 만든 간식거리.

나. 유미나는 파르페, 에르제는 카스텔라, 린제는 아이스크림, 야에는 안미츠, 스우는 케이크, 루는 푸딩, 힐나는 슈크림, 린은 초콜릿, 사쿠라는 타르트 계열을 중점적으로 먹고 있는 듯했다. ……이건 내 생각이고, 그 외에도 이것저것 손을 대는 것 같지만.

아에루 씨가 경영하는 카페 '파렌트'가 이번에 브륀힐드에 지점을 내게 되었다. 본점인 리플렛 쪽은 결혼한 여동생 부부에게 맡기고, 이쪽에 2호점을 열기로 한 것이다. 오늘은 그 메뉴의 시식회였다.

원래 아에루 씨가 모두 낸다고 했는데, 나도 반을 내기로 했다. 어쩔 수 없는 것이, 우리에게는 야에가 있으니까…….

메뉴 대부분은 내가 검색해서 가르쳐 준 것이지만, 이렇게까지 재현한 아에루 씨의 실력은 정말 대단하다고 생각한다. 사용하는 음식 재료가 여러모로 다르므로 완벽하게 지구의 음식과 같다고는 할 수 없지만, 맛있다는 것은 변함이 없었다.

단, 나는 그다지 달콤한 음식을 많이 먹지 않아서 원래의 맛 자체가 어떤지 잘 모르지만.

달콤해진 혀를 씁쓸한 차로 달랬다. 하아…… 차도 맛있네.

"전체적으로 먹어 봤는데, 문제 있는 음식은 없어 보여요……."

"너무 많이 먹을 것 같아서 문제야."

유미나의 말을 듣고 에르제가 웃으면서 끼어들었다. 너희,

내일 몸무게를 재 보면 아마 웃을 수 없게 될걸……? 그렇게 생각하면서도 굳이 말을 하지 않는 것이 평화를 유지하는 비결이다.

확실히 나도 아에루 씨가 고민하는 문제점을 발견하지 못했다. 에르제의 말대로 너무 맛있어서 곤란하다, 같은 고민은 아닐 테고.

"……아하. 혹시, 밖에서 못 먹는 문제가 있습니까?"

"네? 이 가게에는 테라스석이 있는데요……."

야에의 말을 듣고 옆자리에 있던 힐다가 의아하다는 표정을 지으며 대답했다.

브륀힐데에서도 사람들이 왕래가 잦은 일각에 세워진 이 파렌트 2호점은 옆쪽 정원에 접한 테라스석이 몇 개인가 있었다. 날씨가 좋은 날에는 틀림없이 상쾌하리라 생각한다. 야에가 말한 '밖에서 못 먹는다' 라는 말은 무슨 뜻이지?

"앗, 그런 말이 아니라……. 이렇게, 손에 들고 먹으며 걸을 수 없다는 말이었습니다."

야에가 크레이프를 쥐는 듯한 손 모양을 만들자, 모두가 일제히 "아하." 하고 이해했다. 그런 거였구나.

"맞아요. 이번에 축제가 열리잖아요. 저희도 개점 선전을 겸해 출점할 생각인데, 아무래도 걸으면서 가볍게 먹을 수 있는 메뉴가 별로 없어서……."

"어? 전에 와플콘 레시피를 드리지 않았나요?"

와플 반죽으로 콘을 만들어 손에 들고 다니며 먹을 수 있게 만든 아이스크림은 리플렛 마을에서 여자아이들의 사랑을 한 몸에 받으며 날개 돋친 듯 팔리는 중이다. 당연히 브륀힐드에서도 판매할 거라고 생각했는데……

"네. 그건 저희의 주력 상품이에요. 하지만 추가로 다른 것도 더 판매할 수 없을까 해서요……"

"자, 토야, 네 차례야. 조사해 봐, 어서."

"저기 말이야……"

에르제가 독촉하기 시작했다. 이세계 출신이라는 사실을 알게 된 뒤로 사양할 줄을 모르게 됐단 말이야. 물론 조사는 해 볼 거지만요.

들고 다니며 먹는…… 간식거리. 원 핸드 간식거리. 와아. 셀카를 찍기 쉬워 젊은 여성을 중심으로 인기가 확대되고 있구나. 저쪽은 인기 확산이 정말 빨라……

"이거랑 이거, 그리고 이거……. 그다음엔 이것 정도인가."

사진 검색에 걸린 것 중 몇 개를 골라 공중에 투영시켰다.

"굉장해……! 이렇게 많다니……! 이게 전부 토야 씨가 태어난 고향의 과자인가요?"

"어~. 전부는 아니지만요. 제 고향이라고 해야 하나? 여러 곳에 있는 과자네요. 레시피까지는 모르지만요."

아에루 씨의 질문을 듣고 애매하게 대답했다. 다행히 풍경 등은 찍혀 있지 않아 이쪽 세계의 과자라고 생각한 모양이었다.

당연하지만 다른 세계의 과자라고는 꿈에도 생각 못 하겠지.

떠올라 있는 간식거리를 아에루 씨가 뚫어져라 바라보았다. 루를 비롯한 다른 사람들도 모두 흥미진진한 모양이었다.

"크레이프 계열이 많네요."

"이거, 와플에 막대기가 달려, 있네요?"

"그 가느다란 것은 롤케이크인가? 하나가 통째로 있다는 참으로 호화롭구먼!"

"길쭉한 애플파이……! 틀림없이 맛있을 거야. 단언할 수 있어."

"아하, 여러 가지로 많은 연구가 되어 있는 모양이네요."

나는 어떻게 만드는지 전혀 몰랐지만, 아에루 씨나 루는 보기만 했을 뿐인데도 어떻게 만들면 될지 대략 짐작이 가는 듯했다.

"왜 구운 과자가 물고기 모양인 거지……?"

린 씨, 그건 붕어빵이라고 해서 말이죠……. 붕어빵이 원 핸드 간식거리였구나……. 확실히 한 손으로 들 수는 있지만.

린이 붕어빵의 내용물을 궁금해해서 설명해 주었다. 그 정도라면 나도 먹어 본 적이 있으니까.

"아하, 안에는 팥이 들어가 있구나."

"맛있어 보입니다……."

야에가 붕어빵을 바라보면서 중얼거렸다. 하지만 그러는 사이에도 앞에 있는 케이크 먹기를 멈추지 않았다. 맛있긴 맛있지. 상당한 포만감이 들긴 하지만.

"여기에는 안에 다른 것을 넣어도, 될까요?"

"괜찮지 않을까? 크림이라든가 초콜릿 같은 게 들어간 걸 본 적도 있으니까."

"그것참 맛있겠구먼."

붕어빵에는 다양한 배리에이션이 있었던 것으로 기억한다. 별난 것을 따져 보면 치즈나 베이컨, 카레를 넣은 것도 있는 모양이다.

"이 물고기 형태는 금형(金型)으로 만드나요?"

"그러네요. 굳이 물고기 형태가 아니라도 괜찮을 거예요. 분 명히 원래는 음……. 아, 이거예요, 이거. 이렇게 동그란 것이 었던 듯하니까요."

아에루 씨에게 검색한*이마가와야키를 투영해서 보여 주었 다. 나는 이쪽이 더 심플해서 좋지만 말이지.

"뭐하면 금형을 만들어 드릴게요. 그다지 복잡하지 않으니 까요."

"좋았어! 팥소도 있으니 지금 바로 먹을 수 있다는 말이지?!"

"오오! 기대되는구먼!"

에르제 일행의 기분이 더욱 들떴다. 어? 바로 먹겠다고?!

모두의 기대에 찬 반짝이는 눈빛을 거역할 수 없어 나는 【스 토리지】에서 철 잉곳을 꺼낸 뒤, 검색한 사진을 보고 붕어빵

---

*이마가와야키(今川焼き): 밀가루 반죽에 팥소를 넣고 금속제 금형에서 구운 화과자.

금형을 만들기 시작했다.

이곳, 파렌트 2호점에는 마법 왕국 펠젠에서 만든 마도화로(魔導火爐)가 설치되어 있다. 간단히 말히면 불 마법이 부여된 마석으로 화력을 올리고 내릴 수 있는 가스레인지 같은 것이다. 가격이 꽤 비싸지만 아에루 씨는 리플렛에 있는 1호점에서 번 돈으로 큰마음 먹고 사들인 모양이었다.

물론 판매한 곳은 오르바 씨의 스트랜드 상회였다. 여전히 빈틈이 없구나…….

나는 그 마도화로에 맞춰 한꺼번에 다섯 개씩 만들 수 있도록 양산형 금형을 만들었다. 여성이 사용하기에는 역시 무거웠기 때문에 【그라비티】로 경량화를 했지만.

완성된 금형을 가지고 아에루 씨가 바쁘게 주방으로 사라져 갔다. 흥미가 있는지 루도 그 뒤를 따라갔다. 이것 참.

"즐거운 축제가 될 것 같네요."

그렇게 말하며 미소 짓는 유미나. 갑작스러운 이벤트였지만, 마을 사람들 모두도 즐겁게 이런저런 준비를 하는 중이었다. 파르프의 소년왕에게 자신감을 심어 주기 위해서 아무렇게나 꺼낸 말이었는데, 지금은 말을 꺼내길 잘했다고 생각한다.

"소인은 무술 대회가 기대됩니다. 오라버니가 활약하는 모습을 볼 수 있었으면 하는 마음입니다만."

"저도 오랜만에 오라버니의 검술을 볼 수 있어 기대돼요."

일단 두 사람은 대회장의 경비를 맡았지만, 몇 시합 정도를 보는 것이라면 시간을 낼 수 있으리라 생각한다. 경비가 딱 두 사람만 있는 건 아니니까.

그런데 즉흥적인 생각 탓에 기사단 사람들을 고생시키게 됐는걸? 어떻게든 노고를 위로해 주고 싶은데……. 역시 이럴 때는 임시 보너스를 주는 게 좋은가?

그렇지만 이제 막 증원을 했는데 모두에게 보너스를 주려고 하면 역시 힘들다. 기사단에 들어가는 돈은 내 포켓머니이기 때문에 꽤 빠듯하다. 코사카 씨가 나라의 재정으로 원조금을 주기도 하긴 하지만.

현재 제작 중인 신형기나 프레이즈와의 싸움으로 파손된 기체의 수리 비용(다른 나라에 빌려주었을 경우에는 수리 비용을 받고 있지만) 등에 더해, 요즘에는 마력 탱크나 차원 전이문 등도 만들고 있는데…… 그쪽을 소홀히 할 수도 없고 말이다.

얼마 전의 거수화 트렌트를 적정 가격에 팔 수 있다면 좋을 텐데……. 가지고 있는 드래곤 소재는 가격이 하락하니 너무 많이 시장에 내놓을 수 없고, 마석을 발굴하려고 해도 브륀힐드에는 이제 값나가는 것이 없다.

찾아와 주는 모험자들을 제쳐놓고 던전섬의 보물을 노릴 수도 없는 노릇이다. 우리 나라의 소중한 수입원이니까.

해수욕장의 돈도 내 것이 아니라 나랏돈이니……. 또 미스릴 골렘 같은 것으로 벌고 싶지만, 다른 나라에 너무 많이 사냥을 나가는 것도 좋지 않다. 그것들도 다른 모험자들의 생계

수단이니까. 지명 의뢰라면 몰라도 옆에서 낚아채는 것은 매너상으로도 좀 그렇다는 생각이 든다.

금색 랭크 모험자가 아니면 대처할 수 없는 녀석이라면 사양하지 않고 사냥할 수 있을 텐데. 오레이칼코스 골렘 같은 게 거수화되지 않으려나……? 아니아니, 어딘가에 피해가 발생할지도 모르잖아. 그런 것을 바라서는 안 돼.

금색 랭크가 되니 이것저것 신경을 써야 하는 것이 많네……. 같은 금색 랭크인 힐다의 할아버지…… 갸렌 씨가 거의 의뢰를 받지 않는 것도 그런 것이 이유인 모양이었다.

어떻게든 돈 이외의 다른 것으로 모든 사람이 기뻐할 방법이 있었으면 좋겠는데…….

"다 됐어요!"

아에루 씨와 루가 접시에 붕어빵을 가득 담아서 가지고 나왔다. 형태는 조금 반죽이 삐져나와 있었고, 탄 곳도 몇 군데인가 있었지만, 그래도 맛있어 보였다.

"이쪽이 팥소고 이쪽이 카스타드예요. 몇 개인가는 타버렸지만요."

"아니요. 조금 타도 바삭해서 맛있어요. 저는 그걸 먹을게요."

나는 조금 탄 붕어빵을 집어 들었다. 아아앗, 뜨거워.

아암 하고 베어 물자, 바삭한 식감과 함께 안에서 뜨거운 카스타드 크림이 밖으로 흘러나왔다. 맛있어. 이건 잘 팔릴 거야. 가볍게 먹을 수 있고 겉보기에도 좋으니까.

케이크를 먹어 배가 부른데도, 신기하게 일단 먹기 시작하면 또 먹을 수가 있단 말이지.

"맛있어. 이건 중독될 것 같아. 여러 가지 맛을 맛보고 싶어. 윽······?!

"사, 사쿠라?! 자, 여기, 차!"

급히 먹던 사쿠라가 붕어빵을 먹다가 목이 메자, 린제가 자신의 차를 내밀었다. 양손에 들고 먹어서 그렇잖아······. 팥소와 카스타드, 양쪽을 다 먹고 싶었던 건가?

"확실히 안의 내용물을 바꾸면 다양한 종류를 판매할 수 있을 것 같아요. 반죽과의 궁합도 고려해야겠지만요."

"조금 더 깔끔하게 구울 수 있도록 연습할 필요가 있어요. 내용물이 한쪽으로 쏠린 것도 있거든요."

루와 아에루 씨는 벌써 개량할 점에 관해 대화를 나누고 있었다. 루는 대체 언제부터 이 가게의 종업원이 된 거지?

"미안~. 늦었어~! ······?! 내 몫도 아직 있는 거지?!"

가게 입구로 뛰어 들어온 여성이 문을 열자마자 우리를······ 정확하게는 우리 앞에 있는 테이블을 보고 말했다.

아에루 씨와 마찬가지로 리플렛에서 이주해온 사람인 숙소 '은월'의 미카 누나였다.

"괜찮아. 아직 많이 있으니까. 지금 준비할게."

아에루 씨가 미소를 지으며 주방으로 돌아가려고 하는데,

미카 누나의 뒤에서 우르르 가게 안으로 들어오는 사람들이 있었다. 응?

"우와, 맛있어 보이는 게 잔뜩 있어! 누나 레이더 컨디션 최고야!"

"이거이거. 카렌 언니를 따라오길 잘했는걸?"

"누가 아니래. 이번만큼은 도움이 됐어."

"킁킁. 이 냄새는, 술을 사용한 과자도 있구나. 이야후~!"

켁. 카렌 누나, 모로하 누나, 카리나 누나, 게다가 스이카까지……. 지상에 머물고 있는 여신들이 한곳에 모였다.

그리고 모두 당연하다는 듯이 우리의 옆자리에 앉았다. 이 가게는 아직 오픈 전이라 간판도 달지 않았는데, 어떻게 우리가 이곳에 있다는 걸 안 거지……? 아, 아니. 신들에게 의문을 가져 봐야 바보처럼 보일 뿐이야. 기본적으로 이 사람들에게는 무슨 일이 있어도 이상하지 않으니까.

"루~! 일단 그 물고기 과자부터 줘! 그리고 홍차도 부탁해! 돈은 토야한테 청구하고!"

"앗, 네! 바로 가져올게요!"

저기요~?! 루가 은 쟁반을 들고 주방으로 돌아갔다. 그러니까, 루는 종업원이 아니잖아?!

물론 미래의 형님, 즉, 시누이의 말에 무심코 따르게 되는 것은 어쩔 수 없는…… 일인가?

그런 것보다, 돈을 나한테 청구하라니 무슨 말이야?! 돈 없어요!

카렌 누나의 손이 테이블에 놓여 있던 메뉴를 향해 옮겨 갔다.

"아, 이게 메뉴구나. 우호~. 이것도 저것도, 전부 맛있어 보이는 이름이야."

"잠깐, 기다려요! 붕어빵 말고 그쪽도 주문하게요?!"

"쩨쩨하게 그러지 마. 그 대신 좋은 걸 가르쳐 줄 테니까."

"좋은 것?"

카렌 누나의 발언에 무심코 한쪽 눈썹을 올리고 말았다. 수상해. 카렌 누나의 '좋은 것' 이란 곧 분쟁의 씨앗일 게 뻔하잖아.

내가 수상하게 여기는데, 모로하 누나가 키득하고 웃더니 말을 이어서 했다.

"던전섬 쪽에 '카방클' 이 나왔다는 모양이야. 카리나가 봤대. 그렇지?"

"응. 던전 안이 아니라 지상에. 꽤 멀었지만 확실히 봤어. 그건 꽤 벌이가 될 거야."

벌이가 된다고? 카방클이 뭐였더라? 내가 모두에게 묻자, 물고 있던 붕어빵을 꿀꺽꿀꺽 삼킨 린제가 가르쳐 주었다.

" '카방클' 은 이마에 마석이 깃든 마수의 총칭, 이에요. 그 마석은 매우 순도가 높아 고액으로 거래되고 있어요. 최고급 마법 지팡이에 붙은 마석 등은 거의 대부분 카방클의 마석, 이에요."

아~. 그러고 보니 길드의 도서관에서 본 기억이 있어. 내가 본 책의 일러스트는 다람쥐 같은 마수의 이마에 불 마석이 붙어 있었던가?

확실히 비싸게 팔릴지도 모르지만 그렇게 작은 마석이어서는……. 그래도 누나들이 먹고 싶어 하는 붕어빵 값 정도는 충분히 낼 수 있겠지만.

"음, 근데 아무리 카방클이라도 히드라 카방클은 드물 거라 생각한다냥~. 머리에 전부 마석이 있다는 모양이니, 꽤 돈이 되지 않을까?"

"응?! 히드라?!"

이어진 그 말을 듣고 무심코 나는 스이카를 돌아보고 말았다. 히드라면 그건가, *야마타노오로치라든가 그런 종류의 커다랗고 머리가 여러 개 달린 뱀 마물인가. 그것들 머리에 전부 마석이 붙어 있다고?

"꽤 큰 히드라여서 마석도 컸지. 제압만 하면 상당한 돈이 될 거야."

"브륀힐드의 영토니까, 토야가 쓰러뜨려도 아무런 문제도 없잖아? 아니지, 던전섬의 위험을 줄이는 것은 국왕의 의무가 아닐까?"

"근데~. 빨리 안 가면 다른 모험자들이 쓰러뜨릴지도 몰라."

"……잠깐 나갔다 올게요."

그렇게 짭짤한 이야기를 놓칠 수는 없지. 마침 딱 좋은 타이

---

*야마타노오로치(八岐の大蛇): 일본 신화에 나오는 머리가 여덟 개, 꼬리가 여덟 개인 뱀.

밍에 호박이 넝쿨째 굴러 들어온 것이나 마찬가지였다. 잽싸게 받아오자.

"잘 다녀와~. 아, 아에루. 난 이 딸기 레드와인 타르트랑 럼 레진 샌드위치!"

"나는 이 푸르트 셔벗을 먹고 싶어!"

"나는 이 *신겐모치라는 걸 먹어 볼게."

"그럼 나는 이 오페라라고 하는 케이크!"

등 뒤로 여신들의 주문을 들으면서 나는 던전섬으로 【게이트】를 열었다. 부탁이니까 제발 적당히 좀 해 주었으면 한다. 야에 정도는 아니지만, 저 사람들도 꽤 많이 먹는단 말이지…….

이것 참. 철저하게 돈을 벌어야겠어……. 기다려라, 카방클 히드라!

"하아~. 힘들다, 힘들어……."

간신히 히드라를 쓰러뜨리는 데는 성공했다. 뭐야 그 뱀은. 재생 능력을 가지고 있다니, 그런 말은 들은 적 없거든……?

목을 날려 버려도 쥬로롱~ 하고 또 똑같은 목이 다시 생겨나다니. 게다가 머리 아홉 개가 전부 다 다른 속성의 브레스를 내뿜기도 하고…….

---

*신겐모치(信玄餠): 물과 한천을 이용해 커다란 물방울처럼 만든 떡으로, 물방울 떡이라고도 불린다.

아홉 개를 동시에 베어내서 쓰러뜨리긴 했지만. 잘 생각해보니 마석이 달린 카방클의 머리는 맨 처음에 있었던 아홉 개뿐이었으니, 아홉 개를 다 자른 다음 그걸 회수해서 도망치면 충분했던 것 아닐까?

아니, 던전섬을 위해서는 역시 토벌해 두었어야 했어. 히드라의 피는 맹독이니까……. 너무 위험해.

아무튼, 그 덕분에 축구공만 한 마석을 아홉 개나 손에 넣는 데 성공했다. 그리고 곧장 길드에서 환금해 거금을 손에 쥐었다. 이거면 기사단 모두에게도 보너스를 지급할 수 있을 것 같다.

기쁜 마음으로 길드를 나와 파렌트로 돌아갔다. 성 아랫마을은 다가오는 축젯날을 위해 다양한 준비를 진행하고 있었다. 여기저기서 노점을 짓거나, 가게를 꾸미거나 했다.

축제는 준비를 포함해 축제란 말이지. 평소와는 다른 분위기라고 해야 할지, 떠들썩한 느낌이 참 좋다.

분주한 거리를 지나, 아직 간판도 내놓지 않은 파렌트의 문을 여니 띠리링 하고 문의 벨이 작게 울렸다.

"……우와아."

테이블 위에는 수많은 접시와 컵, 글라스 같은 식기 종류가 산더미처럼 쌓여 있었다. 이걸 다 먹은 거야……?

약혼자들의 테이블에서 이제 음식을 먹는 사람은 야에뿐으로, 나머지는 힘이 빠졌다는 듯이 차를 마시는 중이었다.

카렌 누나 쪽 테이블을 보니, 아직도 수다를 떨면서 무언가를 먹고 있었다. 아무리 그래도 너무 많이 먹잖아…….

"아, 토야 오빠, 어서 와~. 어때, 돈이 좀 됐어?"

"되긴 했지만…… 몇십 퍼센트는 곧장 사라질 것 같아…….'

스이카가 경단을 오물오물 먹으면서 손을 들었다. 신은 분명히 먹지 않아도 괜찮았을 텐데. 반대로 말하면 포만감도 제한이 없는 건가? 한 사람당 먹은 양을 따져도 야에보다 많은 것 같은데.

성에서 식사할 때는 평범한 양만 먹는 주제에……. 간식거리를 먹을 때는 제동장치가 제거되나?

"나오는 간식거리들이 전부 처음으로 먹어 보는 거였으니까. 그만 넋을 잃고 먹어 버렸어."

"맛을 보지 않으면 맛있는지 맛없는지 모르잖아. 전부 맛있긴 했지만."

전부라니, 메뉴를 전부 다 먹어 봤다는 건가?! 뭐에 도전한거야?! 전부 다 먹는다고 공짜가 되진 않거든요?!

"저어……. 토야 씨, 죄송하지만…….'

"앗, 네! 누나들이 먹은 요금은 전부 추가로 낼게요……!"

머뭇거리며 말을 걸어오는 아에루 씨. 시식회에 드는 비용의 절반을 부담하겠다고 약속했지만, 역시 카렌 누나들이 난입한 만큼은 전액 낼 생각이다. 미카 누나는 아에루 씨의 초대객이니 무료이겠지만.

"아니요, 그것도 있지만, 재료가 조금 부족할 것 같아서…….

축제 때까지 과일이나 설탕 등을 보충하기가 어려워졌어요. 그래서…….”

“아………. 네, 사 오겠습니다…….”

축제용으로 준비했던 분량까지 누나들의 위장으로 들어가 버린 건가. 그거야 종류별로 다 먹으면 그렇게 될 수밖에…….

축제 준비로 인해 브륀힐드의 가게들은 너나 할 것 없이 음식 재료 등이 쉽게 부족해졌다. 이때가 대목이라는 듯이 상인들이 잇달아 상품을 가져와 판매하고는 있지만, 아직 온 지 얼마 되지 않은 아에루 씨와 안면을 튼 상인 등은 없을 테니까.

하지만 내가 【게이트】를 사용하면 다른 나라의 도시로 곧장 물건을 구매하러 갈 수 있다. 【스토리지】에 수납하면 분량도 제한이 없고 말이다.

돌아오자마자 또 다른 곳으로 가야 하는 건가……. 하아.

“어쩔 수 없지. 가 보자…….”

“아, 토야 님! 저도 따라가겠어요!”

【게이트】를 열려고 하자, 루가 앞치마를 풀면서 말을 걸었다. 오, 그거 좋지. 나는 음식 재료가 좋은지 나쁜지 잘 모르니까.

서둘러 즐거운 모습으로 아에루 씨에게서 메모를 건네받는 루를 스우와 사쿠라가 뚜우웅, 하는 표정으로 노려보았다.

“으으음. 루에게 당해 버렸구먼.”

“나도 임금님을 따라가고 싶지만, 역시 배가 너무 불러서 힘들어…….”

사쿠라가 의자에 몸을 기댄 채 배를 문질렀다. 그렇게 될 때까지 먹을 필요는 없잖아. 야에에 이끌려서 먹은 건가?

야에조차도 역시 너무 많이 먹은 건지 차를 마시면서, 호오…… 하고 숨을 내쉬며 차분하게 앉아 있었다.

루는 아에루 씨를 도우며 이리저리 움직인 탓에 별로 먹지 못했구나.

나중에 '연금동'의 플로라에게 위장약을 받아 올까…….

"오래 기다리셨죠? 토야 님. 자, 어서 가요!"

"네네. 그럼 잠깐 다녀올게."

"잘 다녀와."

린의 말에 맞춰 린의 발치에 있던 폴라가 손을 들었다. 모두 다 손을 흔들며 배웅해 주었다.

루가 같이 가 주니 역시 레굴루스로 가는 게 좋을까? 앗, 겸사겸사 커피콩도 사 오자.

나는 레굴루스 제국의 제도, 갈라리아로 가는 【게이트】를 열었다.

그 후로도 축제 준비는 착착 진행되었다.

처음에는 이틀 동안 열 예정이었지만, 기간이 나흘간으로 연장되었다. 왜냐하면 모두 동시에 개최하는 것이 아니라, 다른 대회도 여유 있게 보고 싶다는 요망이 있었기 때문이었다.

첫째 날에는 예선, 둘째 날에는 결승전을 하게 되는데, 쇼기 대회와 무술 대회의 결승전을 다른 장소에서 동시에 같은 시간에 여는 것은 여러 의미에서 아까운 일이었다.

그래서 일정을.

■ 첫째 날
개회식
야구 대회(1회전)

■ 둘째 날
야구 대회(결승까지)
쇼기 대회(예선)

■ 셋째 날
쇼기 대회(본선)
무술 대회(예선)

■ 넷째 날
무술 대회(결승까지)

폐회식

이렇게 짰다.

물론 각 대회 참가자는 승리해서 남으면 다른 대회를 보기 어려워지지만.

게다가 몇몇 나라가 추가로 참가하게 되었다.

처음에는 동서 동맹의 참가국만 초대할 생각이었지만, 이번 축제의 발단이 된 파르프 왕국은 아직 동맹국이 아니다. 그렇기에 다른 나라를 무시하는 것도 이상한 일이라는 이야기가 나와서, 일단 얼굴을 마주한 적이 있는 나라의 국왕에게는 초대장을 보냈다.

즉, 하노크, 펠젠, 라일, 제노아스, 엘프라우에 보냈다.

이셴은 나라님, 즉 국왕을 만나 본 적이 없어 일단 토쿠가와 이에야스 씨에게만 초대장을 보내 두었다. 사실상 이에야스 씨가 통치하고 있기도 하고 말이다.

솔직히 말하면 '초대를 안 했다가 나중에 성가셔질지도 모르잖아. 어차피 안 올 테니 보내 놓자'라는 마음으로 보낸 것인데…… 모든 나라가 초대에 응하는 엄청난 일이 벌어지고 말았다.

"초대를 받아들이지 않으면 폐하의 기분을 상하게 해, 프레임 기어로 공격을 받을지도 모른다고 생각한 것이 아닐까요?"

이 말은 우리의 부단장, 니콜라 씨가 한 말. 그런 짓은 안 하거든요?!

당연하게 그 각국에서도 기사나 무도가 등이 무술 대회에 참가한다. 물론 각각의 국왕이 추천한 사람들이지만, 펠젠은 아예 국왕이 직접 참가하려는 모양이었다.

그러고 보니 그 사람, 무기 컬렉터였지⋯⋯. 뇌가 근육인 사람이니. 펠젠은 마법 왕국이라 불리고 있는데. 그래도 되는 건가.

그건 그렇고, 정말 엄청난 사태가 되어 버렸어⋯⋯. 전 세계의 VIP가 다 모이는 거잖아.

경비 문제는 별로 걱정하지 않지만, 개인끼리의 다툼은 어쩔 도리가 없으니.

예를 들어 미스미드 수왕과 펠젠 국왕이 무술 대회에서 맞부딪치게 됐을 경우. 패배한 쪽이 승리한 쪽에 원한을 품는 일도 없다고는 할 수 없다. 본인 또는 신하를 불문하고.

물론 그 두 사람이라면 그렇게 될 가능성이 거의 없을 거라 생각하지만.

신분을 숨기고 참가하는 거니, 패배했다고 명예에 상처를 입는 일도 없을 테고. 반대로 우승해도 명예를 얻는 것은 아니지만, 그건 다 알고 참가하는 것이다.

우승한 사람과 모로하 누나가 맞붙어 보는 것도 재미있을지도 모르겠어. 아니, 기쁨에 찬물을 끼얹을 필요는 없나?

가능한 한 문제 없이 진행하고 싶어⋯⋯.

"마왕이 와……?"

"아니, 그렇게 싫다는 표정을 지을 필요는 없잖아."

식후의 디저트를 먹으면서 모두에게 축제 일정과 참가국을 알려 주자, 사쿠라가 불쾌한 표정을 지었다. 이걸 마왕 폐하가 알면 울걸……? 여전히 아버지와의 관계는 일방통행인 듯했다.

"엄마한테 피난해 두라고 말해 둬야겠어……."

"아니아니아니, 역시 그렇게까지 하면 불쌍하잖아. 만나게 해 드려."

"우우……."

사쿠라가 삐친 듯이 홍차를 홀짝였다. 그래, 그 마왕 폐하는 성가시긴 하지. 나도 괜히 얽히지 않도록 조심해야겠어. 전의 그 사건으로 팔불출(딸 한정)이 되어 버렸으니까.

"저는 오라버니가 오는 건 상관없지만, 할아버지까지 오셔서 걱정돼요……."

한숨을 쉰 사람은 힐다였다. 아, 그 할아버지도 오는구나. 나랑 같은 금색 랭크인 전 모험자.

음, 그 에로 대장은 그라비아 사진집이라도 보여 주면 얌전해지지 않을까? 어떤 의미에서는 자식을 사랑하는 팔불출보다 다루기 쉽다.

"소인도 오라버니가 이에야스 님을 수행하며 오게 됩니다. 오랜만이라 아주 기대가 됩니다."

반대로 야에는 생글거렸다. 야에의 오빠인 주타로 씨는 이에야스 씨의 보디가드가 아니라, 무술 대회에 출전하기 위해서 온다. 그 외에도 이셴에서는 몇 명인가 참가자가 있는 듯했다.

"예상외로 규모가 큰 축제가 되어 버렸어."

"괜찮지 않아? 즐거우면 그만이니. 아, 우리도 숙모랑 엠마 언니들이 온대."

"삼촌은?"

에르제의 말을 듣고 그 과할 정도로 귀족 등에게 겁을 먹는 삼촌을 떠올렸다.

"삼촌은 안 오세, 요. 성 같은 곳에 조대되어 가면 영혼이 빠져 돌아가지 못하실지도 몰라요."

린제의 말을 듣고 납득해 버렸다. 확실히 그렇다. 자칫 잘못했다간 자기 나라 임금님인 리프리스 황왕과 딱 마주칠지도 모르는 일이고.

그런 것보다 당일에 마중 나가는 것도 큰일이네. 특히 내가. 몇 번이나 【게이트】를 열어야 하는 거지?

물론 미리 집합만 해 준다면 한 나라당 1분도 걸리지 않겠지
만.

　동서 동맹 가입국이.

- 벨파스트 왕국
- 레굴루스 제국
- 리프리스 황국
- 미스미드 왕국
- 라밋슈 교국
- 로드메어 연방
- 레스티아 기사 왕국
- 리니에 왕국

여기에 우리 브륀힐드 공국을 더해 아홉.
비가입국이긴 하지만 교류가 있거나 나라의 대표와 면식이
있는 곳이.

- 신국 이셴
- 마왕국 제노아스
- 파르프 왕국
- 펠젠 마법 왕국

- 엘프라우 왕국
- 라일 왕국
- 하노크 왕국

일곱. 그리고 우리와 전혀 교류가 없는 곳이.

- 이그리트 왕국
- 호른 왕국
- 노키아 왕국

세 곳이다.

현재는 세계가 이 열아홉 개 나라로 이루어져 있다.

최근에 발견된 파레리우스섬 그리고 다수의 부족이 있는 대수해 등도 있지만, 그쪽은 나라 같이 보여도 나라가 아니었다. 붕괴된 유론이나 산드라에도 사람이 살고 있지만, 제대로 된 나라로서 기능하지 않고 있다.

아무튼, 이쪽 세계에 있는 대부분의 국가 대표가 이 나라에 모이는 셈이다. ·········새삼 생각해 보니, 상당히 큰일이다. 정말 새삼스럽지만.

어쨌든, 즐겁게 시간을 보냈으면 참 좋겠다.

그럼 자, 기합을 넣고 가 볼까.

◇ ◇ ◇

그리고 축제 당일.

아침부터 많은 나라로 전이해 게스트를 모셔 왔다.

왕후귀족 분들에게는 성안에 있는 각각의 개인실과 큰 방을 제공했는데, 이미 그곳에는 환담하는 사람들이나 지인을 만들기 위해 인사를 하며 돌아다니는 사람들이 있었다.

이미 그들은 변장을 위해 옷을 다 갈아입은 상태라 겉으로 보기에는 평범한 시민들처럼 보였다. 하지만 검소하게 옷을 입고 있어도 어딘가 다르게 보이는데, 태생부터 좋은 집안에서 자랐기 때문인 걸까. 행동부터가 전부 그럴듯하다.

"공왕 폐하, 이것은 가지고 있는 것만으로도 발동되는 것인가요?"

파르프의 소년왕이 조금 전에 건네준 별 모양 배지를 가슴에 부착하면서 질문했다. 멋들어진 왕후귀족의 옷이 아니라, 평범한 옷을 입고 있는 탓에 겉보기에는 흔히 볼 수 있는 어린아이랑 별반 다르지 않게 보이네. 이 아이는 수수하기도 하니······.

"그 별에 자신의 마력을 조금만 흘려 주세요. 그렇게 하면 별 중심의 보석이 '붉은색'에서 '노란색'으로 변하거든요. 그 상태가 되면 파르프 왕의 모습이 다른 모습으로 보이게 됩니다."

"하지만 공왕 폐하. 제 눈에는 에르네스트가 다른 모습으로 변한 것으로는 보이지 않습니다……."

옆에 서 있는 누나, 뤼시엔느 공주가 별을 '노란색'으로 만든 남동생을 바라보며 고개를 갸웃했다. 뤼시엔느 공주의 가슴에도 같은 별 모양 배지가 빛나고 있었다. 색은 '붉은색'인 채였지만.

"발동되고 안 되고에 관계없이 같은 별을 지닌 사람들에게는 효과가 없거든요. 그렇지 않으면 누가 누구인지 알 수 없어져 버리니까요. 시험 삼아 별을 떼고 파르프 왕을 보시면 아실 겁니다."

그 말대로 배지를 테이블에 놓은 공주가 남동생을 보고 깜짝 놀랐다. 전혀 본 적 없는 소년으로 보였기 때문이겠지.

참고로 나도 배지를 달고 있어서 모두가 평소와 다름없어 보인다.

"이 별은 '방어'의 힘도 갖추고 있어서, 더욱 마력을 더하면 보석이 '파란색'으로 변합니다. 이 상태가 되면 마법이든 검이든, 장비한 자에게 위해가 가해지려고 하면, 자동으로 이 방으로 전이됩니다. 축제 중에는 '파란색'으로 만들어 두고 절대로 떼지 말아 주세요."

물론 각국이 데리고 온 호위들에게도 같은 별을 나누어 주었다. 호위들도 '파란색' 상태이면 습격자가 공격한 순간에 전이되어 버리기 때문에 '노란색'인 상태였지만. 임금님을 지키지 않으면 의미가 없으니 말이다.

　미스미드 수왕처럼 무술 대회에 나가는 사람들도 시합할 때 이외에는 '파란색' 상태로 만들어 두라고 알렸다. 물론 오늘은 무술 대회가 없으니 관계없지만. 리온 씨나 주타로 씨처럼 신분이 그다지 높지 않아 숨길 필요가 없는 사람에게는 필요 없지만, 일단 다른 사람을 판별하지 못하면 불편하니 배지를 건네주었다.

　"그리고 이 녀석을 데리고 가 주세요."

　나는 소환진에서 흰 강아지 한 마리를 불러냈다. 스마트폰을 건네주지 않은 사람들, 즉, 동서 동맹에 참가한 나라 이외의 국가 대표 사람들에게는 소환수를 한 마리씩 붙여 주었다.

　"무슨 일이 있을 때, 이 녀석에 손을 대고 이야기하면 저에게 연락할 수 있습니다. 나름대로 강하니 호위도 되고요."

　"감사합니다! 와아, 귀엽다."

　파르프 왕이 웅크려 앉아 강아지의 머리를 쓰다듬자, 그 녀석도 기쁘다는 듯이 눈을 가늘게 뜨고 웃으며 꼬리를 붕붕 흔들었다. 강아지라고 했지만, 정확하게 말하면 늑대였다. 설원(雪原)에 사는 스노라울프의 새끼다.

　그 늑대 새끼를 보고 조금 전부터 방의 가장자리에서 힐끔거리며 이쪽을 신경 쓰고 있는 사람은 램브란트 공작의 딸인 레이첼이었다. 파르프 왕과 마찬가지로 강아지와 놀고 싶은 듯했지만, 내가 있어서 오기가 힘든 모양이었다. 이것 참. 완전히 거북한 상대라고 인식해 버린 것 같아.

내가 인사를 하고 파르프 왕 일행에게서 멀어지자, 레이첼은 곧장 소년왕의 곁으로 가서 마찬가지로 강아지의 머리를 쓰다듬기 시작했다. 역시 그랬구나.

자, 이것으로 임금님들에게는 전부 설명을 마쳤다. 개인실로 돌아가 있는 사람들도 있었지만, 모두 나름대로 이야기에 빠져 있는 듯했다. 좀처럼 만나기 힘든 나라의 사람들도 있어서 그렇겠지.

유미나나 루 일행에게 이곳을 맡기고, 나는 또 다른 게스트 일행이 모여 있는 성 아래의 숙소, '은월'로 전이했다.

숙소의 대식당에 가 보니, 이미 아침을 먹고 있는 사람들이 몇 명인가 있었는데, 그중에 에르제와 린제의 모습도 보였다.

주변에는 두 사람의 숙모인 라나 씨와 그 아이들도 있었다. 우리보다 연상인 장녀, 엠마 씨를 포함해 일곱 명. 이미 독립했다는 장남 이외의 모두가 아침 식사를 하는 중이었다.

"앗, 토야. 성에서 할 일은 다 끝났어?"

"일단 전체적으로는. 이쪽은?"

"음, 특별히 별일은 없어. 그쪽과는 달리 몰래 온 것도 아니니까."

가볍게 에르제와 인사를 나누고, 라나 숙모님과 엠마 씨에게 인사했다.

식당에는 그 외에도 리플렛에서 초대한 무기점의 바랄 씨와

도구점의 시몬 씨가 있었다. 가볍게 손을 들어 그쪽에도 인사했다.

두 사람을 포함해 초대한 사람들의 숙박비, 식사비는 이쪽이 지원한다. '은월'에서도 특별히 좋은 방을 잡아 주었다.

"그러고 보니 도란 씨의 모습이 안 보이는데, 무슨 일이라도 있나?"

"도란 씨라면 주방에서 미카 씨를 돕고 있었, 어요. 축제라서 손님이 만원이라 일손이 부족한 모양이에요."

린제가 그렇게 가르쳐 주었다. 앗, 그런 점에서도 민폐를 끼쳤던 건가. 그렇다면 2호점 쪽도 바쁘겠구나.

"축제는 몇 시부터 시작하더라?"

"8시부터. 이제 한 시간 정도 남았어. 가볍게 인사 방송을 한 다음, 북쪽 대훈련장에서 모의전 몇 시합 정도 할 거야. 처음에는 화려하게 시작할까 해."

"대훈련장이라면 프레임 기어?"

성안에 있는 기사들의 훈련장과는 달리 북쪽 대훈련장이란, 성 아랫마을에서 조금 떨어진 프레임 기어용의 광대한 훈련장을 말한다. 일단은 관계자 외 출입금지였지만, 무언가 비밀이 있는 것이 아니라 그냥 위험하기 때문이었다.

훈련장 안은 강력한 결계가 펼쳐져 있어, 외부에는 절대 피해가 가지 않는다. 그것도 그럴 것이, 마법이나 총탄이 이리저리 날아다니는 실전이 펼쳐지기도 하니, 그렇게 해 두지 않으면 안전을 확보할 수 없다.

애당초 프레임 기어 자체가 큰 탓에 훈련하는 모습은 밖에서도 훤히 보여 비밀로 할 수도 없다.

훈련할 때는 훈련장 밖에 군중이 모이는 등, 그 싸움 모습을 관전하는 것이 마을 사람들의 오락거리 중 하나가 된 듯했다. 이번에는 그것을 정식 이벤트로 삼으려고 하는 것이다.

"그다음에 첫 야구 대회의 제1회전에 들어갈 거야. 제1 야구장과 제2 야구장의 시합을 오전과 오후로 나눠서 한 시합 씩. 오늘만 네 시합이구나. 이걸로 내일 시합에 진출할 네 팀이 결정돼."

"대전 상대는 이미 결정되어 있나요?"

"아직. 나중에 공평하게 제비뽑기로 할 거야."

총 여덟 팀밖에 없으니 시간도 별로 안 걸리고, 그것도 이벤트 중 하나로 삼자는 생각이었다.

우리 브륀힐드 팀은 기사단의 로건 씨가 주장이 되어 이끄는 팀인데, 솔직히 애매하게 강하다. 굉장히 강하지도 않고 약하지도 않다. 상대하게 될 팀이 어디냐에 따라서는 충분히 우승도 노려볼 수 있는 팀이라고 할 수 있겠지만……. 음, 그럭저럭 열심히 노력하면서 시합을 즐겨 주면 좋을 텐데.

그리고 나는 라나 숙모님과 아이들에게 브륀힐드의 노점에 한해 반값으로 구매할 수 있는 할인권을 몇 장 선물한 뒤, 성 아랫마을의 학교로 전이했다.

"우와앗! 이게 뭐야?!"

학교 운동장에 주르륵 모인 많은 고양이들을 보고 조금 멈칫했다. 삼색 고양이, 얼룩 고양이, 검은 고양이, 흰 고양이, 줄무늬 고양이 등, 다양한 털 색깔을 자랑하는 고양이들이 귤 상자에 올라가 검을 하늘 높이 든 냥타로의 모습을 바라보고 있었다.

"제군! 오늘은 우리가 활약해야 하는 날이다냥! 지금 현재, 이 마을의 평화는 우리에게 달려 있다고 해도 과언이 아니냥! 각자 기합을 넣고 순찰을 하라냥!"

〈냥~!〉

"수상한 녀석은 모조리 감시냥! 무슨 일이 있으면 곧장 기사단 대기소로 달려가 안내하라냥!"

〈냥~!〉

"고양이는 사람을 위해! 사람은 고양이를 위해! 우리 정예들이여, 임무 후에는 영광이 기다리고 있을 것이냥! 구체적으로 말하자면 가다랑어포 하나냥! 자, 가라냥!"

〈냥~!〉

고양이들이 일제히 마을 쪽으로 달려갔다. 여전히 엄청난 통솔력이야……. 고양이로 그냥 두기에는 아까울 정도다. 약간 가다랑어포의 힘도 더해진 것 같지만.

"오오, 임금님 아니십니까냥. 시찰이십니까냥?"

"응, 그런 거지 뭐. 아무래도 걱정할 필요는 없는 모양이네."

"그럼요! 축제 동안 마을의 평화와 공주님 어머님의 안전은 이 냥타로…… 아니! 달타냥이 지킵니다냥!"

지금 자기 본명을 틀린 거 맞지? 나야 어느 쪽이든 상관없지만……. 그러고 보니 하나 주의해 둬야겠어.

"피아나 씨를 만나러 제노아스의 마왕이 올 거라고 생각하는데……."

"공주님에게 들었습니다냥. 어머님에게 괘씸한 짓을 하려고 하면 베어도 상관없다고 하셨습니다냥."

"위험하게?!"

베면 안 돼! 틀림없이 국제 문제가 될 테니까!

사쿠라도 아버지인데 가차가 없네! 마왕이 아니더라도 친딸에게 이런 대접을 받으면 대미지가 클 수밖에 없어. 가여워라.

일단 베어 버리는 것만큼은 그만두고 경호만 하라고 말해 두었다.

그때, 품 안에 있던 스마트폰에 바빌론 박사의 메시지가 도착해서 슬슬 성으로 돌아가 보기로 했다. 아무래도 준비가 완료된 모양이었다.

성으로 돌아가 보니 코하쿠, 코교쿠, 산고, 코쿠요, 루리 등, 소환수 팀이 모두 모여 있었다.

〈주인님. 이제부터 저희 권속도 마을에서 경비와 감시를 시작하겠습니다.〉

"응. 무슨 일이 있으면 알려 줘."

코하쿠는 개나 쥐 등의 동물, 코교쿠는 작은 새들, 산고와 코쿠요는 작은 뱀 등의 눈을 빌려 마을을 경비한다. 루리는 아무래도 권속인 용을 부를 수는 없어 모습을 감추고 마을의 상공에 대기하기로 했다. 무슨 소동이 있으면 바로 알 수 있을 테니까.

성문 앞으로 가 보니, 마침 라밋슈 교황 예하의 일행이 마을 쪽으로 내려가는 중이었다. 이미 몇 명인가 다른 나라의 그룹은 마을 쪽으로 나간 모양이었다.

교황 예하는 나를 보더니, 사제 한 명을 데리고 내가 있는 쪽으로 다가왔다. 어라? 누군가 했더니 필리스 씨네.

그 뒤로 분명히 추기경이 됐었지? 필리스 씨는 나를 제외하면 처음으로 하느님을 만난 사람이었다. 그렇긴 해도, 그 후에 만난 사람은 교황 예하밖에 없지만.

두 사람 모두 가슴에 앞서 설명한 별 모양 배지를 달고 있었다. 응, 제대로 '파란색'으로 맞춰져 있어.

"고, 공황 폐하. '그분'은 언제 오시나요?"

교황 예하가 말하는 '그분'이란 하느님……. 세계신님을 말한다. 지상에 내려온다고 교황 예하에게 전달했을 때는 상당히 패닉을 일으켰지만, 어느 정도는 진정이 된 듯했다. 그래도 아직 차분하지 못한 모습이었지만. 음, 어쩔 수 없나?

"적어도 오늘은 안 오실 거예요. 전날에 연락 주신다고 하셨으니 내일 이후겠죠. 꼭 연락드릴 테니 안심해 주세요."

"저, 저를 기억해 주실까요……?"

이번엔 필리스 씨가 걱정스럽게 말했다. 이쪽도 안절부절못하고 있구나.

"괜찮아. 세계신님은 아직 노망이 들지 않았으니까."

"왓, 깜짝이야! 갑자기 나타나지 말라고 했잖아요!!"

필리스 씨의 질문에 내 등 뒤에서 갑자기 나타난 카렌 누나가 대답했다. 그런 등장은 이제 제발 그만해욧! 틀림없이 나를 놀라게 하며 즐기고 있는 걸 거야. 이번에는 교황 예하 일행도 놀랐지만.

"나도 오늘은 교회에서 연애 상담소를 열 거야. 모조리 해결해 주겠어~. 좀이 쑤시네~."

으, 으음. 좋은 일일 텐데, 이상하게 불안한 생각이 드는 건 왜일까. 이상한 소동은 일으키지 말았으면 하는데.

"자아, 둘 다 출진이야! 헤매는 어린양들이 기다리고 있잖아!"

"앗, 기, 기다려 주세요. 카렌 님!"

"죄, 죄송합니다, 공왕 폐하! 그럼 이만!"

두 사람의 손을 이끌면서 카렌 누나가 마을 쪽으로 걸어갔다. 그에 따라 호위하는 성기사들도 당황하며 세 사람의 뒤를 쫓았다. 일국의 대표를 저렇게 다뤄도 괜찮은 건가……? 일단 카렌 누나도 신분상으론 브륀힐드의 왕족이긴 하지만.

공연히 미안한 마음이 들지만, 카렌 누나가 붙어 있는 한 저 일행은 걱정 없겠지.

그리고 몇 그룹인가가 성 아래쪽으로 내려갔고, 드디어 축제의 개최 시간이 다가왔다.

마을 중앙에 있는 시계탑이 8시를 가리키자, 미리 마련해 둔 대로 바빌론에서 불꽃을 하늘 높이 쏘아 올렸다.

그와 함께 소스케 형이 연주하는 바이올린 곡이 시계탑에서 커다란 음량으로 흐르기 시작했다.

에드워드 엘가가 작곡한 행진곡, '위풍당당' 이었다.

일본에서 '위풍당당' 이라고 불리는 이 선율을 영국에서는 '희망과 영광의 나라' 라고 부르는 모양이었다. '제2의 영국 국가' 라고 칭해질 만큼 사랑받는 이 곡이 이세계에서 흐르는 것도 기묘한 이야기였다.

나는 브륀힐드도 '희망과 영광의 나라' 가 되길 바라는 마음을 담아 시계탑의 스피커에 직접 연결된 마이크에 대고 축제의 개회를 선언했다.

축제 1일째.

프레임 기어끼리의 모의전이라는 화려한 오프닝 세리머니가 끝나자, 몰려온 사람들로 성 아랫마을은 평소보다도 더 활기찼다.

거리에는 다양한 노점이 늘어섰고, 맛있는 냄새가 여기저기서 풍겨 왔다. 나도 나중에 뭐라도 사 먹어 볼까?

축제를 즐기기 위해 온 다른 나라의 사람들(대부분이 벨파스트와 레굴루스에서 온 사람들이지만)에 뒤섞여 경비 기사들이 마을을 순찰했다. 그뿐만이 아니라 뒷골목이나 담장 위에는 냐타로의 부하인 고양이들이, 지붕 위나 나무들의 나뭇가지에서는 코교쿠의 부하인 작은 새들이 감시 카메라처럼 눈을 반짝이며 무언가 비상사태가 일어나면 바로 근처에 있는 기사들을 불러올 수 있도록 대기하고 있었다.

그러니 나는 순찰을 할 필요가 없다고 하면 없겠지만.

"뭐, 나도 조금은 즐기고 싶으니까."

"괜찮지 않아? 조금 정도는. 다른 임금님들도 호위 기사가 붙어 있고, 그 배지가 있으니 안전할 거야."

평소와 다름없이 검은 고스로리 옷과 양산을 쓰고 내 옆을 걸으며 린이 그렇게 대답했다.

다른 모두는 각자 찾아온 가족을 맞이하느라 나갔다. 단, 사쿠라는 말을 걸어오는 마왕을 성가셔했지만. 어머니인 피아나 씨가 있는 곳으로 데리고 가기가 싫은 거겠지. 실제로도 도망간 모양이고.

린도 미스미드 수왕을 안내해 주겠다고 제안했지만, 수왕이 신경 쓸 필요가 없다고 하며 알아서 이리저리 돌아다니는 모양이라 나를 따라온 것이었다.

린은 린 나름대로 미스미드의 친구나 지인을 부른 듯했지만 오늘은 아직인 듯했다.

당연히 폴라도 아장아장 우리의 뒤를 쫓아왔다. 가끔 아이들이 둘러싸서 필사적으로 저항했지만.

"어라?"

문득 시선이 시계탑 앞쪽에 설치된 스테이지 위에 고정되었다. 그곳에는 소스케 형의 피아노 연주를 황홀한 듯이 푹 빠져들고 있는 여성들이 가득했다. 콘서트? 뭐 하는 건지…….

"대단해……. 이렇게 아름다운 선율은 태어나서 처음 들어……."

린도 마음을 빼앗긴 듯 음악에 빠져들었다. 신이 연주하는 곡은 신곡이라고 해야 할까? 입고 있는 의상도 마치 궁정 음악가 같네……. 아니지, 실제로도 저 사람은 우리의 궁정 음악가인가……? 따로 그런 사람이 있지는 않으니…….

연주하는 곡은 '피아노의 귀공자'라고 불리는 프랑스인 피아니스트의 대표곡이었다.

당연하다면 당연한 일이지만, 소스케 형의 피아노 실력은 나보다 훨씬 뛰어나다. 그 증거로 저 사람은 리스트의 초절기교를 간단히 연주해 버린다……. 신인가. 앗, 신이었어.

계속 소스케 형의 연주를 듣고 싶었지만 그럴 수는 없어서, 우리는 시계탑 앞을 빠져나가 제1 야구장으로 갔다.

오늘은 제1 야구장과 제2 야구장에서 각각 오전과 오후에 한 시합 씩, 총 네 시합이 열린다.

시합의 조합은.

제1 야구장
오전 ■ 브륀힐드 대 레스티아
오후 ■ 미스미드 대 리프리스

제2 야구장
오전 ■ 벨파스트 대 로드메어
오후 ■ 레굴루스 대 리니에

가 되었다.

이건 조금 전에 프레임 기어의 모의전이 끝난 뒤, 각 팀의 주장이 제비뽑기한 결과였다.

우리 브륀힐드의 상대는 기사 왕국 레스티아. 팀의 특징을 따지자면, 공격 쪽에 중점을 둔 팀이었다. 강타자가 많은 것은 아니지만, 출루율이 뛰어나 착실하게 1점을 뽑는 팀이다.

선수의 대부분이 선구안이 뛰어나 어지간한 유인구에는 동요하지 않는다고 우리 팀의 주장인 로건 씨가 말했다.

제1 야구장에서는 이미 시합이 시작된 상태였다. 아직 2회 초로 0대 0. 레스티아의 공격이 막 끝난 참이었다.

내가 관객석으로 가 보니 미스미드의 수왕 폐하와 선수들, 리프리스의 황왕과 선수들이 시합의 진행 상황을 지켜보고 있었다.

이 시합이 끝나면 오후부터는 미스미드와 리프리스의 시합이다. 이 시합에서 이긴 팀과 내일 싸울지도 모르니 관전하는 건 당연한 건가?

내가 1루 쪽 관객석으로 가니, 반대쪽, 3루 쪽 관객석에 있는 레스티아 기사왕의 모습이 보였다. 그리고 오른쪽에는 힐다가, 왼쪽에는 선선대 레스티아 국왕인 갸렌 할아버지가 앉아 있었다.

브륀힐드 쪽에는 사천왕 중 한 명인 나이토 아저씨가 부하들 몇 명을 데리고 와 맥주를 손에 들고 시합을 관전 중이었다.

기사단이나 성안에서 일하는 사람들에게는 이번 축제 기간 중 하루를 휴가로 주었다. 그 사람들도 즐겨 주었으면 하니까. 가능한 한 원하는 날짜에 휴가를 주고 싶었지만 너무 쏠리면 안 되어서 날짜는 내 선에서 결정했다.

첫날인 오늘은 야구 예선밖에 없으니 이날이 쉬는 날로 걸린 사람은 꽝을 뽑았다고 할 수도 있었다. 그래도 나름대로 즐겁게 보내고 있는 것 같아서 안심했지만.

"응? 폐하. 순찰입니까?"

"잠깐 상태를 보러 왔어요. 다들 즐겁게 지내고 있나요?"

"그거야 물론입니다. 자신들이 만든 마을에서 열리는 축제

아닙니까. 최고입니다."

평소에는 멍한 아저씨였지만 오늘은 술이 들어가서 그런지 매우 밝아 보였다.

나이토 씨 일행은 이 나라의 건설, 농지 개발 등을 담당하고 있으니, 그 기쁨은 더욱 크리라 생각한다.

이 야구장도 기초는 내가 만들었지만, 거기에 추가로 손을 대 크게 만든 사람들은 나이토 아저씨 일행이다. 이 사람이 없었다면 마을도 이렇게까지 발전하지 못했을지도 모른다.

일단 우리도 조금 관전을 하기로 하고, 판매원 누나에게서 팝콘과 음료를 구매했다.

"아까웠어."

"맞아~. 거기서 한 방만 나왔어도……."

레스티아와의 시합은 2대3으로 레스티아가 승리해, 아쉽지만 우리 브륀힐드는 탈락했다. 결코 상대보다 뒤지지는 않았지만, 음, 이것만큼은 어쩔 수가 없다. 승부는 그때그때의 운이라고도 하니까.

나중에 선수들에게 열심히 잘했다고 하며 음식이라도 대접

하자.

제2 야구장에서 열린 오전 시합인 벨파스트 대 로드메어의 대결은 벨파스트가 승리한 듯했다.

조금 뒤, 오후부터는 미스미드 대 리프리스, 레굴루스 대 리니에의 시합이 열린다. 승리한 네 팀이 내일, 우승 결정전에 참가한다.

그건 그거고, 슬슬 어디에 들러서 점심이라도 먹을까 해서 마을 안을 이리저리 돌아다니는데, 모퉁이에 있는 오픈 카페에서 식사를 하는 파르프 일행을 발견했다. 파르프의 소년왕과 그 누나, 숙부인 공작과 그 딸, 그리고 호위하는 사람들이 가볍게 식사하고 있었다.

시험 삼아 배지를 떼어 보니 어딘가에서 온 사이 좋은 가족들로밖에 보이지 않았다. 제대로 기능하고 있는 모양이야. 참고로 옆에 있는 린도 배지를 달고 있다. 우리는 들켜도 상관없으니 완전히 은폐 기능을 끄고 있었지만.

"안녕하세요, 식사하시나요?"

"앗, 공왕 폐하! 네, 서쪽은 돌아봐서요…….."

말을 걸자 소년왕이 옆자리를 권해, 나는 사양하지 않고 앉았다. 소년왕의 맞은편에 앉아 있던 공작의 딸인 레이첼이 내가 맡긴 스노라울프의 새끼를 안은 채 시선을 피했다. 으으음, 역시 날 싫어하는 건가.

"여러분은 오후부터 어떻게 하실 건가요?"

"리니에의 시합을 보러 갈 생각이에요. 아직 저희는 제대로 야구 시합을 본 적이 없어서……."

누나인 뤼시엔느 공주가 즐거운 표정을 지으며 대답했다. 리니에 국왕이 초대한 건가? 아무래도 이쪽도 즐겁게 지내고 있는 것 같아서 정말 다행이다.

"이것 참, 정말 진기한 것들뿐이라 순식간에 오전이 지나갔습니다. 우리 나라도 받아들이고 싶은 것들이 많더군요. 실로 대단한 마을입니다."

섭정인 램브란트 공작이 카페에서 보이는 경치를 바라보며 이 마을에 대한 감상을 말해 주었다. 다른 나라 사람에게 칭찬을 받으니 역시 기쁜걸?

"단 한 가지, 돈을 너무 많이 쓰게 된다는 것이 나쁜 점일까요?"

"아윽……."

작게 웃는 공작을 보고 추욱 위축되는 소년왕. 으응? 무슨 일이 있었나?

"에르도 참, 상점가의 가게 앞에 있던 캡슐을 몇 번이고 몇 번이고 돌리지 뭐예요. 돈이 드는 거야 상관없지만, 뽑고 싶어 하는 다른 사람에게 피해가 간다고 조금 전에 아버지에게 혼났어요."

사인카운트
"백기사가 좀처럼 나오지 않아서 그만……."

설명해 주는 레이첼의 시선이 향한 곳을 보니, 의자에 놓여 있는 종이봉투가 캡슐토이의 원통형 캡슐로 가득 차 있었다. 정말 많이 돌린 모양이네.

어라? 지금 레이첼이 나한테 말을 한 건가? 그렇게 날 싫어하는 건 아닐지도?

시선을 살짝 돌리자 역시 레이첼은 서먹서먹하게 시선을 피했다. 으응? 잘 모르겠어.

"그래서 전부 다 뽑으셨나요?"

"어~. 이 그림게르데가 아직⋯⋯."

"어머, 내 그림게르데?"

"응?"

캡슐 안에 들어 있는 라인업을 보고 있던 소년왕이 린의 목소리를 듣고 고개를 들었다.

그 그림게르데라는 기체의 조종사가 린이라고 설명해 주자, 다른 모든 사람도 다 같이 깜짝 놀랐다.

눈앞의 소녀가(실제로는 612세지만) 오프닝 세리머니 때에 격렬한 전투를 펼친 그 프레임 기어에 탔다고는 좀처럼 이미지를 떠올리기 힘들었기 때문이겠지.

린의 지위가 브륀힐드의 궁정마술사이자, 요정족의 전 족장이고, 거기에 더해 공왕인 나의 약혼자 중 한 명이라는 점은 세상에 잘 알려져 있었다. 하지만 프레임 기어의 조종사라는 점은 다른 나라 사람들의 경우 아직 모르는 사람도 많았다.

그렇게 많은 직위에 올라 있는 린이 팔꿈치로 나를 쿡쿡 찔렀다.

"달링. 하나 정도는 가지고 있지 않아?"

"응, 있긴 한데……. 뭐, 괜찮으려나?"

솔직히 어떻게든 뽑아 줬으면 했지만, 이렇게 많이 사기도 했으니 서비스해 주자.

나는 【스토리지】에서 검은 중화력 무장을 한 프레임 기어, 그림게르데의 피규어를 꺼냈다. 그리고 그것을 건네받은 린이 파르프 왕에게 선물했다.

"자. 소중하게 생각해 줘."

"감사합니다! 우와아, 이제 전부 다 모였어!"

"아니, 다음 달에는 루의 '발트라우테'와 사쿠라의 '로스바이세'가 추가되니 전부 다 모으려면 아직 더 뽑아야 돼."

"에엑～……."

내 말을 듣고 소년왕이 흘린 한심한 목소리에 모두 웃음을 터뜨렸다.

참고로 루의 발트라우테는 교체형이라, A, B, C, D 라는^{어택커 부스터 캐스터 디펜더} 네 가지 타입이 있다. 다 모으기는 힘들걸?

이번에 오르바 씨의 스트랜드 상회도 파르프에 가게를 낸다고 한다. 그쪽에서도 손에 넣을 수 있을 거라 생각하니, 끈기 있게 모아 주었으면 한다.

프레임 기어뿐만이 아니라, 마수 종류도 헤비콩, 그랜드보어, 파워바이슨, 니들래트가 포함되어 있지만.

그런데 그러네. 이렇게까지 취미 계열 상품도 잘 팔리니, 거수 소프트비닐 인형이라든가, 프레임 기어의 프라모델 같은 것도 괜찮으려나……?

접착제 없이 조립할 수 있는 상품을 만들려면 나름의 기술력이 필요할 듯하지만…… 으으음. 플라스틱 자체가 일단 없으니 말이야. 비슷한 느낌인 마수의 뼈는 있지만.

잘만 되면 애니메이션처럼 프라모델을 간단하게 움직이는 시스템을 마법으로…….

그런 생각을 하고 있는데, 린이 또 팔꿈치로 찔렀다. 안 되지, 안 돼. 사업 관련은 나중에 생각하자.

모두와 식사를 한 다음, 리니에의 시합을 보러 간다는 파르프 일행과 헤어졌다.

우리도 이번에는 어디로 갈까 하고 생각하며 발을 내디뎠을 때.

"앗, 저어~!"

부르는 목소리를 듣고 내가 돌아보니, 그곳에는 레이첼의 모습이 있었다. 여전히 스노라울프의 새끼를 안은 채였다. 뭐지?

"저, 저번에는 죄송합니다……. 자신이 얼마나 약한지 아, 알았어요……."

놀랐다. 그 오만했던 꼬마 아가씨가 사과하다니. 역시 자기 딴에 느낀 점이 있었던 건가. 그렇다면 조금 전의 태도는 내가 싫어서 그랬다기보다는 그냥 겸연쩍었을 뿐인가 보네. 안심했다.

"……그러네. 자신이 가장 강하다고 생각하면 거기서 끝이 나버리지. 세상에는 더욱, 더욱 강한 사람이 있어. 덧붙이자면 나도 전혀 이길 수 없는 사람이 있기도 해. 매일 지고 있지."

"네에?! 그, 그런 사람이 있어요?!"

사람이라기보다는 신이지만. 언젠가는 이길 수 있을까……? 1000년 정도로는 모자랄 것 같다.

"전, 에르를 지켜 줘야 하니까……. 아무에게도 지면 안 된다고……. 하지만 공왕 폐하에게 져서 내 힘이란 대체 뭘까 하고 생각을……."

점점 목소리의 톤이 낮아지고, 덩달아 레이첼의 고개도 아래로 내려갔다. 아차, 이번엔 레이첼이 자신감을 상실한 건가. 어쩌면 좋지……?

상대가 나빴을 뿐이니 신경 쓰지 마……라는 말은 레이첼을 쓰러뜨린 내가 해 봐야 비꼬는 것처럼 들리기만 할 텐데.

어떻게 말을 걸면 좋을까 고민하는데, 먼저 옆에 있던 린이 말을 꺼냈다.

"네가 강해지면 적들에게서 파르프 왕을 확실히 지킬 수는 있을 거야. 하지만 그건 기사나 호위병도 가능해. 하지만 너만이 가능한 일도 있잖아?"

"나만이……?"

린의 말을 듣고 고개를 숙이고 있던 레이첼이 고개를 들었다.

"왕이라는 지위 탓에 그 아이에게는 많은 중압과 고난이 기다리고 있을 거야. 그것에 맞서는 일은 아주 힘든 일이지. 누군가가 옆에서 도와줘야 해. 정무 쪽이나 군사 쪽 일을 도와주는 것은 신하라도 가능해. 그러니 너는 그 아이의 마음을 지원해 주는 사람이 되어 주렴. 소중한 사람 옆에서 같이 고민하고, 생각하고, 웃고, 기뻐하고……. 그게 그 사람의 위로가 되고 힘이 되어 준다니, 멋지지 않아? 그게 그 아이의 반려가 될 너만이 할 수 있는 일이야. 소중한 사람의 마음을 지키는 방패가 되어 주렴. 나처럼."

그렇게 말하며 린이 내 팔을 붙잡았다. 잠깐만, 뭔가 쑥스럽잖아. 발치의 폴라가 꺄~라고 하는 것처럼 얼굴을 가리고 웅크렸다. 그러니까 넌 너무 쓸데없이 연기력이 좋아 탈이래도?

"제가, 그렇게 될 수 있을까요……? 에르의 방패가……."

"멋진 여자란 남자가 자신감을 갖게 해 주는 사람이야. 아무도 대신할 수 없는 그 사람의 버팀목이 되어 주렴. 너에게는 그런 소질이 충분히 있어. 내가 보증할게. 왕의 마음을 지지해 주고, 함께 걸어갈 사람은 너뿐이야. 정신 바짝 차려."

"……! 네!"

기쁜 표정을 지으며 우리에게 고개를 한 번 숙인 뒤, 레이첼은 기세 좋게 파르프 일행이 있는 곳으로 달려갔다.

그런데 회복이 너무 빠른 거 아냐? 앗, 소년의 팔에 팔짱을 끼었어.

"……꽤 재미있는 어드바이스인걸?"

"이것도 뭐, 들은 말을 그대로 한 것뿐이지만. 네 누나가 한 말이야."

카렌 누나인가……. 어쩐지. 그 외에도 이런저런 바람이 들어가 있는 것 같은데. 뭔가 무섭다.

"자, 이제부터 어디로 갈까."

"저기, 팔이……."

조금 전부터 계속 붙잡고 있는데. 조금 부끄럽습니다만.

"왜? 나하고는 팔짱을 끼기 싫어? 다른 아이들과는 달리 평소에는 찰딱찰딱 붙어 있는 걸 별로 안 좋아해서, 이래 봬도 용기를 쥐어짠 건데?"

"아……. 미안. ……그럼 가극 공연을 하는 모양이니 그걸 보러 갈까?"

"말씀하신 대로 하겠나이다, 국왕 폐하."

장난스럽게 대답을 한 린과 함께 웃으면서 나는 걷기 시작했다.

축제 2일째.

오늘은 야구 결승과 쇼기 예선이 있다.

야구는 아침부터 시작으로, 제1 야구장에서 레스티아 대 미스미드, 제2 야구장에서 벨파스트 대 레굴루스의 시합이 열린다.

그리고 승리한 팀들끼리 오후에 자웅을 겨뤄 우승팀을 가린다.

결승이 열리기 전인 점심쯤에 3위 결정전도 한다. 팀에 따라서는 연전을 펼치게 되지만, 그런 점은 '연금동'이 자랑하는 플로라 특제 체력 회복 포션으로 뚝딱 해결한다.

한편 쇼기 쪽을 보면, 여기도 아침부터 저녁까지 예선전이 계속된다. 이건 참가자가 생각보다 많았던 것과 시간적인 문제 때문이었다.

쇼기에는 보통 각자에게 주어진 제한시간이 있다. 하지만 이번 대회에 한해서는 한 수를 2분 이내에 두는 것으로 결정했다.

특수한 쇼기말을 사용하기 때문에, 상대가 두고 1분이 지나면 쇼기말이 회색으로 변하고, 2분이 지나면 자신의 쇼기말이 검게 변한다. 그렇게 되면 패배다.

검은색이 되기 전에 두면 색은 다시 원래대로 돌아간다.

일단 아슬아슬할 때까지 생각할 수 있도록, 대전하는 탁자에 각각 2분짜리 모래시계도 준비해 두었다.

아무래도 야구나 무술 대회와는 달리 나이나 성별에 좌우되지 않는 게임이라는 점도 있어 참가자가 꽤 많다. 이렇게라도 하지 않으면 예선이 끝나지 않으니……. 지고 싶지 않다는 생각에 사로잡혀 계속 생각하는 척 시간을 끄는 녀석도 있다는 모양이고 말이다.

아무튼 오늘은 몇 명 정도 예선 통과자를 결정하고, 내일은 시드 초대자와 본선을 치르는 방식으로 진행된다.

이미 대회장은 참가자와 견학자로 매우 북적였다. 시드 초대자인 '은월'의 도란 씨나 앞서 나온 배지로 위장한 파르프 소년왕이 예선 참가자의 대국을 둘러보다가 이거다 싶은 대국을 관전했다.

나로 말할 것 같으면, 그렇게까지 쇼기에 열의를 가지고 있지 않아서 가볍게 둘러보는 데에 그쳤다.

조금 전에도 참가자 중 한 사람이 질 것 같자 판을 일부러 뒤집어엎었다. 하지만 우리의 특제 쇼기판은 뒤집기 직전까지의 쇼기말의 위치가 기록되어 있기 때문에 쓸데없는 발버둥이 되었을 뿐이다. 물론 그 녀석은 실격이고. 아직도 그런 점에서 매너를 갖추지 못한 녀석이 많단 말이지…….

참고로 이번 예선 대회의 심판은 어제 비번이었던 나이토 아저씨에게 할당되었다. 살짝 숙취가 있는 모양이지만.

"으~음. 아무래도 수수한 느낌은 지울 수가 없네."

"하지만 모두 즐겁게 즐기는 모양입니다. 보십시오, 저 자리에서는 할아버지와 어린아이가 사이좋게 대국을 하고 있습니다."

야에가 가리킨 자리에서는 확실히 노인과 손자뻘로 보이는 두 사람이 대국하는 중이었다. 표정을 보니, 어린아이 쪽이 기세를 올리고 있는 듯했지만.

"야에, 그런데 주타로 씨를 따라가지 않아도 돼?"

야에와 힐다에게는 무슨 일이 있으면 경비를 도와 달라고는 했지만, 그 이외에는 자유롭게 행동해도 좋다고 말해 두었다. 모처럼 가족이 왔으니 힐다처럼 함께 축제를 구경하러 가도 괜찮은데.

"오라버니는 내일부터 열리는 무술 대회에 집중하기 위해, 오늘도 아침부터 기사단 훈련장에서 특훈하는 중입니다. 방해하는 것도 미안하니, 저어…… 오늘은 토야 님과 함께 있으려고 합니다……."

뺨을 붉히며 야에는 꼼지락꼼지락 양손의 손가락을 부끄럽다는 듯이 겹쳤다. 물론 나는 거절할 이유가 전혀 없었다.

"그럼 야구를 보러 갈까? 슬슬 결승에 진출할 팀이 결정될 즈음이니까."

"아, 그, 그럼 소인, 잠깐 옷을 갈아입고 올 테니, 그, '은월'에서 잠깐 기다려 주십시오……."

"? 그거야 상관없지만……."

그렇게 말을 하자마자 야에는 서둘러 성 쪽으로 달려갔다. 굳이 옷을 갈아입을 필요는 없을 것 같은데……. 아침 연습을 해서 땀이라도 흘린 걸까?

일단 '은월'에 가 있으려고 마을을 걷는데 갑자기 코트의 옷

자락을 누군가가 붙잡아 하마터면 넘어질 뻔했다.

　대체 무슨 일인가 싶어 돌아보니 그곳에는 우리의 작은 술의 신, 스이카가 들러붙어 있었다. 잠깐만, 얘가.

　"거기, 대체 뭘 하는 거야……?"

　"토야 오빠, 평생의 소원이야. 술값 좀 빌려줘. 조금 전에 카리나 언니가 빼앗아갔어. 기껏 축제인데, 나한테 술이 없다니, 너무해~!"

　그러고는 울상을 지으며 더욱 강하게 들러붙었다. 그만둬, 콧물이 묻잖아! 참~. 정말로 이 녀석, 신 맞아?

　술의 신이니까 술도 뿅 하고 만들어 낼 수 있으리라 생각했는데 큰 착각이었다. 그건 신의 힘을 사용하는 셈이 되기 때문에 지상에서는 사용할 수 없다고 한다. 이 녀석이 할 수 있는 것이라고 하면, 술의 지식, 분석을 이용한 시음, 그리고 아무리 마셔도 만취해 곤드레만드레가 되지 않는다는 것 정도인가? 이 녀석은 술을 마시면 즐거워지니 일부러 취하는 것 같지만.

　잘 생각해 보니 질이 나쁘네……. 아, 취권도 사용할 수 있었던가? ……쓸데없이 더 질이 나빠…….

　"술이 솟구치는 술잔이라든가, 그런 신기(神器) 같은 거 없어?"

　"있긴 하지만~! 그건 신주(神酒)만 나오는 잔이라서 질렸어!! 이제 질렸다고!! 나는 이번 축제 때, 여러 지방 사람들이

가지고 온 맛보기 힘든 향토술을 이것저것 마시고 싶단 말이야~!!"

결국에는 떼를 쓰기 시작했다. 그 마음을 모르는 것은 아니지만, 조금 더 반듯하게 행동해 줬으면 좋겠다. 신이니까……. 신으로서의 프라이드 같은 것도 없는 건가……?

종종 '술주정뱅이와 어린아이에게는 이길 수 없다' 라고 하는데, 설마 그 두 가지가 겹쳐서 찾아올 줄이야.

으악, 우리를 보는 주변 사람들의 시선이 따가워지고 있어.

나는 한숨을 한 번 내쉬고 스이카의 시선과 눈을 맞추듯이 웅크려 앉았다.

"축제가 끝난 다음이라도 좋아. 맨정신으로 성의 메이드들을 도와주겠다고 한다면 빌려줄게. 약속할 수 있어?"

"그거야 쉬운 일이지! 이번 축제 때 술을 마실 수 있다면, 한동안 술을 끊어도 좋아~!!"

겉보기에는 어린아이인데 술을 끊니 마니 하니까 이상했지만, 아무튼 좋다. 계속 엮이면 성가시니까.

"자. 이거면 돼? 그리고 이것도 가져가. 이상한 사람이 시비를 건다고 해서 다치게 하지는 말고."

【스토리지】에서 금화 한 닢과 용고기로 만든 비프…… 아니, 드래곤저키가 들어간 자루를 건넸다.

술값으로 금화 한 닢은 너무 많은 편이었지만, 아무튼 이 녀석은 많이 마시니 말이다. 비싼 술, 값싼 술과 관계없이.

참고로 맛있는 술, 맛없는 술도 별로 관계가 없다는 모양이었다. 맛없으면 맛없는 대로, 그건 그거대로 나름의 맛이 있다고 한다. 아무튼 지상의 다양한 술을 마실 수 있으면 그만이라는 건가? 설마 미각이 이상한 건 아니겠지?

아무튼, 이 정도면 앞으로 3일은 버티고도 남겠지. 나중에 또 들러붙는 것보다는 낫다.

"이얏후~! 고마워~! 토야 오빠 싸랑해~!"

금화와 저키 자루를 받은 스이카는 내 뺨에 가볍게 키스를 한 다음, 쏜살같이 술을 파는 노점을 향해 달려가 버렸다. 정말 아주 값싼 신의 사랑이다.

스이카와 헤어져 '은월'에 도착해 보니, 역시나 평소보다 훨씬 붐볐다.

식당은 아직 점심 전인데도 식사를 하는 사람들로 가득했다. 어제보다 훨씬 더 손님들이 기다리고 있는 것 같은데…… 아, 그런가. 오늘은 도란 씨가 쇼기 관전을 하러 가서 일손이 부족한 거구나.

평소라면 이렇게까지 혼잡해지지 않고, 점원 몇 명 정도면 일손도 충분한데 말이지.

주방 쪽을 들여다보니 역시나 미카 누나가 바쁘게 요리를 잇달아 완성하고 있었다. 전쟁터를 방불케 하는 박력이었다.

"안녕하세요~. 도와줄 사람 필요한가요?"

"응, 필요해! 정말 고양이 손이라도 빌리고 싶어! 일단 이거

3번 테이블에 갖다 줘!"

 반쯤 농담으로 한 말인데, 고기야채볶음과 수프가 올라간 트레이를 미카 누나가 무작정 떠맡겼다. 어? 정말로?

 이제 와서 거절할 수도 없어 나는 어쩔 수 없이 요리를 테이블로 가져다주었다. 일단 3번 테이블의 손님 앞으로 가지고 간 요리를 올려놓는데, 그 옆쪽 테이블의 손님이 나를 보고 손을 들었다.

 "형씨, 폴로 생선 소금구이와 감자조림, 그리고 콩 샐러드 부탁해."

 "어? 아아, 네네, 폴로 생선 소금구이, 감자조림, 콩 샐러드 말이죠?"

 주문을 받고 말았다. 잠깐만. 난 여기 점원이 아냐!

 하지만 주문을 받고 말았기 때문에, 일단 주방으로 돌아가 주문을 받은 메뉴를 미카 누나에게 전달했다. 그러자 곧장 미카 누나가 다음 요리가 올라간 트레이를 건네주었다.

 그러니까, 잠깐만요!

 역시 더 이상은 안 되겠다 싶어 말을 꺼내려고 했는데, 빨리 가! 라고 말을 하는 듯한 미카 누나의 눈빛에 말을 집어삼켰다. 아수라다. 아수라가 있어!

 서 있는 사람은 부모님이라도 일을 시키라는 말도 있다지만, 임금님조차도 일하게 되는구나…….

 지시를 받은 대로 테이블로 요리를 옮겼는데, 또 주문을 받고 말았다. 으악, 못 빠져나가겠어!

"폐하?! 뭐 하시는 건가요?!"

'은월' 입구에서 나를 보며 우리 기사단의 신입인 란츠가 굳어 있었다.

점심을 먹으러 온 건가? 미카 누나가 목적이겠지만, 그 사람은 지금 아수라로 변해 있어! 가 아니라, 살았다!

"란츠! 자네에게 칙령을 내리겠네!"

"네?! 앗, 네!"

"오늘 하루 동안 '은월' 점장의 지휘하에 들어가게! 기사단 쪽에는 내가 전달해 두지. 기본은 주문을 받는 것과 요리를 옮기는 것이다. 어서 임무를 시행하라!"

"네? 아니, 알겠습니다!"

란츠는 직립부동 상태로 내 말을 들은 뒤, 서둘러 주방 쪽으로 뛰어갔다. 역시 기사 왕국 레스티아 출신. 임무에 충실해. 굉장한걸?

앞치마를 두른 란츠는 곧장 요리를 지시받은 테이블로 가져갔고, 조금 전의 나와 마찬가지로 새로운 손님에게서 주문을 받았다.

나쁘게 생각 마. 이것도 미카 누나를 공략하는 한 수라고 생각해 줘.

더 이상 일을 해서는 견딜 수 없어, 나는 제물을 놔두고 '은월' 밖으로 뛰쳐나갔다.

그대로 입구 근처에서 야에를 기다리기로 하고, 스마트폰으로 기사단장인 레인 씨에게 란츠의 사정을 전달했다. 한 사람 정도면 어떻게든 보충할 수 있다는 듯하니 다행이다.

　뭐냐. 오늘 중으로 모험자 길드 쪽에 일용직 아르바이트생 모집 공고를 내두는 편이 좋겠어. 내일도 도란 씨는 없으니까.

　"오, 오래 기다리셨습니다."

　"아……."

　갑자기 뒤에서 말을 거는 소리를 듣고 돌아보니, 그곳에는 유카타 차림을 하고 머리를 올려 묶은 야에가 서 있었다.

　연보랏빛 바탕에 나팔꽃이 그려진 유카타, 하늘색 *오비 그리고 작은 나막신 등, 그야말로 일본의 유카타 미인이라고 불러야 할 그런 모습이었다. 이거…… 좋은걸?

　"축제라고 하니 어머니가 오라버니를 통해 보내 준 겁니다. 어, 어떻습니까……?"

　"와, 잘 어울려. 너무 잘 어울려서 뭐라고 말로 표현을 못 할 정도로."

　"그, 그렇습니까?"

　사실 유카타 차림을 한 사람들은 드문드문 마을 안에서 눈에 띄었다. 그것도 그럴 게, 브륀힐드에는 이센에서 온 이민자가 많으니, 축제 때 그런 옷을 입고 있어도 이상할 것이 없었다.

　하지만 야에만큼 유카타가 딱 어울리는 미인은 본 적이 없

---

*오비(帶): 기모노를 입을 때 허리에 두르는 띠.

다. 내 눈에 콩깍지가 씐 걸까?

"어쩔 수 없이 검은 놔두고 왔습니다만……."

"아니, 그거야 뭐……."

유카타를 입고 칼을 차다니. 자칫 간소한 차림을 한 백수 무사처럼 보일 수도 있어. 야에가 여자아이답게 꾸미고 나와 줘서 다행이다.

"품에 단검은 몰래 넣어두었지만 말입니다."

꼭 그렇지도 않았다.

"일단 야구장으로 가 보자. 벌써 결승 진출 팀이 결정되었을지도 모르지만, 3위 결정전이 시작됐을 수도 있어."

"그렇겠지요. ……저, 저어, 어…… 토야 님. 소, 손을 잡아도 되겠습니까……?"

머뭇거리며 내민 야에의 손을 꽉 잡고, 나는 걸음을 내디뎠다.

수줍어하면서도 기뻐하는 야에를 데리고 노점이 늘어서 있는 거리를 걸었다.

그러고 보니 어제 보고를 받았는데, 역시 숙소를 잡지 못해 마을 밖에서 노숙하거나 텐트를 친 사람도 있었다고 한다. 이렇게까지 사람들이 모일 거라고는 생각을 못 했으니…….

몇 채 정도 숙박 시설을 더 지어야 하나? 하지만 축제 때 이외에는 별문제가 없으니, 이대로도 괜찮을까?

그런 생각을 하며 3위 결정전이 열리는 제2 야구장 쪽으로 가 보니, 벌써 입구 간판에 시합 결과가 붙어 있었다.

"제1 야구장은 미스미드, 제2구장은 벨파스트가 이겠구나."

"그렇다면 패배한 레스티아와 레굴루스가 3위 결정전을 하겠군요."

맞다. 관객석으로 들어가 보니 이미 시합은 시작되어 있었고, 3회말, 0대0인 상황에서 레굴루스가 공격하는 중이었다.

우리가 의자에 앉자마자 배팅 박스에서 호쾌한 소리가 울려서 위를 올려다보니 흰 공이 넓고 푸른 하늘 위로 날아올라 있었다. 아, 이거 넘어갈 것 같은데? 넘어가겠네. ……이것 봐, 넘어갔어.

순간 쏟아지는 환성. 멋진 홈런이었다.

홈런을 친 선수가 주먹을 치켜들고 베이스를 돌았다. 레굴루스는 강타자가 많으니까. 그것만이 모든 것은 아니지만 역시 화려하다.

주자가 2루에 있었으니, 이것으로 0대2다. 아직 시합은 초반, 이 점수 차라면 충분히 역전도 가능하다. 잠시 우리는 시합의 향방을 지켜보기로 했다.

결과부터 말하자면 그대로 레굴루스는 2점 리드를 지켜, 레스티아를 물리쳤다.

이것으로 3위가 결정된 것이다.

그리고 그 후, 제1 야구장에서 미스미드 대 벨파스트의 결승전이 열렸다.

"어느 쪽이 이길까요?"

"신체 능력은 미스미드가 위지만, 그것만으로는 이길 수 없으니까. 벨파스트도 공격, 수비, 주루의 밸런스가 잘 갖춰진 팀이기도 하고."

제2 야구장에서 우르르 몰려나온 관객들이 이번엔 제1 야구장을 향해 갔다. 대부분 관객은 이대로 결승전을 보러 갈 생각인 듯했다.

우리도 그 흐름을 함께 했는데, 도중에 벨파스트 일행과 딱 마주쳤다. 물론 앞서 말한 배지를 달고 있어서 주변 사람들에게는 평범한 관람객처럼 보인다.

나는 유미나와 함께 있는 벨파스트 국왕 폐하에게 말을 걸었다. 조금 전까지는 쇼기 대회장에 있었을 텐데?

"역시 결승전은 보러 오셨군요."

"쇼기 쪽도 신경 쓰이긴 한다만. 토야, 다음에 할 때는 일정이 겹치지 않게 해 주게. 너무 바쁘게 움직여야 해."

벨파스트 국왕의 말을 듣고 나는 쓴웃음을 지었다. 애당초 워낙 급히 연 대회라 말이죠. 정말 미안할 뿐이다.

벨파스트의 임금님은 내일, 쇼기 대회에 출장하기 때문에 오늘의 예선을 가능한 한 많이 봐두고 싶었다는 모양이었다.

대신이라고 하기에는 뭐하지만 동생인 오르트린데 공작이

쇼기 대회장에 남아 있다는 듯했다. 공작도 내일 대회에 나가니, 정보 시찰인 거겠지. 이것 참. 따라갔던 스우가 조만간 질려서 이쪽으로 오겠는걸?

그런 이야기를 야에나 벨파스트 국왕 곁에 있던 유미나에게 하는데.

"앗, 할아범! 토야! 유미나 언니도 있으이!"

오르트린데 가문의 집사, 레임 씨를 데리고 뒤에서 온 스우가 내 등에 기세 좋게 달려들었다.

아직도 이런 점은 어린아이 같단 말이지. 그런 점이 귀엽다고 할 수 있겠지만.

"역시 왔구나. 쇼기는 질렸어?"

"딱딱 하는 소리는 이제 질렸네. 아버지는 쇼기판을 보고 혼자서 중얼거리고, 나를 봐주지 않으니 말이야. 정말 시시해."

뚜웅, 하고 스우가 뺨을 부풀렸다. 스우는 성질이 급한 편이니. 알기 쉬운 승부를 더 좋아하는 거겠지. 아무튼 좋다. 그럼 같이 야구를 보러 가기로 하자.

내 등에서 내려온 스우가 옆에 있던 야에를 돌아보았다.

"야에의 그 옷, 참 아름답구먼. 기모노, 라고 했던가?"

"이건 유카타라고 하는 겁니다. 이센에서는 축제 때 이런 것을 입지요."

"확실히 멋진걸요? 다음 축제 때는 다 같이 이 옷을 만들어서 같이 입지 않으실래요?"

"좋구먼. 나도 입고 싶으이!"

"그럼 소인의 어머니에게 배우시면 됩니다. 이것도 어머니가 만들어 주신 거니까요. 린제 님이라면 금방 만들 수 있지 않을까 합니다."

어느새 시작된 걸즈토크를 흐뭇한 모습으로 바라보면서, 나는 결승전이 열리는 제1 야구장을 향해 나아갔다.

결전의 시합이 지금 그야말로 시작되려 했다.

◇ ◇ ◇ ◇

달렸다. 2루를 차고, 3루를 차고, 무모하다고도 할 수 있는 기세로 홈을 향해 내달렸다.

중견수의 강한 어깨에서 발사된 레이저빔 같은 송구가 포수를 향해 뻗어 갔다.

미끄러져 들어온 미스미드의 주자와 볼을 받은 벨파스트 포수의 크로스 플레이.

흙먼지가 일어나 쓰러진 두 사람의 모습이 일순간 보이지 않았다. 마른침을 삼키며 지켜보던 관객들이 조용해진 가운데, 심판의 커다란 목소리가 그 정적을 깼다.

"세에에에에에이프!"

그 순간, 파도와 같은 환성이 관객석에서 울려 퍼졌다. 미스미드의 벤치에서 선수들이 달려 나와 홈으로 미끄러져 들어온 주자를 헹가래 쳤다.

결승전은 1대1 동점인 상황에서 맞이하는 9회말에서 방금 그 1점이 결승점이 되어 1대2로 미스미드의 끝내기 승리가 확정되었다.

제1회 야구 세계 대회는 미스미드 왕국이 우승. 준우승은 벨파스트 왕국, 제3위는 레굴루스 제국이었다.

야구장에 은색 테이프가 흩뿌려졌고, 선수들의 머리 위에는 작은 색종이가 눈보라처럼 흩날렸다.

정말 긴박했던 좋은 시합이었다. 양쪽 모두 힘을 다해 정정당당하게 싸웠다.

우레와 같은 박수가 양국 선수들에게 쏟아졌다. 그리고 그대로 수상식이 시작되었다.

나는 개최국 대표로서 기념 트로피와 방패를 팀의 주장에게 주었고, 각각의 순위에 따른 메달을 선수 전원에게 수여했다.

올림픽처럼 순위에 따라 메달을 건네주려고 이전부터 생각하고 있었다. 3위에게는 히히이로카네, 2위에게는 미스릴, 1위에게는 오레이칼코스로 만든 메달을 수여했다.

정말 올림픽이었다면 나라마다 포상금 같은 것도 있을 테지만, 그건 각 나라에 맡기자.

트로피와 메달에는 제1회 세계대회라고 새겨져 있었다. 참가하지 않은 나라도 있지만, 제1회이기도 하고, 어쨌든 세계 대회임은 틀림없었다.

바라건대 제2회, 제3회로 계속 이어졌으면 하지만…….

아직도 흥분이 가라앉지 않은 관객석에서는 비가 쏟아지듯 박수가 계속되었고, 그 소리가 끝까지 싸웠던 선수들을 감쌌다.

부상이라고 하기에는 뭐하지만, 성의 방 하나를 승리 축하회를 열 수 있도록 내어 주고, 내 포켓머니로 몇 개인가의 술통과 축하 요리를 선물했다. 방이 엉망이 되니, 맥주 세례만은 참아 줬으면 하지만. 물론 이쪽에는 그런 문화가 없긴 하다.

야구 대회는 이것으로 순조롭게 막을 내렸다.

시간은 이제 곧 오후 4시가 되려고 했다. 쇼기 대회의 예선은 문제없이 진행되고 있을까?

야에와 유미나, 스우 등을 데리고 쇼기 예선 대회장에 가 보았다.

대회장은 아침보다 사람들의 수가 줄어들어 있었다. 이미 승리가 결정된 사람들이나 패배가 결정된 사람들이 빠져나간 거겠지.

"앗, 아버지네!"

대회장을 견학하는 사람 중에서 스우가 오르트린데 공작을 발견하고는 달려갔다.

"여어. 야구는 미스미드가 우승을 한 모양이군. 이쪽에도 소문이 퍼졌어."

"벨파스트는 아쉽게 됐네요."

"뭐, 승부에 '절대'란 말이 없으니 말이야. 그래도 나는 설사 2위라 해도 충분히 가슴을 펴도 된다고 생각해."

확실히 그 시합은 어느 쪽으로 승부가 기울어도 이상할 것이 없었다. 그건 그 시합을 본 사람들이라면 모두가 알고 있을 일이었다.

"이쪽의 예선은 어떤가요?"

"상당하더군. 몇 명, 방심할 수 없는 상대도 있었지. 솔직히 말해 붙지 말았으면 싶을 정도야."

어? 약한 소릴 하네? 오늘 예선을 통과한 사람들과 미리 초대된 추천자 등, 총 32명이 내일 이른 아침부터 대국한다.

잘 진행되면 저녁 즈음에는 우승자가 결정될 텐데, 연속된 대국이라는 압박감이 어떻게 승부를 좌우하게 될지가 관건이다. 조금 더 여유 있게 일정을 잡았으면 좋았겠지만, 이렇게 출장자가 많을 거라고는 생각을 못 했으니. 자칫 길어지면 최종일까지 연장될지도 모르겠어.

내일 대국은 스크린에 투영하여 더 많은 사람이 관전할 수 있는 시설을 마련할 생각이다. 그런 설비는 이제 모니카와 로제타가 설치할 텐데, 여러모로 힘든 일이라 나도 도와줄 예정이다.

할 일이 잔뜩 있네. ……앗. 스마트폰의 진동이 울려 꺼내서 확인해 보았다.

"아앗, 이쪽도 큰일이야."

나는 유미나네에게 이곳을 맡겨 두고, 마을 외곽의 언덕에 세워진 교회로【텔레포트】했다.

"앗, 내일인가요?! 시, 시간은요?!"

"정오 즈음이 될 것 같아요. 조금 밀릴지도 모르지만요."

교회에서 하느님의 가르침을 설파하던 교황 예하에게 조금 전에 전화해 온 상대가 방문 예정이란 사실을 전달하자, 흥분한 것인지 숨이 거칠어졌다. 괜찮을까? 나이가 나이인 만큼 조금 걱정이 된다. 60이 넘었다고 했었던가? 여성에게 나이를 물을 수는 없지만.

"어, 어떻게 하죠, 교황 예하?"

"침착하세요, 필리스. 이제 와서 초조해해도 소용없답니다."

이야기의 내용을 이해하지 못한 라밋슈 성기사들은 모두 어리둥절한 표정을 지었지만, 유일한 이해자인 추기경, 필리스 씨만은 마찬가지로 허둥댔다. 뭐, 익숙해지라고 하는 것이 무리인가.

그 모습을 보면서 카렌 누나가 혼자서 작게 중얼거렸다.

"그건 그렇고 웬일일까? 세계신님이 하계로 내려오다니, 몇억 년에 한 번 있을까 말까 한 일이야."

아니, 이미 두 번 정도 내려왔습니다만. 물론 나중이 되어 물어본 일이지만, 이전의 두 번은 이른바 아바타라고 해야 하나? 분신 같은 것이었다고 한다. 그래도 엄청난 존재라고는 하지만.

이번에도 그 아바타가 내려오는 건지, 아니면 누나들처럼 인간화되어 내려오는 건지는 알 수 없지만 말이다.

"자, 자칫 실수라도 하면 그 자리에서 세계가 멸망……."

"할 리가 없죠. 원래 간섭하지 않는 것을 원칙으로 삼고 있으니까요. 너무 긴장할 필요는 없다고 생각하는데요."

필리스 씨가 묘한 소릴 하기 시작해서 진정시켜 두었다. 이 사람, 괜찮나? 도저히 차기 교황 후보라고는 생각하기 힘든데.

"일단 그때는 저도 같이 있을 거고, 누나들도 있으니 괜찮을 거예요."

"으~음. 그 문제도 있어서 나는 조금 얼굴을 맞대기가 껄끄러워……."

누나가 떨떠름한 표정을 지으며 팔짱을 끼었다.

그건 그런가. 원래라면 그 니트신을 포박, 또는 토벌하는 것이 누나들의 역할이었다. 그런데 그 니트신은 사신에게 흡수되어, 신으로서는 손을 댈 수 없는 존재가 되고 말았다.

분명히 해결 직전이었는데 아슬아슬하게 늦었었지? 카렌

누나가 낮잠을 자는 바람에.

그 이후로는 아무런 움직임도 없었지만 오히려 그게 불길했다. 여전히 하급 프레이즈는 드문드문 각지에서 나타나고 있지만, 현재로서는 상위 랭크 모험자들에게 제거되는 중이었다.

역시 세계의 결계를 수복할 방법을 발견해야만 한다고 생각한다.

가능성이 없는 것은 아니었다. 5000년 전에 파레리우스 옹이 만났던, 뒤쪽 세계에서 온 방문자가 그 열쇠가 아닐까 하고 나는 생각하고 있다.

추측일 뿐이지만 뒤쪽 세계의 특수한 능력을 지닌 고렘 또는 그 사용자가 파레리우스 옹의 실험…… 또는 사고로 이쪽으로 넘어오게 되었던 것이 아닐까?

그리고 그 고렘이 독자적인 능력으로 앞쪽 세계의 결계를 복구한 것이 아닐까…… 하고 말이다. 역시 열쇠는 그쪽^{뒤쪽 세계}에 있을 듯하다.

내가 생각을 하는데, 교회 저편에서 무언가 떠들썩한 목소리, 아니, 울음소리가 들려왔다. 고양이가 우는 소리인가?

문득 보니, 교회로 이어지는 언덕길을 수십 마리의 고양이들이 달려 올라오고 있었다. 우엑?!

그대로 고양이들은 나에게 달려들어 냐옹냐옹 하고 마구 울어댔다. 습격했다고 하기보다는 무언가를 호소하는 모습이었다. 대체 뭐지?!

일단 【게이트】로 성에 있던 코하쿠를 불러냈다. 코하쿠라면 고양이들의 말을 이해하니까.

신수 백호의 등장에 완전히 얌전해진 고양이들에게서 코하쿠가 뭔가를 캐묻기 시작했다.

"그래, 뭐래?"

〈하아, 저어…… 냥타로 녀석이 결투하고 있다는 모양입니다. 말려 주셨으면 해서 주인님에게 왔다고 합니다.〉

"결투?! 누구랑?!"

〈마왕이라고 합니다.〉

골치 아파…….

사벨과 레이피어가 불꽃을 튀겼다. 공격 횟수가 많은 냥타로의 찌르기가 마왕을 향해 날아갔다. 그 레이피어의 끝을 마왕이 사벨로 튕겨 내고 칼을 되돌리며 옆으로 휘둘렀지만, 고양이의 민첩성을 살려 냥타로가 그것을 재빨리 피하고 자세를 바로잡았다.

"꽤 하는군, 고양이 기사!"

"이 정도도 물리치지 못해서는 어머님의 호위는 맡을 수 없다냥!"

씨익 웃은 마왕에게 냥타로가 눈을 가늘게 뜨며 그런 말을 날렸다.

서로 슬금슬금 발을 옮기며, 학교 운동장에 떠 있는 저녁노을을 배경으로 대치했다.

둘 다 동시에 대지를 박차고 상대를 향해 거리를 좁힌 후, 필살의 일격을 서로 내뿜으려———.

"【슬립】."

"크헉?!"

"냐앙?!"

했을 때, 내 마법으로 인해 발이 미끄러져 기세 좋게 넘어졌다. 바보냐, 이 녀석들.

휘청이다 넘어진 두 사람(한 사람과 한 마리?)을 향해 나는 한숨을 내쉬었다.

"뭐 하는 건가요, 마왕 폐하?"

"브, 브륀힐드 공왕?! 이건 말이지! 피아나의 호위라고 하는 이 고양이 녀석의 실력을 한번 확인해 보고 싶었던 것뿐, 다른 이유는 없어!"

사쿠라의 어머니인 피아나 씨는 이 학교의 교장을 맡고 있었다. 그 호위가 사쿠라의 소환수인 냥타로였다.

실력을 확인한다고는 했지만 뭔가 수상하다. 딸과 전 부인(결혼은 하지 않았지만) 두 사람이 자신을 냉담하게 대해, 약간 질투하는 감정이 섞인 것도 같은데…….

그래도 아직 이성은 남아 있었던 모양이다. 마법은 사용하지 않았던 걸 보면.

다른 모두와 마찬가지로 권속화의 영향을 받은 것인지 사쿠라의 마력도 강해졌다. 사견이지만, 이미 마왕보다도 위일지 모른다. 그렇다면 이 사쿠라의 소환수인 냐타로도 나름대로 강해졌을 가능성이 있는 셈이었다.

그렇다 하더라도. 어쨌든 일국의 왕인데 그 사람과 결투라니, 바보도 아니고.

마왕도 마왕인 것이, 호위를 내버려 두고 혼자서 이런 곳에 오면 어떻게 하겠다는 건지.

"너도 뭐 하는 거야?!"

"냥?! 공주님에게 마왕이 나타나면 조심스럽게 대할 것 없다는 말을 들었습니다냥! 가능하면 축제 동안 제대로 걷지 못하게 만들어도 상관없다고 하셨습니다냥!"

"크허억?!"

마왕이 가슴을 누르며 쓰러졌다. 이봐요……. 방금 그게 가장 충격이 큰 거였죠……?

딸의 가차 없는 처사에 심각한 타격을 받은 마왕.

뭐지……? 이 사람을 보고 있으면 딸이 태어나는 게 굉장히 무섭게 느껴져.

뭐냐. 장래에 나와 사쿠라 사이에 아이가 태어나면, 그 아이는 이 사람의 손자가 된다. 손자에게까지 '짜증 나' 같은 말을 들으면 이 사람, 풀썩 쓰러져 그대로 죽어 버리는 게 아닐지…….

"……냥타로, 끝났어?"

교실 창문을 열고 사쿠라가 고개를 내밀었다. 친아버지를 때려눕히라는 명령을 내려놓고, 새침한 표정이라는 점이 또 마왕의 혈통임을 느끼게 해 주는구나.

순간 마왕이 벌떡 일어나 쏜살같이 사쿠라에게 달려갔다.

"파르네제! 기껏 이곳까지 왔으니 한 번만이라도 피아나와 만나게 해다오!"

"엄마는 바빠. 마왕은 방해만 돼."

타악! 하고 창문이 닫혔다. 아무리 그래도 말투가 그럼 안 되잖아……. 봐, 마왕이 새하얘졌어.

"브륀힐드 공왕……. 역시 우리 딸은 짐을 싫어하는 것인가?"

"아니요……. 꼭 그렇다고는 할 수 없지 않을까 해요. 정말로 싫어한다면 더 심하게 대할 거라 생각하거든요."

"저 태도보다 심할 수 있다고?! 짐의 가슴은 마구 찢어진 것처럼 아프다만?!"

사쿠라는 싫어한다든가 증오하는 것과는 조금 느낌이 다르다.

솔직히 말하자면 성가시다든가, 아무래도 좋다든가, 그런 느낌이다. 아무튼 흥미가 없는 거겠지. 아버지와 딸로서 지낸 기간이 전혀 없으니 그 마음을 모르는 것은 아니지만. 그런 부녀의 정이 없으면, 그냥 귀찮은 아저씨일 뿐이니…….

거리감을 잡기 힘들다고 해야 할지……. 일단은 그런 틈새를 메워 가는 것부터 시작해야 할 테지.

"이래 봬도 짐은 숨어서나마 피아나와 파르네제가 행복하게 살 수 있게 해 주려고 고심해 왔단 말이다……. 저 아이는 왕각이 없이 태어났다. 마왕의 혈통을 이어받았으면서도 뿔이 없는 거야……. 그런 딸을 대부분 귀족은 받아들이지 않겠지. 경멸하고, 불길한 공주라며 험담을 들으니, 내 곁을 떠나 평범한 서민으로서 살길 바란 것인데…… 뜻대로 안 되는 법이군."

아무튼, 사정이 사정인 만큼 어쩔 수 없는 부분도 있었다고, 사쿠라도 이해는 하고 있을 거라 생각하지만.

단지, 사쿠라가 마왕을 피하는 것은 그런 사정이나 과거의 일 때문이 아니라 그냥 성가셔서 그런 거라고 생각한다.

그것이 진실이라고 해도 나로서는 그 사실을 이야기해 줄 용기가 없었다. 역시 여기에 더 타격을 주는 것은 아무래도 꺼려진다.

어떻게 하면 좋을까 생각하는데, 학교에서 피아나 씨와 사쿠라가 함께 밖으로 나왔다.

"오…… 오오! 피아나! 오랜만이야!"

"오랜만입니다. 마왕 폐하. 어서 오세요, 브륀힐드에."

생글거리며 대답하는 피아나 씨와는 달리 사쿠라는 명백하게 뚱한 표정을 지은 채였다. 어이어이, 입이 ∧모양이잖아.

"이 아이가 여러모로 민폐를 끼친 듯해 죄송합니다. 부디 용서해 주세요."

"아, 아니. 괜찮다. 갑자기 만나러 온 짐이 나빴던 거지. 어제도 왔는데 파르네제에게 쫓겨났었어."

"어머나."

피아나 씨가 가볍게 노려보자 사쿠라가 겸연쩍은 듯이 시선을 피했다. 아무래도 피아나 씨에게는 아무런 소식이 전달되지 않았던 모양이었다.

"……그치만 엄마한테 분명히 방해됐을 거야. 안 그래도 어린이 모임 준비로 바쁜데."

"어린이 모임?"

사쿠라가 한 말을 듣고 마왕이 반응했다. 아, 그러고 보니 그런가?

"내일 하고 내일모레 학교나 마을의 아이들을 초대해 이야기 낭독회를 할까 생각 중이에요. 그거라면 글자를 읽지 못하는 아이들도 즐거운 한때를 보낼 수 있을 거라고 생각해서요."

"호오."

이쪽 세계는 책 자체가 그다지 값싼 물건이 아니고, 스토리가 있는 이야기책을 읽을 수 있을 만큼 식자율이 높지도 않았다. 그래서 그런 이야기는 음유시인이나 이야기꾼에게 듣는 수밖에 없었다. 연극을 보는 방법도 있었지만, 값싼 관람료라도 아이들이 돈을 낼 수 있을 정도의 가격은 아니었다.

게다가 그런 것은 흔한 이야기들이 많아, 누구나 알고 있는 것들이 대부분이었다.

그래서 내가 전자서적에서 아이들이 재미있어할 만한 이야기를 골라, 사쿠라와 린제에게 '번역' 해 달라고 한 다음, 새로운 이야기를 책으로 만들었다.

'자동차' 라든가 '신호' 처럼 이쪽에 없는 말을 변환해야만 했으니 말이지. 옛날이야기라든가 동화는 그다지 변환하지 않고 끝났지만.

사실은 또 인형극을 하고 싶었지만, 이번엔 일손이 부족해서 어려웠다. 린제 일행도 할 일이 있으니, 이틀이나 붙들어 두는 것도 역시 좀.

내가 그런 생각을 떠올리는데.

"좋아. 그런 거라면 그 어린이 모임인가 하는 것을 짐도 돕지!"

갑자기 마왕 폐하기 그런 말을 꺼내며 가슴을 탁탁 쳤다.

이 사람, 또 성가신 이야기를 꺼냈네. 그런 점이 짜증 난다는 말을 듣는 원인 아닌지…….

"아니요, 그럴 수는……."

역시 한 나라의 왕을 돕게 할 수는 없다고 생각했는지, 피아나 씨가 부드럽게 거절하려고 했지만, 그 말을 끊으며 마왕이 말을 계속했다.

"신경 쓰지 말게. 바쁘지 않나? 고양이 손보다는 도움이 될 것이다만?"

"앗, 그건 그냥 흘려들을 수 없다냥……. 이 몸이 훨씬 도움이 된다냥!"

파직파직, 하고 보이지 않는 불꽃을 튀기는 한 사람과 한 마리. 또 싸울 생각인가? 한 번 더 미끄러뜨려 버릴까?

아무튼, 그건 그렇다 치고 이건 그건가? 부녀 사이를 회복시킬 기회인지도 모른다.

분명히 한 나라의 국왕에게 시킬 만한 일은 아니지만, 도와주는 상대가 친딸이기도 하고 배지를 부착하고 있는 이상 일반인과 구별도 안 되니까. 어디까지나 표면상으로는 문제가 없다. 이번 일로 사쿠라도 조금은 태도가 부드러워질지도 모르고 말이지.

어쩔 수 없네. 힘을 보태 줄까. 나는 피아나 씨에게 말했다.

"도와준다고 하니, 괜찮지 않을까요? 실제로 일손이 부족하기도 하고요."

"하지만……."

"게다가 이 학교의 이상이나 교육 방침 등, 제노아스에서도 활용할 수 있는 것들이 많을 거라 생각해요. 이것도 문화 교류의 하나라고 생각하면 나쁜 이야기가 아니지 않을까 하는데요."

"으음! 확실히 그렇군!"

자기 뜻과 같다는 듯이 마왕 폐하가 고개를 끄덕였다. 어디까지가 진심인지는 모르겠지만, 굳이 딴지를 걸지는 말자.

하지만 그런 나의 배려를 무시하고 사쿠라가 뚱한 표정으로 반론했다.

"도움이라면 냥타로에게 받겠어. 냥타로라면 책도 읽을 수 있으니까."

"하지만 냥타로는 발음을 확실하게 할 수 없잖아?"

"그렇제 않다냥! 어떤 말도 술술이냥!"

유감스럽다는 듯이 냥타로가 크게 주장했다. 과연 그럴까?

"그럼 '간장 공장 공장장은 강 공장장이고 된장 공장 공장장은 공 공장장이다'라고 말해 봐."

"간냥 공냥 공냥냥은 강 공냥냥이고 된냥 공냥 공냥냥은 공 공냥냥…… 냐앙————?!"

이것 봐.

무릎에서부터 힘이 쭉 빠져 버리는 냥타로. 사쿠라가 으으 으, 하고 으르렁거렸다.

"도와준다고 하는데 딱 잘라 거절할 건 없다고 생각해. 사쿠라도 어린이 모임을 성공시키고 싶잖아?"

"……알았어. 도와줘도 돼."

하는 수 없다는 듯이 사쿠라가 허락하자, 그 말을 듣고 마왕이 기쁘게 미소를 지었다.

"하지만 엄마를 방해하지 말 것. 그리고 어린아이들한테 이상한 소릴 해서 바람을 잡아선 안 돼."

"그래, 약속하지."

피아나 씨가 생글거리며 두 사람이 대화하는 모습을 바라보았다. 미묘하지만 이것도 부모와 자녀의 형태 중 하나라고 할 수 있을까? 앗, 그렇지.

"피아나 씨, 잠깐 이쪽에 서 보실래요?"

"네? 이곳 말인가요?"

"마왕 폐하는 이쪽이요. 사쿠라는 이쪽, 사이에 서 봐. 응, 그래. 그대로 있어, 그대로."

"왜 그러지?"

사쿠라를 중심에 두고 세 사람을 서 있게 한 뒤, 나는 조금 뒤로 물러서 스마트폰의 카메라를 켰다.

"자, 웃으세요~."

찰칵! 하고 셔터음이 나고 촬영이 완료되었다.

이제는 【스토리지】에서 프린트용 종이를 꺼내 【드로잉】으로 인쇄하면 완성이다.

사진을 찍지 않더라도 【드로잉】을 이용해 인쇄할 수는 있지만, 정지 화면을 봐야 더 정확하게 그릴 수 있다. 누구나 프린트할 수 있는 마도구를 조만간 박사가 만든다고 했지만, 지금은 차원문 쪽에 매달려 있으니.

완성된 용지를 각각 세 사람에게 건네주었다.

"어머나……."

"오오오, 이건!"

"우우……."

삼인삼색의 표정을 선보이며 내가 건네준 사진(정확하게는 사진이 아니지만)을 응시하는 부모님과 자녀.

"이, 이건 받아가도 되는 거지?! 브륀힐드 공왕!"

"네, 가져가셔도 돼요. 오늘의 기념으로 드리겠습니다."

"고맙네!"

기뻐서 그렇게 외치는 마왕 폐하와는 대조적으로 떨떠름한 표정으로 사진을 보는 사쿠라. 설마 마왕이 찍힌 부분만 접는다든가 잘라내는 것은 아니겠지? 부탁이니까 적어도 이 자리에서만큼은 그러지 말아 줘.

역시 사쿠라도 그렇게까지는 하지 않았지만, 대신에 나잇살 먹고 사진을 보며 들뜬 자신의 아버지가 짜증 난다는 듯한 표정을 지었다. 물론 그 마음을 나도 모르는 것은 아니다. 이 아저씨, 틀림없이 100살은 넘었을 테지. 겉보기에는 20대라는 점이 헷갈리게 만드는 요소지만.

피아나 씨는 감탄하면서 사진을 바라보았다.

앗, 그렇지.

나는 【스토리지】에서 양산형 흰 스마트폰을 꺼내 피아나 씨에게 건네주었다. 우리 나라에서 학교라는 교육 기관의 최고 책임자를 맡은 분이니 건네드리자. 사용법은 사쿠라가 가르쳐 주면 될 테지.

그것을 보고 마왕이 자신도 가지고 싶다고 말했지만, 다른 나라에는 동서 동맹 가입국의 원수(元首) 및 중신들에게만 주었다고 말하자 놀랍게도 '그럼 제노아스도 가입하겠다' 라고 말을 꺼냈다. 저기, 저기요? 그래도 정말 되겠어요……?

계속 쇄국 상태였던 제노아스가 개국을 하는 것은 대환영이었지만, 이유가 이런 것이라니, 정말 괜찮은 건가?

마왕이 말하길, 제노아스로서는 유론이 붕괴하였을 때부터 그런 방향도 생각하고 있었기 때문에, 이건 계기에 불과하다고는 하지만……. 정말인지 아닌지 매우 수상합니다만.

다만, 나 혼자 결정할 수 있는 일은 아니므로 그 이야기는 축제가 끝난 뒤에 하기로 하고 이야기를 종결했다.

이렇게 된 이상 다른 초대국 하노크, 펠젠, 라일, 엘프라우, 이셴에 대해서도 생각을 해 두어야 할지도 모른다. 아아, 파레리우스섬도 넣어야 하나?

이젠 동서 동맹이 아니라 세계 동맹이구나. 아직 다른 나라가 가입해 줄지 어떨지는 모르지만.

아무튼, 또 바빠질 것 같아져서 살짝 한숨이 새어 나왔다.

축제 3일째. 이른 아침부터 쇼기 대회 결승전이 시작되었다.

대회장에 설치된 네 개의 대형 모니터는 각각 네 등분으로 나뉜 상태로, 총 열여섯 개의 대국을 방송하는 중이었다.

그런 모습을 멀리서 보면서 우리는 아침 일찍부터 늘어선 노점의 의자에 앉아 아침 식사를 대신해 *톤지루풍의 **이모니를 먹었다. 이게 또 상당히 맛있었다. 녹진한 토란과 씹히는 맛이 좋은 무가 정말 끝내줬다. 역시 이센 요리는 내 취향에 딱 맞는다.

"오늘은 쇼기 대회 결승전과 무술 대회의 예선이 열리죠?"

옆에 앉아 있던 유미나가 이모니를 먹다가 잠시 멈추고 말을 걸었다.

"응. 벨파스트, 레굴루스, 리프리스, 파르프, 로드메어는 각각 임금님들이 출장해서 쇼기 대회 쪽으로 갔고, 미스미드, 레스티아, 이센, 펠젠은 무술 대회 쪽으로 갔어."

무술 대회 쪽에는 우리 나라에서 바바 할아버지와 야마가타 아저씨가 출전하는데 어떻게 될까?

우승 후보를 꼽자면 역시 레스티아의 기사왕인가? 마법을 사용해도 좋다고 한다면【액셀】을 사용할 수 있는 미스미드의 수왕일 가능성도 컸을 테지만.

물론 그 외에도 알려지지 않은 강자가 출전했을 것이다. 안 그래도 이 마을에는 모험자들이 많다. 실력을 시험해 보기 위

---

*톤지루(豚汁): 돼지고기를 주재료로 넣은 미소시루.
**이모니(芋煮): 토란, 쇠고기, 곤약, 우엉, 파 등을 넣고 끓인 냄비 요리.

해 출전하는 사람들도 있을 거라 생각한다.

"토야 님은 오늘 어떻게 보내실 건가요?"

자신도 만들 수 있도록 이모니의 맛을 음미하며 먹던 루가 나의 일정을 물었다.

"어차피 쇼기 대회는 저녁이 되지 않으면 결판이 나지 않을 테고, 무술 대회도 예선이니까. 오늘은 다른 곳을 둘러볼 거야. 교회에도 볼일이 있고 말이지."

무술 대회의 심판은 모로하 누나와 카리나 누나가 맡아 주기로 했으니 걱정할 것은 없다. 쇼기 대회 쪽도 우리의 부단장인 니콜라 씨가 지휘하고 있어 문제없다.

"유미나와 루는 어떻게 보낼 거야? 벨파스트와 레굴루스는 쇼기 쪽으로 가 있는데."

레굴루스에서는 무술 대회 쪽에도 기사단장인 가스팔 씨가 출전한다. 물론 신분과 모습을 바꿔서.

기사단장이 이런 대회에 출전하는 것도 좀 그렇지 않나 생각하지만, 벨파스트에서도 레온 장군 등이 출전하니, 음, 들키지 않으면 상관없는 건가?

"아버지네는 모두 쇼기에 출전하셨지만, 오늘은 신경 쓸 필요가 없다고 하셨으니 특별한 일정은 없어요."

"그래서 저희, 오늘은 토야 님과 계속 같이 있을 생각이에요."

아침 일찍부터 날 부른 이유가 그거구나. 나야 거절할 이유가 없다.

요금을 내고 텅 빈 이모니의 그릇을 노점 점주에게 돌려준 다음 우리는 걷기 시작했다.

오른쪽에는 루가, 왼쪽에는 유미나가 착 달라붙어 팔짱을 끼었다. 솔직히 말해 상당히 걷기 힘들었지만, 두 사람이 기쁘게 미소를 짓고 있는데 내가 과연 뿌리칠 수 있을까? 당연히 그럴 수가 없다.

두 사람 모두 처음 만났을 때보다 키도 컸고, 나름대로 성장했지만, 굳이 따지자면 두 사람 모두 몸집이 작은 편으로 아직도 실제 나이보다 더 어리게 보였다.

팔에 닿는 감촉을 생각해 보면, 그쪽의 성장도 별로 순조롭지 않은 모양이다…….

아직도 다른 사람들이 본다면, 여동생 두 명을 데리고 나온 오빠처럼 보이지 않을까 한다.

"토야 오빠?"

"응? 아니, 아무것도 아니야."

감이 날카로운 두 사람에게 들키지 않게, 나는 짐짓 아무렇지도 않은 척 대답했다.

"오?"

앗, 오늘도 시계탑 스테이지에서 소스케 형의 피아노 연주가 열리고 있구나. 저 곡은…… 팝송인가?

내가 팝송을 좋아하는 것은 할아버지의 영향도 있어, 주로 올디즈에 편중된 것들이 많다. 이른바 1950년대부터 1960년

대의 음악이다. 즉, 소스케 형에게 가르쳐 준 것도 그런 곡들이라서…….

지금 소스케 형이 연주하는 저 곡도 1950년대를 대표하는 로큰롤의 스탠더드 넘버였다. 그 오리지널 연주는 지구 밖의 지적 생명체에게 들려주기 위해 보이저 1호와 2호에 레코드에도 저장되었다고 하니 정말 대단하다.

그러고 보니 자동차형 타임머신을 타게 된 주인공이 과거 세계의 댄스파티에 참가해 기타로 이 곡을 연주했다는 영화도 있었지? 참 재미있는 영화였다.

아무튼 흥겹고 좋은 곡이라, 연주를 듣는 모두도 몸을 흔들며 리듬을 타고 있었다.

어라? 잘 보니 소스케 형 말고도 기타 같은 현악기나 북 같은 타악기를 연주하는 사람들이 있었다.

"저 사람들은…….."

"유랑 악단이라는 모양입니다. 우연히 이 나라를 지나던 참이라는 듯하더군요. 어제도 소스케와 함께 이곳에서 연주했습니다."

내가 중얼거린 소리를 듣고 대답해 준 사람은 시계탑 한쪽 구석에서 의자를 늘어놓고 노점을 열고 있던 점주였다. 누군가 하고 봤더니, 우리의 농경신, 코스케 삼촌이었다. 잠깐만요, 뭐 하는 거예요?

"보다시피 음식을 팔고 있습니다. 저도 직접 기른 야채를 사용해 축제에 참여하고 싶어져서 말이죠."

실눈을 뜨고 웃는 코스케 삼촌의 노점에는 카레가 들어간 냄비와 막 지은 밥이 있었고, 옆에 놓인 나무 상자에는 다양한 야채가 산더미처럼 쌓여 있었다. 그리고 그 감자, 당근 등의 껍질을 일심불란 열심히 나이프로 깎는 소년이 있다는 사실을 깨달았다.

"어?! 음, 넌…… 카론이었던가?"

"네? 제가 카론 맞는데요…… 누구세요?"

감자를 깎던 소년이 어리둥절한 눈으로 나를 돌아보았다. 응? 아~. 배지 효과인가? 코스케 삼촌에게는 통하지 않아서 눈치채지 못했지만, 온(on)으로 되어 있었던 모양이었다. 나는 중심부가 노란색으로 변해 있는 배지를 해제하여 붉은색으로 만들었다.

"앗, 어어? 폐하?!"

카론이 눈을 껌뻑이며 겨우 나라는 사실을 깨달았다.

카론 소년은 오늘도 숙소 '은월'에서 일하고 있는 란츠와 동기로 입단한 기사 중 한 명이었다.

농작물에 관해 자세히 알고, 의사 집안이라고 해서 나이토 아저씨의 아래로 배속되어 농지 개발 임무를 맡고 있었을 텐데?

"이 아이는 장래성이 좋아서, 도와 달라고 부탁했습니다."

그렇구나. 이해가 되는 결정이다. 입단 테스트 당시의 서바이벌 훈련 때, 숲 안에서 다양한 음식 재료를 조달했었으니까.

그건 그렇고. 농경신의 마음에 들면 굉장한 거 아닌가……? 신의 가호를 받을 수 있을지도?

"둘이서 이 노점을 하는 건가요?"

"아니요. 라크셰 씨의 도움도 받고 있습니다. 지금은 조미료를 가지러 갔습니다. 하지만 라크셰 씨는 불에 약해서 조리는 맡길 수 없지만 말이죠."

알라우네인 라크셰구나. 그 아이는 식물 계열 마족이니, 당연히 불에는 약할 수밖에. 확실히 그 아이도 농지 개발 부문이었으니, 코스케 삼촌이 마음에 들어 하는 것도 이해가 된다.

농작신의 카레집이라. 흥미는 있었지만 조금 전에 이모니를 먹어 버렸으니~.

앗, 그렇지. 살짝 코스케 삼촌에게 귀엣말했다.

"그건 그렇고, 점심때 즈음이면 교회에 세계신님이……."

"카렌 씨에게 들었습니다. 하지만 저희는 신경 쓰지 않으셔도 됩니다."

"정말 괜찮나요? 오랜만에 만나 보지 않아도."

"신으로서는 어제도 수천 년 전도 별로 큰 차이가 아니라서요. 만나려고 하면 순식간에 만날 수도 있고요."

이런 감각은 신이라는 입장 그대로인 듯했다. 음, 내가 신경 쓴다고 해서 어떻게 되는 것은 아니니, 본인이 이렇게 말한다면 괜찮으려나?

우리는 시계탑에서 멀어져 노점의 상품을 들여다보기도 하며 축제 현장을 이리저리 구경했다.

"이건…….."

"그건 레굴루스 북부 쪽에서 만들어지는 명산품인 장식품이에요."

괴어(怪魚)를 입에 문 번개곰. 노점에서 판매되고 있는 그 목각 장식품을 보고 루가 설명해 주었다.

어디에 가든 이런 것은 항상 있더라. 하지만 내가 원래 살던 세계에서는 이제 그런 것을 만드는 직인(職人)의 수가 많이 줄어들었다고 들었지만…….

"이건…….."

"자자손손(子子孫孫), 행복이 계속되길 기원하는 부적 같은 인형이에요."

통처럼 생긴 인형. 졸업증서를 넣는 통처럼 상하로 뽀옹 분리하면, 안에서 통보다 작은 비슷하게 생긴 인형이 나오는 것인데, 그 인형을 열면 또 조금 전보다 조금 더 작은 인형이, 그 인형을 한 번 더 열면, 또 더욱 작은 인형이…….

이건 그거네. 러시아의 유명한 토산물. 이쪽이 더 만듦새가 심플하지만.

노점을 보며 돌아다니는 것도 나름대로 재미있는걸? 원래 있던 세계와 비슷한 것도 있고, 처음 보는 것들도 있다. 우리는 이리저리 노점을 돌아보다가, 가끔 마음에 든 물건을 사거나 하며 오전 시간을 보냈다.

슬슬 점심을 먹을 즈음이 되었을 때, 우리는 교회 쪽으로 방향을 틀었다.

약간 높은 언덕 위에 세워진 그 교회에는 평소에 라밋슈 교국에서 파견된 사제 한 명과 신관, 이렇게 두 사람이 있을 뿐이었다. 하지만 지금은 거기에 더해 사제 두 사람이 더 와 있었다.

내가 준 배지를 달아 사제 모습으로 변해 있기는 하지만 라밋슈 교국의 교황, 엘리어스 올트라 예하와 차기 교황이라는 소문이 도는 추기경, 필리스 루기트 씨였다.

주변에는 슬쩍 모험자로 꾸민 사람들이 있는데, 그 사람들도 아마 두 사람을 경호하는 라밋슈의 성기사들이리라.

라밋슈 교국이 신봉하는 빛의 신을 섬기는 신자는 우리 나라에도 조금 존재한다. '빛의 신'이 세계신이라고 한다면, 나도 신자라 해도 좋을지 모른다.

하지만 신의 권속이라는 입장상, 가족에 해당하는 사람의 신자라는 것도 좀 그래서 특별히 공개적으로 말을 하지는 않고 있지만. 교회에도 거의 발을 들이지 않고 말이지.

우리가 성당에 들어가 보니, 엄숙한 분위기 속에서 사제 중한 명으로 변해 있는 교황 예하가 라밋슈에서 일어난 기적 이야기를 하고 있었다.

이른바 '이스라의 기적'이다.

1년 전, 빛의 사자와 함께 라밋슈의 수도인 이스라에 강림한 '빛의 신'이 라밋슈를 뒤덮으려고 한 어둠의 사신(邪神)에게서 도움을 구했다는 그 사건의 이야기였다.

그 기적은 목격자도 많아, 신자가 아닌 사람들이나 라밋슈가 아닌 외국의 상인 등도 봤기 때문에 순식간에 전 세계로 소문이 퍼져 나갔다.

대부분의 나라에서는 사람들이 믿으려고 하지 않았지만, 그래도 많은 목격자의 이야기가 있으니 그런 일이 확실히 일어나긴 했을 거라고 생각하는 사람이 많았다.

실제로는 내가 일으킨 집단 환각 사기이지만.

그 이후로 라밋슈에서는 '신의 이름으로'라고 하며 면죄부를 내걸며 횡포를 부리는 사람들이 없어졌다고 하니, 그건 그거대로 조금이나마 좋은 방향으로 영향을 미쳤다고 생각해 두고 싶다.

교황 예하의 이야기가 끝나자 성당에 들어와 있던 사람들이 밖으로 퇴장했다.

우리가 이야기를 끝낸 교황 예하와 필리스 씨가 있는 쪽으로 가려고 하는데, 오히려 저편에 있던 두 사람이 빠른 걸음으로 다가왔다.

"고, 공왕 폐하! 혹시 벌써 그분이 이쪽으로 오셨나요?!"

"아⋯⋯⋯⋯ 아직이에요."

내 말을 듣고 맥이 풀린 표정을 짓는 두 사람에게 내가 다시 말을 걸었다.

"너무 그렇게 초조해하지 않으셔도 곧 오실 거예요⋯⋯."

"벌써 와 있네만."

"와앗?!"

바로 옆에서 들린 목소리에 나는 무심코 큰 소리로 소리를 지르고 말았다.

내 바로 옆에는 수수한 옷을 두르고 평소와 마찬가지로 표표한 웃음을 짓고 있는 세계신님이 서 있었다. 아아, 깜짝이야! 이 사람들은 항상 등장이 너무 갑작스러워!

"저기요, 놀라게 좀 하지 마세요! 언제 오신 거예요?!"

"홀홀홀, 방금 전이 마법을 사용해 파앗 하고 왔지. 오오, 두 사람 모두, 오랜만이구면."

세계신님이 교황 예하와 필리스 씨에게 말을 걸었다. 곧장 두 사람 모두 당황해서 그 자리에 무릎을 꿇으려고 했지만, 세계신님이 부드럽게 그러지 못하게 말렸다.

"두 사람의 입장이라는 것도 있지 않나. 이곳에서는 그렇게 마음을 쓸 필요는 없네. 아무도 신경을 쓰지 않기도 하니 말이야."

"앗, 네……!"

배지의 힘 덕에 신분은 모를 거라 생각하지만, 안 되겠는걸. 두 사람 모두 몸이 뻣뻣해졌다. 카렌 누나나 모로하 누나 덕에 면역이 생겼을 거라고 생각했는데.

그건 그렇고, 전이 마법으로 왔다고 했는데, 이번에는 아바타가 아닌 걸까? 누나들과 마찬가지로 인간화하여 강림했다는 건가?

"저어……. 토야 오빠, 이분은 누구신가요?"

뒤에서 우리를 보고 있던 유미나가 물었다. 그 옆에서 루도 신기하다는 듯한 표정을 지으며 이쪽을 바라보고 있었다.

아~. 어떻게 설명하면 좋을지…….

"안녕들 하신가, 아가씨들. 나는 모치즈키 신노스케(望月神之助). 이곳에 있는 모치즈키 토야군의 할아버지 되는 사람이네."

신노스케(神之助)라니. 너무 직접적이잖아요, 할아버지. 그리고 손자에게 '군'을 붙이는 것도 글쎄…….

실룩이듯이 웃는 나와는 대조적으로 유미나와 루의 표정이 놀라움으로 바뀌었다.

"토야 오빠의 할아버님? 어? 하지만 토야 오빠는 다른 세계에서……."

유미나의 말을 듣고 세계신님은 쉿~ 하고 검지를 세워 자신의 입에 갖다 댔다. 그것만으로 두 사람은 눈치를 챈 모양이었다. 카렌 누나나 모로하 누나와 동류라는 것을 눈치챈 거겠지.

"저, 정말 실례했습니다. 토야 오빠와 약혼한 유미나 에르네아 벨파스트라고 합니다."

"마, 마찬가지로 약혼을 한 루시아 레아 레굴루스라고 합니다. 인사가 늦어 죄송합니다."

"신경 쓸 것 없네. 오오, 두 사람 모두 가까이에서 보니 역시 미인이구먼. 토야는 이런 색시를 맞이하다니, 참 행복한 사람

이야."

깊게 고개를 숙이는 두 사람에게 하느님이 웃으면서 대답했다. 미인이라는 말을 들어 기쁜지, 두 사람 모두 얼굴을 붉게 물들이며 쑥스러워했다. 젠장, 귀여워.

"저어, 할아버님도 전이 마법을 사용하신 거지요?"

"대부분의 마법이라면 사용할 수 있지. 힘 조절은 조금 어렵지만 말이야."

"역시 토야 님의 할아버님이세요……."

아마 나와 마찬가지로 모든 속성을 지니고 있고 마력도 강하겠지. 아니, 한계 따위는 없는지도 모른다.

"아~. 세계시…… 아니, 할아버지? 카렌 누나하고는 만났어요?"

"할아버지? 오오, 할아버지라. 듣기 좋은 말이구면. 카렌이라고 하면 연애시…… 앗, 아~. 그 아이 말인가. 아아, 그렇지, 그렇지. 그 아이들도 손자가 되는 거구면. 아직 만나지는 않았지만, 곧 그쪽에서 올 게야."

어색한 우리의 대화를 듣고 유미나와 루가 서로 얼굴을 마주 보았다. 즉석 손자와 할아버지이니까 이건 어쩔 수 없어.

유미나와 루는 내가 이세계에서 왔다는 사실을 알지만, 설마 이 사람이 최고신이라고는 생각도 못 하겠지?

"오늘은 이곳에서 조금 이야기를 하다가, 마을을 한번 둘러볼까 해서 말이네. 괜찮겠나?"

"교회는 앞으로 일정이 어떻게 되나요?"

"아, 아…… 앗, 네! 괜찮습니다! 오후부터는 시간을 비울 테니까요!"

필리스 씨가 아직 긴장에서 해방되지 못한 목소리로 대답했다. 그 옆에서 교황 예하도 *끄덕끄덕* 고개를 움직였다. 이 두 사람, 정말로 괜찮을까?

하지만 이야기라니, 무슨 이야기를 할 생각이지?

세계가 아직 그 형태를 갖추지 못했을 무렵, 정령들은 이미 마력과 함께 그곳에 존재했다.

정령들은 하느님의 손발이 되어 세계의 형태를 만들고, 다양한 것을 만들어 냈다고 한다.

물의 정령이 세계를 바다로 채우고, 땅의 정령이 대지를 만들었다. 불의 정령이 화산을 폭발시키고, 바람의 정령이 따뜻한 공기를 옮겨 왔다.

대수(大樹)의 정령이 숲을 자라게 했고, 빛의 정령이 세계를 비추었고, 어둠의 정령이 밤의 안식을 부여했다.

그렇게 다양한 정령이 여러 가지를 만들어 가는 동안, 이 세계에 정령의 권속이 태어났다.

신수(神獸)나 성수(聖獸), 요정, 영조(靈鳥), 신목(神木) 등, 다양한 권속이 태어났고, 마지막에는 수인(獸人)이나 엘프, 드워프 등의 아인과 인간을 비롯한 생명이 태어났다고 한다.

하느님은 이 세계의 모든 것을 새롭게 태어난 자들에게 주고 자신은 하늘로 돌아가 버렸다.

이 세계를 더욱 좋은 세계로 만들기 위해서는 자신이 없는 편이 좋다고 생각했기 때문이었다.

"왜 하느님은 하늘로 돌아가 버린 거예요?"

제일 앞줄에 있던 남자아이가 세계 창세 이야기를 하던 세계 신님에게 물었다.

"자신들이 해야 할 일은 스스로 해야 한다고 생각했기 때문이지. 무슨 일이 있으면 신이 도와줄 거라고 생각하며 의지만 해서는 미래가 없으니 말이야. 부모님 곁을 떠나지 않으면 어엿한 한 사람의 어른이 될 수 없는 것과 같지."

기본적으로 신들은 그 세계에 간섭하지 않는다. 그렇기에 나는 내가 살던 세계에서 되살아날 수 없었다. 그쪽 세계에서는 한 번 죽었던 인간은 되살아나지 않는다. 그야말로 그것은 신의 기적이니까.

만약 죽은 곳이 이쪽 세계였다면 나는 되살아났을지도 모른다. 이쪽 세계는 리스크가 크긴 하지만, 소생 마법이 존재하기 때문이다.

"신은 너희에게 이 세계를 맡긴 것이야. 더욱 좋은 세계로 만들기 위해 한 사람 한 사람이 노력할 것. 그것이 하느님이 가장 기뻐할 일이 아닐까 생각하네."

교황 예하에게 사제 로브를 빌린 세계신님이 성당에 모인 사람들을 둘러보았다. 모두 진지하게 하느님의 이야기에 귀를 기울였다.

"작은 일이라도 좋으니, 누군가를 위해 자신이 할 수 있는 일을 하게. 그러면 되는 거야. 그게 이 세계를 지탱하는 기둥이 될 테지. 거기에는 구분이 없네. 아이도 어른도, 남자도 여자도, 임금님도 거지도, 부자도 가난한 사람도, 모두 같아. 모두 세계를 지탱하는 기둥이 될 수 있다네. 올곧게 열심히들 살아가게."

세계신님은 성당의 모두에게 인사를 하고 단상 아래로 내려갔다.

오호라, 정령은 하느님이 이 세계를 만들 때 돕는 일을 했었구나. 흐음, 나는 대수의 정령과 어둠의 정령밖에 못 만났지만, 그런 힘을 지닌 것처럼은······.

오랜 시간에 걸쳐 힘을 잃어 갔을 수도 있고, 하느님이 부렸기 때문에 세계를 창세할 정도의 힘을 지녔던 것일 수도 있다.

하지만 적어도 현재는 당시 정도의 힘은 없으리라 생각한다.

어둠의 정령은 내가 완전히 없애 버렸으니까. 물론 정령은 불멸이라는 모양이니 어딘가에서 부활했을지도 모르지만.

"수고하셨습니다. 재미있었어요."

"아니, 가끔은 이런 것도 좋구먼. 평소에는 다른 신들의 투정을 듣기만 하느라 내가 직접 이야기할 일이 없으니 말이야."

그건 좀 그렇지 않나 하고 고개를 갸웃하고 있는데, 교황 예하와 필리스 씨가 빠르게 달려 다가왔다.

"아주 훌륭한 이야기를 해 주셔서 정말 감사합니다! 이 이야기는 우리 나라에서 대대손손 전해질 겁니다!"

"그렇게 대단한 것은 아니지만…… 음, 마음대로 하게."

세계신님이 교황 예하의 말을 듣고 쓸쓸함이 섞인 웃음을 지었다. 이런 것도 신탁이라고 하는 걸까? 적어도 세계 창세 이야기는 받아들여질 것 같다.

"이후에는 어떻게 하실 거죠? 가능하면 모두에게 소개해 주고 싶은데요."

"글쎄다. 오늘은 하룻밤 자고 갈 생각이니, 그건 그때 해도 되겠지. 그것보다 마을을 걸어 다녀 보고 싶은데, 안내를 부탁할 수 있을까?"

"그건 내가 해 줄게."

어딘가에서 다가와 우리의 대화에 끼어든 사람은 카렌 누나였다. 신들은 왜 이렇게 갑작스럽게 나타나는 걸까……. 신출귀몰하다는 것은 잘 알았으니 그냥 평범하게 나타나 주세요.

카렌 누나가 갑자기 나타났는데도 동요하는 법 없이 미소를 계속 지으며 세계신님이 기쁘게 말을 걸었다.

"오오, 오랜만이구먼. 잘 있었는가?"

"덕분에 매일 즐겁게 보내고 있어요. 그것보다 안내는 제가 할 테니, 할아버지는 토야의 데이트를 방해하지 마세요."

"음? 오오, 그런가. 이거 눈치가 없었구먼. 미안하네, 아가씨들."

"아, 아니요. 저희는 별로……."

농담을 반쯤 섞어 웃는 세계신님에게 유미나와 루, 두 사람이 얼굴을 붉히며 당황스럽다는 듯이 손을 저었다.

아무래도 세계신님의 안내는 카렌 누나가 해 준다는 모양이라, 그건 맡겨 두기로 했다. 무슨 일이 있어도 이 두 사람이라면 아무 문제 없을 테지.

어째서인지 카렌 누나 일행에게 교황 예하와 필리스 씨, 그것도 모자라 호위인 라밋슈 사람들까지 따라가게 된 듯한데…… 그런 정도야 괜찮은가?

일단 우리는 교회를 떠나 셋이서 쇼기 대회장으로 가 보았다. 이제는 슬슬 승리한 사람들이 몇 명인가 나올 즈음이 아닐까 싶은데.

대회장에 도착해 보니, 아침에 비해 관전하는 사람들은 많아진 듯했지만, 이미 시합이 끝난 사람들도 많았고, 모니터에는 승자와 패자의 이름이 표시되어 있었다.

"어~. 아, 꽤 많이 결정됐구나."

아는 사람 중에서는 리플렛의 바랄 씨와 시몬 씨, 리프리스 황왕, 로드메어 전주 총독이 이미 패배한 상태였다. 리플렛 사람들 이외에는 물론 모두 가명이지만.

"아버지도 패하셨네요."

레굴루스 황제의 가명을 발견한 루가 중얼거렸다.

아니, 황제 폐하의 상대는 파르프 국왕이잖아. 그 소년, 정말 대단한걸?

대회장을 돌아보니, 근처 모니터 앞에서 의자에 앉아 화면을 뚫어져라 쳐다보는 집단이 있었다. 저 사람들은 레굴루스와 리프리스의 집단이네.

우리는 그 집단 곁으로 다가가 황제와 황왕, 두 사람에게 말을 걸었다.

"안녕하세요. 아쉽게 됐네요."

"오오, 토야인가. 아니, 꽤 즐거웠네. 내년에는 마작 대회도 개최해 줬으면 하는군."

"패배한 것은 아쉽지만, 자신의 결점도 알게 되었으니, 다음에는 지지 않아."

두 사람 모두 별로 패배한 사실을 신경 쓰지 않는 듯해 마음이 놓였다.

모니터에 비치는 화면을 문득 보니, 따악 하고 '은장(銀將)' 쇼기말이 움직였다. 그것에 반응해 두 폐하가 으음, 하고 고민스러운 목소리를 흘렸다.

"이 대국은……."

"파르프 국왕과 벨파스트 국왕이네. 참, 꽤 재미있는 대국이야."

그 두 사람인가. 레굴루스 황제 폐하를 이긴 실력이다. 벨파스트 국왕도 고전하고 있지 않을까?

방금 그 '은장'이 소년왕의 수니, 이렇게 되고, 이렇게 되겠지…….

"…… '비차'로 '은장'을 잡으면 되는 것 아닌가?"

"아니, 그건 '유도'하는 것일지도 몰라. 균형을 무너뜨리는 한 수가 될지도 모르니까. 함부로 손을 대지 않는 편이 현명하겠지."

레굴루스 황제의 말을 듣고 나는 한 번 더 모니터를 응시했다. 그런가? 으으음, 솔직히 말해 이제는 말을 제대로 이해하고 쫓아갈 수가 없어…….

야구도 그렇지만, 이쪽 세계 사람들은 한 번 빠져들면 실력이 느는 속도가 보통이 아니다. 뭐, 오락이 적은 세계니, 한번 빠지면 철저하게 끝까지 파고들게 되는 거겠지만.

이런 열의는 배워야 할 점이 있다. 쇼기 초보인 나는 저만치 크게 뒤처진 모양이다.

일단 쇼기 대회는 아직 조금 더 시간이 걸릴 듯하니, 무술 대회 예선을 한번 보러 갈까?

모험자인 지인들도 그쪽으로 출전했을지도 모르니까.

투기장을 찾아가 보니, 여섯 명의 출전자가 맹렬한 격전을 벌이고 있었다.

공격, 방어, 회피, 맞받아치기, 달려들기. 그러는 사이에 한 사람, 또 한 사람이 잇달아 쓰러져 갔다.

그 자리에서 쓰러져 기절한 사람은 곧장 장외로 전이되어 대기하고 있던 간호사들에게서 회복 마법을 받았다.

저 투기장은 출전자의 생명을 지키기 위해 다양한 장치가 마련되어 있었다. 저 장외 전송도 그중 하나였다.

마지막으로 남은 두 사람이 서로 칼을 맞부딪쳤다. 대검을 사용하는 모험자와 외날검을 겨눈 청년이었다.

청년 쪽은 다름 아닌 야에의 오빠인 코코노에 주타로 씨였다.

출전자의 무기 종류는 이쪽에서 빌려준다. 하지만 모두 날이 없다고는 해도, 저런 대검에 얻어맞으면 운이 좋으면 골절, 나쁘면 죽을 가능성도 있다.

다만 즉사가 아니면 회복시키는 것이 가능하고, 정말로 위험하다고 판단되면 심판인 모로하 누나가 순식간에 막을 거라고 생각한다.

상대가 휘두르는 대검을 훌쩍훌쩍 피하며 주타로 씨가 계속 후퇴했다.

겉보기에는 대검을 사용하는 사람이 몰아붙이는 것처럼 보이지만, 저건 타이밍을 살피는 게 아닐까…… 하고 내가 생각한 순간, 주타로 씨가 갑자기 앞으로 발을 내디뎠다.

번개처럼 발을 내디디며 날린 외날검은 상대의 몸을 정확하게 맞혔다.

퍼억! 하는 충격음이 나자마자, 대검을 사용하는 사람은 앞으로 쓰러져 장외로 전이되었다.

"거기까지! G블록 승자, 코코노에 주타로!"

심판인 모로하 누나의 목소리를 듣자, 관객석에서 환성과 박수가 쏟아졌다.

주타로 씨는 그 자리에서 인사를 한 뒤, 1미터 정도 되는 높이의 투기장에서 내려와 출전자 대기실 쪽으로 사라졌다.

"무난하게 이겼네요."

"오라버니라면 저 정도는 여유롭습니다."

유미나가 흘린 말을 듣고 야에가 고개를 끄덕이며 자랑스럽게 말했다.

무술 대회의 예선을 보러 온 나와 유미나와 루, 이렇게 세 사람은 이미 대회장의 관객석에 와 있던 야에와 힐다 일행과 합류했다.

예선 대회는 순조롭게 진행되고 있는 모양으로, 반수 가깝게 본선 진출자가 결정되어 있었다. 출전한 사람의 숫자가 많아서 예선은 배틀로얄이 되어 버렸지만, 이건 이거대로 달아올랐다.

"레스티아의 기사왕…… 라인하르트 씨는 예선을 돌파했지?"

"오라버니라면 A블록이어서 일찍 결정됐어요. 지금쯤 아래에서 시합을 보고 있지 않을까요?"

힐다가 콜로세움형 투기장인 시합 무대의 1층 대기실 쪽을 가리키며 말했다.

아, 그런가? 시합이 어떻게 짜이느냐에 따라서는 야에와 힐다의 오빠끼리 싸울 수도 있구나. ……. 나는 누굴 응원하면 되지? 양쪽 모두 처남인데……. 진부하지만 양쪽 모두 힘내라고밖에 할 말이 없겠구나.

"아는 사람 중에는 그 외에 누가 예선을 돌파했어?"

"레굴루스의 가스팔 기사단장과 벨파스트의 레온 장군, 그리고 우리 나라의 바바 님이 예선을 통과했습니다."

바바 할아버지도 이긴 거야……? 나이가 나이니 무리하지 않는 편이 좋을 텐데.

아무리 나이가 들었어도 역시 타케다 사천왕 중 한 명이라는 건가. 참고로 야마가타 아저씨는 라인하르트 형님에게 패배했다는 모양이다.

"아…… 토야 님, 저기…….""

"응?"

힐다가 가리킨 방향을 보니, 투기장에 서 있는 다음 H블록 예선 출전자 중에서 낯익은 얼굴이 보였다.

뾰족한 귀와 비늘 모양이 떠오른 적동색 피부. 용인족이라는 사실을 나타내는 머리에서 뻗은 두 개의 뿔과 굵은 꼬리.

"소니아 씨도 출전했구나."

용인족 여성 무투사. 모험자로, 우리와는 대수해의 무술 대회인 '가지치기 의식' 때 만난 뒤, 붕괴된 후의 유론에서는 함께 가짜 천제(天帝)를 몰아붙였던 사이다.

가짜 천제를 쓰러뜨린 후에는 우리 나라의 던전 등에서 모험자로서 활동하고 있었다고 하니, 이 대회에 출전한다고 해서 이상할 것은 없었다. 원래 무술 수행을 하기 위해 세계를 떠돌아다녔다고 하고 말이다.

그렇다면 콤비인 렝게츠 씨도 출전했을 게 틀림없어. 나는 스킨헤드 봉술사의 얼굴을 떠올려 보았다. 그 사람도 무사수행 중이었다고 하니, 이 대회는 강함을 확인해 볼 기회일 게 틀림없다.

그런 생각을 하는 사이에 투기장에서는 시합이 시작되어, 순식간에 난전이 펼쳐졌다.

소니아 씨를 공격한 도끼술사가 건틀릿 주먹을 제대로 한 방 먹고 시합장 가장자리의 아슬아슬한 곳까지 날아갔다.

간신히 버텼지만, 도끼술사는 갑자기 정면에서 보이지 않는 충격을 받아 장외로 날아가 버렸다. 물론 장외에 떨어지면 실격이다.

소니아 씨의 특기인 '발경'인가? 중거리에서 날아오는 그 기술은 성가시다.

결국 H블록은 소니아 씨의 독무대로, 별 위기 없이 본선 출전이 결정되었다. 같은 무투사로는 벨파스트의 레온 장군이 출전했는데, 그래도 장군 쪽이 한 수 위려나……?

아무튼 승부는 그때그때의 운이기도 하니, 직접 붙어 보지 않으면 알 수 없지만.

"소인도 출전하고 싶었습니다……."

"저도요……."

"잠깐잠깐. 일단 우리는 무슨 문제가 일어났을 때를 대비한 응급 요원이니까 긴장을 풀면 안 돼."

약속이라도 한 듯 똑같이 아쉽다고 목소리를 흘리는 야에와 힐다에게 나는 쓴웃음을 지으며 주의를 주었다.

하지만 이것은 명분일 뿐, 이 두 사람, 그리고 에르제도 마찬가지지만, 모두가 출전하면 엄청난 일이 벌어지는 것이 아닌가 조금 걱정을 했었다.

안 그래도 많은 신의 은총을 받은 몸이다. 자칫하면 1위부터

3위까지 브륀힐드가 독점하게 될 지도 모른다. 그런 축제는 시시하다. 승부조작이 아니냐는 의심을 받는 것도 싫고 말이지.

"무술 대회 쪽은 일단 문제없는 것 같으니 다른 장소를 돌아보자. 그러고 보니 학교 쪽에서 사쿠라 일행이……."

그렇게 모두에게 낭독회에 관해 이야기하려고 했을 때, 마을 안에 풀어 놓았던 소환수 한 마리가 텔레파시로 말을 걸었다.

"……미안, 잠깐 급한 일이 생겼어."

"네?"

모두를 남겨 두고 나는 【텔레포트】를 이용해 투기장의 바로 밖으로 전이했다.

건물에 가린 곳으로 전이했기 때문에 소동은 일어나지 않았다. 그대로 곧장 나는 바로 옆의, 사람들로 떠들썩한 마을의 큰 거리로 나갔다.

혼잡한 거리를 가르고 가자, 정면에서 이쪽을 향해 걸어오는 검은 반다나를 한 남자가 보였다. 그 뒤로는 코하쿠의 부하인 쥐가 졸졸 미행하는 중이었다. 저 녀석인가.

나는 아무 말 없이 반다나를 한 남자의 앞을 가로막았다.

"응? 넌 뭐야?"

"품 안에 있는 물건을 돌려주실까?"

"……무슨 말인지 모르겠는데?"

"가지고 있잖아? 훔친 지갑 말이야."

쳇, 하고 반다나를 한 남자는 혀를 차더니, 품에서 지갑이 아니라 나이프를 꺼내 나를 향해 뻗었다. 바로 도망치면 될 텐데, 아무래도 머리가 나쁜 모양이다.

나를 향해 뻗어오는 나이프를 피하면서, 야에에게 배운 대로 그 손을 잡고 바깥쪽으로 비틀어 올렸다. 관절과는 반대 방향으로 꺾인 팔의 통증을 이기지 못하고 남자는 나이프를 떨어뜨리고는 바닥에 바짝 엎드렸다.

"크악?! 이, 이 자식! 뭐 하는 짓이냐?!"

습격해 놓고 뭐 하는 짓이고 뭐고도 없잖아? 쥐가 나에게 깔려 엎드린 남자의 품에서 지갑을 꺼냈다. 양아치인 이 녀석과는 어울리지 않게 값비싸 보이는 원단으로 만들어진 지갑이었다.

쥐의 보고에 따르면, 이 녀석은 조금 전에 여행하는 상인의 품에서 이 지갑을 훔쳤다는 모양이었다. 우연히 가장 가까이에 내가 있어 붙잡으러 뛰쳐나왔지만.

잠시 뒤, 소동을 눈치챈 우리 기사단 녀석들이 와서 다시 남자를 체포했다.

처음에는 그건 자신의 지갑이라는 둥, 자신이 훔쳤다는 증거가 있냐는 둥 하며 소리를 쳤지만, 내가 신분을 밝히고 기억 회수 마법【리콜】로 쥐의 기억을 읽어 범행 순간을 영상으로 비추어 주자, 남자는 포기하고 얌전해졌다.

기사들이 소매치기 남자를 대기소로 연행하는 모습을 지켜

본 뒤, 나는 손에 들고 있던 지갑을 원래 주인에게 돌려주러 가기로 했다. 안에는 꽤 많은 금액이 들어 있어, 원래 주인은 상당히 난처할 듯했다.

다행히 쥐의 기억이 있어서 도둑맞은 사람이 누구인지 알았다.

지도를 검색해 보니, 쉽사리 발견할 수 있었다. 조금 더 나아간 곳의 노점 앞에 있어서 곧장 돌려주러 갔다.

빠른 걸음으로 노점 앞까지 가 보니, 상인으로 보이는 약간 살이 찐 남자와 그 노점의 점주로 보이는 아주머니가 말다툼하는 중이었다. 쥐의 기억 영상은 흑백이어서 몰랐지만 상인이 몸에 두르고 있는 옷은 유난히 붉은색이 많이 들어간 의상이었다. 참 화려한 상인이네.

"돈이 없다니 무슨 말이지?! 처음부터 먹고 도망칠 생각이었다면······."

"아니야! 지갑이 없어져서 그래! 떨어뜨렸든가 소매치기를 당해서······."

앗, 지갑이 없어서 무전취식 범인으로 몰리고 있는 듯했다. 위험했어.

"저기요. 잃어버린 지갑이 혹시 이거인가요?"

"어? 앗, 내 지갑?!"

뒤에서 말을 건 다음 들고 있던 지갑을 상인에게 내밀었다. 아무래도 틀림없는 모양이었다.

노점의 여주인에게 사태의 자초지종을 전달하고, 결코 악의가 있었던 것이 아니라는 점을 설명하자, 이해하며 상인에게서 대금을 받아 주었다.

"감사합니다. 덕분에 살았습니다."

상인은 그렇게 말하며 고개를 숙였다. 나는 이 상인을 맨 처음 봤을 때부터 한 가지 신경 쓰이는 점이 있었다.

겉보기에 상인은 검은 수염을 기른 마흔 살 이상의 풍채 좋은 남성이다. 머리에는 터번 같은 것을 둘러 자못 아랍인이라든가 '상인' 같은 모습인데, 내 눈길을 끈 것은 그 모습보다 그의 피부색이었다.

용인족인 소니아 씨의 피부보다도 더욱 붉은색이 강한 살결. 적색인이라고 하면 좋을까? 혹시 이 사람은······.

"혹시 붉은 민족······ 아르카나족 아니신가요?"

"어라? 우리 일족을 아십니까?"

역시나. 붉은색을 신성한 색이라 생각했다고 하는 고대 부족. 벨파스트의 옛 왕도 지하에 프레이즈를 봉인하고, 수수께끼의 비밀 문자를 남겼다. 1000년 정도 전에 얼음 나라인 엘프라우에도 찾아갔다고 하는 수수께끼의 일족. 이 상인은 그 후예이겠지.

엘프라우의 여왕 폐하에게 그들의 이야기를 들은 후, 일단 검색을 해 보았지만 그때는 검색에 걸리지 않았다.

아마 겉모습으로는 아르카나족을 판단할 수 없기 때문이라고 생각했다. 하지만 이렇게 눈에 띈다면 검색 마법에 걸렸어야 하는 것 아닌지…….

문득 상인의 목에 걸려 있는 켈트 문양 같은 황금 에뮬릿을 눈치챘다. 아하, 이것 탓이구나. 검색 마법 【서치】는 부적 하나로 막을 수 있는 약한 마법이다. 아마 이건 일족의 부적 같은 것이겠지.

"저어~. 정말로 아르카나족이라고 한다면, 꼭 봐 주셨으면 하는 것이 있는데요."

"호오?"

나는 【스토리지】에 넣어 두었던 몇 장의 사진을 꺼냈다. 우리가 처음으로 프레이즈를 만났던 그때 찍은 벽에 그려진 비밀 문자. 어쩌면 이 사람은 읽을 수 있을지도 모른다.

건네받은 사진을 보고 붉은 상인이 저도 모르게 목소리를 흘렸다.

"이건…… 아르카나족에게 고대로부터 전해지는 비밀 문자입니다. 지금은 우리 일족에서도 사용하는 사람은 거의 없습니다."

"역시 못 읽으시나요?"

"아니, 저는 읽을 수 있습니다. 저의 할머니가 일족의 무녀여서 이 문자를 가르쳐 주셨으니까요. 지금은 저를 포함해 읽을 수 있는 사람이 다섯 명이 채 되지 않을 테지만 말입니다."

그렇게 적어? 이 문자는 고대 문자인 동시에 신성한 것이나

중요한 것을 기록할 때만 사용한다고 한다. 일상적으로 사용되는 문자는 아니구나.

"으으음...... '우리 붉은 민족이 여기에 기록하노라. 빛나는 악마의 무리, 마계의 구멍에서 와 민초를 제물로 삼았다. 왕도가 멸망될 때, 왕을 따르던 검은색과 흰색의 작은 기사 두 명이 시간과 공간의 끝에서 악마를 물리쳐 마계의 구멍을 막고, 어딘가로 떠났다. 오랜 시간 후에 다시 마계의 구멍이 열리려 했을 때, 악마를 물리치기 위해 이곳에 악마의 몸을 남긴다. 결코 생명을 주입해서는 안 된다' ......일까요?"

상인이 읽어 준 그 내용을 듣고 나는 새삼 고개를 갸웃했다.

빛나는 악마는 프레이즈를 가리키는 것일 테고. 악마의 구멍은 아마 결계의 틈새를 말한다.

하지만 검은색과 흰색의 기사라니, 대체 누구지? 생명을 주입해서는 안 된다는 말은 마력을 주입하지 말라는 것이겠지만, 이미 주입해 버렸으니.

"이걸 어디서 발견하셨죠?"

"벨파스트의 옛 왕도 지하에 있던 작은 유적에 남겨져 있었어요."

"그렇군요....... 아주 오랜 옛날, 벨파스트에 우리 일족에서 떨어져 나간 자들이 이주해 살았다는 말을 전해 들은 적이 있습니다. 그 사람들이 남긴 것인지도 모르겠군요."

1000년도 전에 벨파스트의 옛 왕도를 습격한 프레이즈. 그때의 일을 후세에 전달하기 위해 붉은 민족, 아르카나족은 직접 그 유적을 만들었다. 하지만 어떠한 이유로 그것은 역사의 어둠에 묻혀 없었던 일이 되어 버렸다……인 건가?

그건 당시의 왕이었던 사람의 지시였을지도 모르고, 오랜 세월이 지나는 사이에 잊힌 것인지도 모른다. 아니, 붉은 민족이 단독으로 그 폐허의 지하를 이용하여 프레이즈를 봉인한 것인지도 모른다……. 하지만 문제는 그것이 아니다.

아마 이곳에 적힌 것은 사실이다. 프레이즈가 왕도를 습격했고, 왕도는 미증유의 위기에 빠졌다.

그런 프레이즈를 쓰러뜨렸거나, 쫓아낸 자들은 확실히 존재했다.

검은색과 흰색의 기사. 그 두 사람이 열쇠다. '뒤쪽 세계'에서 불러낸 고렘과 사용자였을지, 아니면 정말로 2인조 기사였는지 판단할 수는 없지만.

뭘까. 퍼즐의 피스가 모였지만 어떻게 정렬하면 좋을지 알 수 없는 감각이다. 역시 '뒤쪽 세계'에 또 가 보는 수밖에 없는 건가?

"감사합니다. 도움이 되었습니다."

"아니요, 저야말로. 이 돈은 이번에 매입할 때 사용할 자금으로, 큰 손해를 볼 뻔했습니다. 다시 한번 감사의 말씀 드립니다."

붉은 민족, 아르카나족은 흐르고 흘러 하노크 왕국과 마왕

국 제노아스 사이에 떠 있는 섬에 안주할 땅을 얻었다는 모양
이었다.

위치상으로는 제노아스에 가까운 섬인 듯, 그 섬에서는 마
족도 함께 살고 있다고 한다.

상인…… 포룽가 씨는 젊었을 시절에 섬을 나와 사업의 길로
들어섰고, 지금은 어엿한 한 사람의 상인이 되어 세계를 이리
저리 돌아다니고 있다는 모양이었다. 브륀힐드에 온 것도 이
곳에서만 손에 넣을 수 있는 진귀한 상품을 사들이기 위해서
였던 듯하다.

그런 사실을 알고 나는 포룽가 씨에게 오르바 씨의 스트랜드
상회를 소개해 주었다. 그곳이라면 진귀한 물건을 많이 취급
하고 있으니까.

그리고 포룽가 씨와 헤어진 나는 새삼 조금 전에 포룽가 씨
가 한 말을 떠올려 보았다.

"두 사람의 기사……라."

으~음…………………. 안 되겠어. 역시 뭐가 뭔지. 일단
뒤로 미뤄 두자.

"아, 있다. 토야 오빠!"

나를 부르는 소리에 돌아보니, 인파를 가르며 유미나와 루
가 이쪽을 향해 손을 흔들며 다가오고 있었다.

"용케 여기를 알았네."

근처라고는 하지만 【텔레포트】한 곳으로 두 사람이 바로 오

다니. 그런 사실이 신기해서 물어보니, 두 사람 모두 얼굴을 마주 보며 고개를 작게 갸웃했다.

"으~음……. 왜인지는 모르겠지만, 요즘 토야 오빠가 어디에 있는지 대충 알게 되더라고요. 루 씨도 마찬가지인 모양으로……."

"어딘가 모르게, 이쪽일까? 하는 느낌으로……. 다른 분들도 모두 마찬가지 감각이 드는 모양이에요."

악, 그 센서는 대체 뭐야?! 이것도 권속화의 영향 중 하나인가?!

확실히 나와의 연결성이 강해지면 그런 일도 가능해질지 모른다. 코하쿠 일행이 갖추고 있는 힘과 비슷한 것이겠지.

하지만 색시들이 자신이 있는 장소를 확실하게 파악한다는 것은…… 큰일 아닌가? 바람도 못 피우게 되잖아! 아니, 안 피울 거지만!!

"야에랑 힐다는?"

"무술 대회를 계속 관전한다고 해요. 나중에 에르제 씨도 온다고 하니까요."

음, 우리의 무투파 3인조라면 그렇게 되려나?

말할 것도 없이 무투파란 에르제, 야에, 힐다를 말한다. 린제, 린, 사쿠라가 마술파, 나머지인 유미나, 루, 스우가 왕족파려나? 아니, 힐다도 사쿠라도 왕족이긴 하지만.

그리고 우리는 사쿠라 일행의 낭독회를 견학하거나, 여행하는 길거리 연예인들의 엄청난 기술을 감상하거나, 대낮부터 소란을 피우고 날뛰는 술주정뱅이를 붙잡아 징계를 내리거나 했다.

낭독회에서는 마왕이 아이들에게 박력 넘치고 실감 나게 이야기를 해 준 것이 인상적이었다. 왜 그렇게 악한 사람 같은 말투로 이야기를 하는 건가. 무서워서 울음을 터뜨린 아이도 있어, 마왕은 사쿠라에게 따끔하게 혼나기도 했다.

어느덧 저녁이 되어 가서 나는 쇼기 대회장으로 돌아가기로 했다. 슬슬 결승이 시작될 즈음이다.

우리가 대회장에 도착해 보니, 설치된 네 개의 대형 모니터에 모두 같은 대국이 비치고 있었다. 아무래도 결승전이 시작된 모양이었다.

"어…… 오오, 파르프 왕과 도란 씨인가? 굉장한걸?"

주변의 관객 중에도 놀란 목소리를 흘리는 사람이 있었다.

파르프 왕국의 젊은 소년왕, 에르네스트 딘 파르프. 여기서는 가명을 사용해, 에르 파르스라는 이름이었다.

내가 건네준 배지 효과로 다른 사람들은 모두 본인이 아닌 완전히 다른 사람으로 보일 테지만, 나이는 그대로 보일 것이었다.

불과 열 살 정도의 소년이 어른들 틈에서 살아남아 결승전까지 갔다. 당연히 놀랄 수밖에.

"틀림없이 저 아이도 천재야……. 사촌인 레이첼도 그렇고,

정말 엄청난 두 사람이구나."

문득 관객석을 보니, 약혼자인 소년을 지켜보는 레이첼의 모습이 보였다. 주변에는 파르프의 호위대의 모습도 있었다.

레이첼은 마른침을 삼키며 대국을 계속 지켜보았다. 때때로 옆에 앉아 있는 아버지인 렘브란트 공작에게 대국 내용을 설명해 달라고 부탁하기도 했다. 역시 걱정이 되는 것이겠지.

그 마음을 아는지 모르는지, 소년왕은 반상의 쇼기말에 모든 신경을 집중시켰다.

대전 상대인 리플렛 마을의 숙소, '은월'의 주인, 도란 씨도 평소의 우락부락한 얼굴을 더욱 우락부락하게 만들며 반상의 쇼기말을 노려보았다. 무서워……. 평범한 어린아이라면 나 살려라 하고 도망가지 않을까?

쇼기말은 이미 회색이 되었고, 제한 시간이 코앞으로 다가왔다. 그러자 도란 씨가 손을 쇼기말에 뻗어 '은장'을 오른쪽 대각선으로 움직였다.

다음 순간, 소년왕이 눈썹을 찌푸리며 깊은 생각에 빠지기 시작했다. 도란 씨가 옆쪽 책상에 있던 모래시계를 뒤집었다. 이제 쇼기말의 색이 원래대로 돌아왔다. 이번에는 소년왕의 턴인가?

"누가 이기고 있나요?"

"으~음. 반면을 보는 한, 도란 씨가 이기고 있는 것처럼 보이지만……."

루의 질문에 그런 대답을 해 주었지만, 솔직히 말해 자신은 없었다. 이제부터 어떻게 움직일지야 상대에 따라 변하는 것인데, 나는 그것을 판단할 수 있는 능력이 없었기 때문이다.

관객석의 빈자리에서는 두 사람의 대국을 직접 놓아서 재현해 보며, 이게 좋니 저게 좋니 하며 이야기하는 사람들도 있었다.

쇼기를 잘 모르는 사람들도 두 사람이 내뿜는 진지한 기백에 빨려 들어가고 있는 것처럼 보였다.

또다시 쇼기말이 회색으로 변했다. 제한 시간이 다가온 것이다.

파르프 왕의 손이 움직였다. 반상에 있던 파르프 왕의 '계마(桂馬)'가 대각선으로 날아갔다.

따악 하고 쇼기말이 놓인 순간, 다시 색이 원래대로 돌아갔다. 이번엔 소년왕이 모래시계를 뒤집었다.

도란 씨의 얼굴이 더욱 험악해졌다. 어라? 이건 소년왕이 공세로 나서고 있는 건가? 잘 모르겠다.

으~음. 내년부터는 해설자를 관객석 쪽에 상주시켜 놓는 게 좋을지도 모르겠어.

아슬아슬할 때까지 고민했던 도란 씨가 쇼기말을 다시 움직였다. '힘내라' 라는 말을 하기도 주저하게 되는 분위기라, 우리는 두 사람의 진검승부를 그냥 지켜볼 수밖에 없었다.

◇ ◇ ◇

"······졌습니다."

도란 씨가 돌을 던진다고 말하자, 관객석에 있던 파르프 진영이 벌떡 일어서 일제히 환성을 질렀다.

어느새 그 옆에 파르프 왕의 누나인 뤼시엔느 공주와 리니에 국왕도 와서 파르프 사람들과 함께 아낌없이 박수를 보내 주었다.

레이첼은 눈물샘이 터졌는지 엉엉 울었고, 아버지인 렘프란트 공작은 그런 레이첼을 달래 주었다. 저건 약혼자의 승리가 기뻐서 우는 거지?

승리한 본인은 완전히 몸에 힘이 빠진 듯, 의자에 푸욱 기대어 멍한 표정을 지었다. 정신력을 다 사용해 버린 느낌이야. 어린아이이기도 하니 어쩔 수 없는 건가.

도란 씨는 팔짱을 끼고 크게 한숨을 내쉬고는 아쉽다는 듯이 눈을 감았다.

확실히 아쉬웠지만 그래도 준우승이다. 충분히 대단하다고 생각하지만, 역시 아쉬운 마음은 어쩔 수 없는 거겠지.

"······연초에."

"네?"

도란 씨가 눈을 뜨고 눈앞의 소년왕에게 조용히 말했다. 그 말에 반응했는지, 파르프 왕이 당황해 의자에 자세를 고쳐 앉았다.

"연초에 리플렛 마을에서 쇼기 대회가 열린다. 너도 참가해보지 않겠나? 이곳처럼 화려한 대회장은 아니지만 말이야. 그곳에서 또 승부해 보는 게 어때?"

"아…… 네! 알겠습니다, 또 승부하시죠!"

도란 씨가 내민 손을 에르 소년이 강하게 맞잡았다.

모르고 한 말이라고는 하지만, 한 나라의 임금님을 자신들 마을 이벤트에 초청해 버렸어, 도란 씨.

하지만 내 눈엔 나이나 신분은 다르지만 두 사람 사이에는 진검승부를 통해 싹튼 신비한 유대가 있는 것처럼 보였다. 리플렛 대회 때도 배지를 빌려주자.

아무튼 긴 싸움에 결판이 났다. 대회장에서 곧장 시상식을 열고, 야구 때와 마찬가지로 기념 메달과 방패를 각 사람에게 수여했다.

우승은 에르 파르스, 즉, 파르프 왕 에르네스트. 준우승은 리플렛 마을의 도란 씨. 3위는 일반부에서 승리해 올라온 남성이었다.

각 사람이 목에 건 메달이 반짝거렸다. 파르프 왕은 오레이칼코스로 만들어진 메달을 손에 들고 반짝거리는 눈으로 바라보았다.

정말로 무척 기쁜 모양이다. 다른 사람의 힘을 빌리지 않고,

자신의 힘만으로 쟁취한 증거다. 이것으로 조금은 자신의 힘에 자신감을 가질 수 있다면 좋겠다.

"우승 축하해."

"앗, 감사합니다! 평생의 보물로 간직하겠습니다!"

기뻐해 줘서 정말 다행이다.

수상식이 끝나고 모두가 무대에서 내려오자, 레이첼이 엄청난 속도로 달려와 에르 소년에게 안겨들었다. 우오오.

"해냈구나! 난 에르라면 이길 수 있을 거라고 믿었어!"

"앗⋯⋯ 레, 레이첼, 숨 막혀⋯⋯."

꼬옥~. 기뻐하며 꼭 껴안은 레이첼과는 달리 얼굴이 새파래진 파르프 왕. 음~. 훈훈한 광경인지 무서운 광경인지. 그래도 사이가 좋다는 것은 아름다운 거지 뭐.

이것으로 쇼기 대회도 종료. 이제는 내일 열리는 무술 대회 결승뿐인가. 그다음 폐회식과 후야제를 열면 축제도 이제는 끝이다.

갑작스럽게 시작된 것치고는 꽤 무난하게 끝날 듯⋯⋯.

하네, 하고 생각한 그 타이밍을 노린 듯이 품 안의 스마트폰의 진동이 울렸다.

전화를 한 사람은 길드 마스터인 레리샤 씨였다. 불길한 예감이 마구 들었다.

그렇다고 해서 안 받을 수도 없어 나는 통화 아이콘을 터치했다.

"……네, 여보세요?"

〈공왕 폐하이신가요? 레리샤입니다. 감지판에 프레이즈 출현 징후가 포착되었습니다. 장소는 유론 지방 동부, 수는 중간 규모, 500에서 100마리 정도라고 생각됩니다. 상급종의 반응은 없습니다.〉

이것 봐. 프레이즈 녀석, 분위기 파악 좀 해라.

"현장에서 가장 가까운 마을이나 도시는요?"

〈페이한이라는 마을이 가장 가깝지만 50킬로미터는 떨어져 있습니다. 하지만 그 마을은 유론 내란으로 인해 고스트타운이 되어 주민은 없을 듯합니다. 있다 하더라도 도적 같은 사람들이겠죠.〉

"예상 출현 시간은요?"

〈오늘 밤입니다. 아마 지금부터 다섯 시간 전후일 겁니다.〉

쳇. 왜 이렇게 빨리 오는 거야? 지금부터 다섯 시간 후라고 하면…… 밤 10시 전후인가.

500에서 1000마리이고, 상급종이 없다고 한다면 프레임 기어 30기 정도만 보내도 괜찮으려나?

지금까지의 경험을 통해 보면 1000마리가 출현한다고 해도, 그중 중급종은 전체의 10에서 20퍼센트 정도일 테니까.

우리 약혼자들의 전용기를 포함한 멤버가 출격하면 아마 괜찮겠지.

레리샤 씨에게 알겠다는 취지의 말을 전달하고 전화를 끊은 다음, 곧장 바빌론의 로제타와 모니카에게 출격 준비를 해 두라고 말을 하기 위해 전화를 걸었다.

그러고 보니 은근히 야간 전투는 처음인 건가? 확실히 바빌론의 '창고' 쪽에 이런 때가 오면 사용할 수 있을 법한 아티팩트가 있었던 것 같은데. 관리인인 파르셰에게도 연락해 두자.

긴 밤이 될 것 같아.

▎꜒ll 제2장 축제의 끝

'폐하, 배치가 완료되었습니다.'

"알겠습니다. 출현 징후 보고가 있을 때까지 그 자리에서 대기해 주시길 부탁드립니다."

기사단장인 레인 씨에게서 들어온 통신에 그렇게 대답하고, 나는 밤하늘을 올려다보았다. 달이 없어 하늘 전체에서 별이 반짝였다.

비행 형태로 대기하고 있는 린제의 헬름비게 위에서 나는 그 별이 빛나는 하늘을 바라보았다. 새삼 생각하는 거지만, 내가 기존에 알고 있는 별자리와는 전혀 다르구나.

출현 예측 지역인 이곳, 유론 동부에는 살풍경한 황야가 펼쳐져 있었다.

일단 이번 일은 각국의 임금님들에게 전달해 두었다. 장소가 장소인 만큼 우리가 토벌하는 것에 아무도 이의를 제기하지 않았다.

유론은 지난 프레이즈 대습격과 그 후에 시작된 차세대 천제들이 다투는 내란으로 인해 계속 황폐해지기만 했다.

그래서 전쟁터가 된 중앙 지역에서는 사람들이 떠났고, 대신 다른 나라와의 국경 부근에서 재부흥을 위한 마을과 도시를 만드는 사람들이 속출했다.

　대부분은 서쪽의 하노크, 남쪽의 로드메어와 펠젠이 있는 방향으로 흘러갔고, 북쪽이나 동쪽으로 가는 사람은 별로 없었다.

　북쪽의 제노아스는 마족이 통치하는 땅으로, 다른 나라와는 그다지 교류를 하고 싶어 하지 않는다. 그에 더해 이 대륙의 북쪽은 사람이 살아가기에는 가혹하다. 마족 정도의 강인한 신체가 있다면 모르겠지만.

　북쪽은 이해가 되지만, 동쪽에는 노키아 왕국이 있다. 왜 유론 사람들은 노키아 왕국 쪽으로 가지 않는 걸까.

　내가 그런 의문을 꺼내자, 옆에 앉아 있던 린제가 대답해 주었다.

　"노키아 왕국과 천제국 유론은 원래 사이가 별로 좋지 않은 나라였거든요. 옛날에 유론의 압제 정치를 피해 떠난 일부 사람들이 동부 지역에 세운 나라가 노키아라는 이야기가 있어요."

　노키아와 유론 사이에는 험악한 산맥이 몇 겹이나 솟구쳐 있어, 자연의 요새라고 해도 과언이 아닌 그 땅이 유론에게서 도망친 사람들을 지켜 주었다고 한다.

　과거에 몇 번이나 유론은 노키아를 공격했다고 하는데, 그 원정은 모두 실패로 끝났다고 한다.

그런 관계라면 유론 사람들이 구원을 바라며 가고자 하지 않는 것도 이해가 된다. 일찍이 자신들이 침략하려고 한 나라다. 원망을 받고 있어도 이상하지 않다.

아무튼, 노키아라는 나라가 제노아스에 뒤지지 않을 만큼 쇄국적인 나라라는 것은 알게 되었다. 북쪽 나라는 폐쇄적이 되기 십상인가? 아니, 엘프라우 왕국은 다른가?

"바람이 굉장히 차네. 유론은 벌써 겨울이 되는 건가?"

이쪽 세계는 정령의 간섭이나 지령(地靈)의 활동에 따라 각 토지의 기후가 완전히 뒤죽박죽이지만, 유론에는 이센이나 브륀힐드와 마찬가지로 사계절이 있다는 모양이었다. 브륀힐드는 불과 얼마 전까지 한여름이었는데…….

추위에 목을 웅크리자, 린제가 물통에 들어 있던 따뜻한 음료를 나에게 건네주었다.

준비성이 좋은걸? 이런 배려를 잘한다는 것이 린제의 굉장한 점이었다.

"이번 싸움에도 비행형은 린제에게 맡길 텐데 괜찮겠어?"

"네. 확산 정탄(晶彈)에 더해, 정재 브레드도 장비로 추가됐으니까, 괜찮아, 요. 그리고 변형 속도도 0.5초 단축됐다고 해요."

오오. 박사도 제대로 일을 하고 있네.

축제 기간에도 차원문에 들러붙어 있길래, 완전히 잊고 있었던 것이 아닌가 하고 생각했는데.

"그런 것보다 토야 씨의 전용기는 아직인가요?"

"설계는 거의 끝난 모양인 것 같더라고. 하지만 이렇게 말하면 뭐할지 몰라도, 전력 자체는 지금으로도 충분하기도 하고, 박사가 차원문 쪽에 힘을 다 쏟고 있으니."

이런저런 일 탓에 그건 뒤로 밀리게 되었다. 나야 충분히 시간을 들여 좋은 물건을 만들어 주면 아무런 불만이 없지만, 그래도 무슨 일이 있을 때를 대비해 준비는 해 두고 싶었다.

"토야 씨의 전용기…… . 분명히 이름은…… '레긴레이브'……였던가요?"

"응. 린제네 기체랑 같아. 발키리의 이름에서 따온 거야."

당초에는 '오딘' 같은 것도 생각했지만, 신의 이름을 붙이는 것도 뭔가 이상해서 변경했다.

그 이름엔 '신들을 계승한 자'라는 의미도 있다. 이대로라면 완성까지 아직 한참 남은 것 같지만.

그런 생각을 하면서 린제가 준 커피를 마시고 있는데, 곧장 스마트폰으로 연락이 들어왔다.

〈마스터, 프레이즈의 출현 징후를 확인했어요. 앞으로 5분 정도면 공간에 균열이 생길 거예요.〉

후방에서 대기하던 고속 전투정, '궁니르'에서 파르셰의 목소리가 날아들었다.

'창고'의 관리인인 파르셰에게는 이번에 정보 지원 보좌로서 도움을 받고 있다. 어디까지나 보좌로, 메인은 '정원'의 관리인인 셰스카이다.

　덜렁이에 전황 분석의 고삐를 쥐게 할 정도로 나는 별나지 않다. 에로 메이드 쪽이 몇 배는 더 낫다.

　"좋아. 모두에게 그걸 기동하라고 전달해 줘."

〈알겠습니다.〉

　이번에는 야간 전투인 데다 달도 뜨지 않았다. 별빛 외에는 의지할 것이 없는 밝기다. 약혼자들의 전용기, 발큐리아에는 암시장치(暗視裝置)가 장착되어 있어 문제가 없지만, 구형인 중기사 등에는 아직 암시장치가 탑재되어 있지 않았다.

　그래서 '창고'에 있던 외부 장착용 암시장치를 구형 프레임 기어에 장착하기로 했다. 그 때문에 외견상으로는 기사가 바이저를 내린 상태처럼 보였다. 이렇게 하면 어두운 곳에서도 주변을 밝게 잘 볼 수 있을 테지.

　그냥 밝게 하려고만 한다면 빛 마법인【라이트】를 사용할 수도 있겠지만, 어두운 곳에서 이쪽만 빛이 나서는 쉽사리 표적이 될 가능성이 커 그건 기각해 버렸다.

　물론 프레임 기어에 타지 않는 나에게는 주변이 모두 어두컴컴하게 보였지만, 대신에 신기를 가볍게 눈에 집중하기만 하면 어두운 곳도 잘 보였다. 점점 더 인간의 영역을 벗어나는구나.

　별빛이 쏟아지는 가운데 린제가 헬름비게의 콕핏을 향해 갔다. 여기저기에서 프레임 기어의 기동음이 울리기 시작했다.

　헬름비게의 기체에서 내려간 뒤, 어두운 가운데에서 내가 앞쪽 공간을 노려보듯이 응시하는데, 삐걱거리는 듯한 큰 균열음이 주변에 울려 퍼지기 시작했다.

"왔다."

빠직빠직, 하고 이쪽저쪽에서 공간이 갈라지자 별빛을 받아 반짝이는 프레이즈가 벌레처럼 우르르르 나타났다.

역시 하급종과 중급종뿐이구나.

"각자 가능한 한 고립되지 않게 움직이면서 하나씩 격파해 줘. 비행형은 린제와 린, 유미나에게 맡길게. 루도 상황에 따라 격파해 주고."

〈알겠습니다.〉

린의 그림게르데, 유미나의 브륀힐데, 루의 발트라우테는 사격 장비를 탑재하고 있다. 루의 발트라우테의 경우에는 교체할 필요가 있지만.

"어디 보자, 그럼 원칙대로라면 【유성우^{미티어레인}】를 먹이고 숫자를……."

줄일까, 하고 밤하늘에 【게이트】를 열려고 하다가 나는 묘한 사실을 깨달았다.

프레이즈들의 움직임이 이상했다. 평소라면 똑바로 이쪽으로 향해 왔을 텐데.

저 녀석들은 본능적으로 인간을 습격한다. 정확하게는 심장의 고동음을 멈추게 하려고 인간을 향해 간다. 그래서 이쪽 세계에 들어오자마자 원래는 가장 가까이에 있는 인간, 즉, 우리를 습격한다.

그런데 이번에는 거미 새끼가 흩어지듯이 사방팔방으로 흩어졌다. 이쪽을 향해서 오는 녀석들도 있지만, 완전히 반대 방향으로 달리기 시작하는 녀석들도 있었다.

"뭐지? 이곳에 우리 외에도 사람이 있나?"

있을 수 없는 일은 아니다. 실제로 이전에 '황금결사'에 감쪽같이 전쟁터에서 파괴된 프레임 기어를 한 기 도둑맞은 적이 있다. 황금결사는 그것을 기반으로 하여 철기병이라고 하는 복제품까지 만들었을 정도였다.

그때는 황금결사가 모습을 감추는 스텔스 기능이 있는 아티팩트를 사용했기 때문에 당한 것이었는데, 이번에도 그런 종류의 물건을 사용하고 있는 사람이 있을지도 모른다.

그렇다고 한다면 함부로 【유성우】를 사용할 수 없잖아.

하지만 어느 쪽이든 간에 놓칠 수는 없었다.

"린제! 멀어져 가는 녀석들을 앞질러 제압해 줘! 유미나도 후방의 녀석들부터 부탁해!"

〈알겠, 습니다.〉

〈알겠습니다.〉

내 말에 따라 비행 형태의 헬름비게가 고속으로 밤하늘을 날아갔다.

그 바로 아래에서 반대편으로 달리려고 했던 프레이즈가 뒤에서 핵을 꿰뚫려 산산이 부서져 버렸다.

후방 진영에서 브륀힐데가 날린 스나이퍼 라이플로 일격을 날렸기 때문이었다. 브륀힐데에서 날아간 정탄은 잇달아 정확하게 프레이즈의 핵을 꿰뚫었다.

 장거리 저격 전용에 걸맞은 활약이라 할 수 있으려나?

 "그건 그렇고 움직임이 엉망진창이네……. 원래 통솔에 따라 움직이는 녀석들이 아니었지만, 이번엔 그게 더 심해."

 그런 혼란 중에 공간의 균열이 원래대로 돌아갔다. 아무래도 균열이 끝난 모양이었다. 좋아, 그럼 나도…….

 〈마스터! 제2파가 옵니다!〉

 "뭐?!"

 '궁니르'에서 전황을 분석하던 파르세의 목소리가 스마트폰의 스피커에 도달했다.

 그와 동시에 원래대로 돌아갔던 공간이 다시 균열을 일으키며 크게 갈라져 갔다.

 카륵카륵, 하고 부서져 흩어진 어둠 안에서 새로운 프레이즈들이 기어 나오듯이 출현했다.

 "아니……?!"

 그것은 크기만으로 따지면 평범한 하급 프레이즈와 별로 다르지 않았다.

 하지만 그 몸은 수정처럼 투명하지 않고 둔탁한 암금색(暗金色) 같은 반짝임을 내뿜었다. 변이종이라고 부르면 될까? 형태도 일그러져 있었다.

어둠 속에서 흐릿하게 빛나는 그 모습에서 나는 눈을 뗄 수 없었다.

왜냐하면 약하긴 하지만 그 변이종은 신기(神氣)의 가호를 두르고 있었기 때문이었다.

즉, 그건 신의 권속이라는 증거였다.

"그 사신(邪神)……. 성가신 걸 만들어 내다니……!"

명백하게 저것은 평범한 프레이즈가 아니라 종속신을 먹은 사신이 만들어 낸 것이었다. 아마 신기의 가호라고는 해도 꿰뚫을 수 없을 정도로 강력한 것은 아니다. 하지만 평범한 프레이즈보다 훨씬 높은 수준일 것이라고는 추측할 수 있었다.

이런 것이 태어나다니, 사신은 벌써 고치에서 나온 것인가?

내 사고를 잘라내 버리듯, 갑자기 변이종 프레이즈가 움직였다. 공격해 오는 건가?!

"아닛?!"

변이종 프레이즈의 날카롭게 뻗은 촉완(觸腕)이 가까이에 있던 프레이즈를 꿰뚫었다. 그것도 정확하게 그 프레이즈의 핵을 꿰뚫었다.

그럼에도 하급종은 산산이 부서지지 않았다. 이윽고 하급종이 기묘한 변화를 시작했다.

녹았다, 라고 표현해야 할까? 그것은 얼음이 물이 되는 것처럼 변하지 않았다. 마치 물엿처럼 끈적한 상태로 변화했다.

이윽고 그것은 변이종에 뒤섞이듯이 흡수되었고, 꿰뚫린 핵만이 그 자리에서 떨어져 깨져 버렸다. 상대를 흡수한 변이종은 한층 더 크기가 커진 것처럼 보였다.

먹고 있다. 나는 직감적으로 그런 생각이 들었다.

저것이 지금 하고 있는 일은 '동족을 먹는 행위'였다. 혹시 먼저 나타난 프레이즈들은 이 변이종에게서 도망치는 중이었을지도 모른다. 본능적으로 결코 이길 수 없는 상대라고 느꼈기 때문에?

그러는 사이에도 변이종의 촉완은 잇달아 평범한 프레이즈를 습격해 갔다. 우리를 무시하고 전혀 상대하는 일 없이.

프레이즈가 인간을 습격하는 것은 '왕'의 핵을 발견하기 위해서다. 그것이 사명이자, 각인된 본능이니까. 하지만 변이종은 그렇지 않은 것처럼 보였다.

완전히 사신의 사도가 됐다는 건가?

〈토야 오빠, 대체 무슨 일이 벌어지고 있는 거죠?〉

"모르겠어. 단지, 양쪽 모두 우리의 적이라는 점은 변함없어. 유미나, 거기에서 저 변이체를 노릴 수 있겠어?"

〈어……. 네, 노릴 수 있어요.〉

"그럼 부탁할게."

유미나가 통신을 통해 대답한 다음 순간, 평범한 프레이즈를 흡수하던 변이종이 정탄의 충격을 받았다.

암금색의 그 몸에 작은 균열이 가며 살짝 기우는 모습이 보였다. 신기로 증폭된 내 눈이 틀림없이 그런 모습을 포착했다. 저렇게 단단하다니.

하지만 그 균열도 곧장 재생되기 시작했다. 단, 재생이 다 되기도 전에 두 발째, 세 발째의 정탄이 변이종을 확실하게 꿰뚫었다. 오오오, 유미나, 굉장한걸……?

암금색의 메탈릭 컬러로 뒤덮인 변이종은 핵의 위치가 보이지 않았다. 그렇지만 유미나는 지금까지의 경험을 바탕으로 핵이 있는 위치를 예측해 정탄을 쏜 것이겠지.

평범한 프레이즈가 수정 악마라고 하면, 변이종은 금속 악마라 해도 과언이 아니었다. 그 금속 악마에게 네 발째의 정탄이 명중한 순간, 처음으로 변화가 일어났다.

검은 연기가 피어오르며 일그러진 변이종이 녹기 시작했다. 천천히 아이스크림이 녹듯, 그 형태가 무너졌다. 그 녹은 몸 안에서 나는 유미나의 정탄을 맞고 부서진 핵을 발견했다.

변이종도 역시 핵을 부서뜨리면 활동이 정지되는 모양이구나. 산산이 부서지는 것이 아니라, 용해된다는 점이 기분 나쁘지만…….

"쓰러뜨리지 못하는 건 아니라는 건가……. 다들, 방심하지 말고 여럿이서 토벌에 나서 줘. 사쿠라, 지원 마법을 부탁해."

〈알았어.〉

사쿠라가 탄 로스바이세에서 증폭된 가창 마법이 전장에 퍼져 나갔다.

이 곡은…… 그거구나. 영국 리버풀 출신의 4인조 록밴드의 곡. 우리 할아버지가 가장 좋아했던 밴드다. 내가 저장해 둔 곡 중에서도 단연 많은 재생 수를 자랑한다.

"그런데…… 선곡이 이거라니 글쎄……."

물론 사쿠라는 영어 가사를 모르니, 순수하게 멜로디나 리듬을 중시해 선택한 것이겠지만.

'살려 줘!' 라는 의미의 곡을 듣고 프레이즈들의 움직임이 둔해졌다. 오호라, 상대의 움직임을 제한한다라――. 말하자면 민첩성을 저하시키는 지원 효과인가.

〈가자! 브륀힐드 기사단 돌격!〉

〈〈〈〈〈오오!!〉〉〉〉〉

기사단장인 레인 씨가 조종하는 백기사를 선두로, 후방지원형을 제외한 모든 기체가 돌격을 시작했다.

그와 함께 에르제 일행의 전용기도 잇달아 프레이즈끼리의 난전을 향해 돌입해 들어갔다.

〈분! 쇄!〉

에르제의 게르힐데가 날리는 파일벙커가 변이종의 몸을 꿰뚫었다. 하지만 핵에는 적중되지 않았는지 완전히 쓰러뜨리지 못해, 촉완의 반격을 받았다.

세 번째에야 겨우 핵을 부순 에르제는 흐느적거리며 녹아내리는 변이종 프레이즈에게서 다급히 멀어져 갔다.

〈우에엑. 징그러워.〉

에르제의 그 감상에 나도 대체로 찬성한다. 저건 프레이즈이지만 프레이즈가 아니라, 다른 무언가다.

하지만 이 변이종이 사신의 권속이라고 한다면, 왜 프레이즈를 습격한 것일까? 종속신을 먹은 그 사신수는 유라인가 하는 지배종에게 조종당하던 것 아니었나? 말하자면 같은 편끼리 다투고 있는 것이었다. 뭔가 이상하다.

"저쪽에서도 무슨 일인가가 일어나고 있는…… 건가?"

같은 편끼리 싸워 준다면 이쪽으로서는 대환영이지만, 보아하니 일방적인 포식자와 먹잇감의 관계로밖에 보이지 않으니, 큰 기대는 할 수 없을 듯했다.

변이종이 파워업을 해도 곤란하니, 일단은 양쪽을 한꺼번에 처리해야 한다는 방침은 문제가 없을 것 같았다.

〈마스터! 또 공간이 갈라지고 있습니다!〉

"아니……!"

파르셰의 보고를 듣고 깜짝 놀랄 틈도 없이, 또다시 갈라진 공간에서 무언가가 튀어나왔다.

그것은 수정 같은 결정을 두른 인간형 괴물.

"최악이야……!"

지배종. 상급종보다 더 위의 존재로, 프레이즈의 정점에 군림하는 생명체.

게다가 저 녀석은 전에 본 적이 있다. 마왕국 제노아스의 왕성에서 한 번 싸웠던 적이 있기 때문이었다. 분명히 기라인가 했었지?

번쩍인다는 이름의 의미대로 새빨간 눈을 번쩍이며 그 녀석은 틀림없이 이쪽을 보고 호전적인 미소를 지었다.

　저 녀석과는 이전에 제노아스의 왕성에서 싸운 적이 있다. 호전적인 지배종. 잔학하고 오만한 살육자.

　온몸이 결정화한 피부로 뒤덮인 녀석———— 기라는 틀림없이 붉은 두 눈으로 이쪽을 바라보고 있었다.

　그 기라를 향해 가까이에 있던 변이종이 촉완을 날카롭게 뻗었다. 가드레일 정도의 폭인 그것을 기라는 짜증 난다는 듯이 한 손으로 붙잡아 간단히 꽉 쥐어 으스러뜨려 버렸다.

　파키긱, 하고 금속이 삐걱거리는 듯한 소리가 나며 기라가 꽉 쥔 부분이 일그러지고 찌부러졌다. 그에 더해 기라는 촉완을 끌어당기더니, 힘껏 변이종을 집어던져 버렸다.

　내던져진 변이종은 황야의 어둠 속으로 사라져 갔다. 어마어마한 파워야…….

　그런데 하급 프레이즈가 지배종을 공격할 줄이야……. 역시 그 변이종은 프레이즈라는 범위에서 벗어난 존재인 듯하다. 그리고 다행히 기라는 사신 쪽 편은 아닌 모양이었다.

　기라는 이쪽을 돌아보더니, 천천히 오른손의 검지와 중지를 뻗었다. 어둠 속에서 나타난 작은 빛의 구슬이 그 손끝으로 모여들었다. ……큰일이야!

　슈웃! 하고 눈부신 섬광과 함께 레이저 같은 빛 뭉치가 기라의 손끝에서 발사되었다.

"【리플렉션】!"

나는 반사 마법을 발동해 정면에다 각도를 조정해 펼쳤다.

"큭……!"

빛의 본류는 내가 펼친 반사 벽에 튕겨 밤하늘 저편으로 사라져 갔다. 지직지직, 하는 진동이 공기 중에 퍼져 나갔다.

상당한 위력이었지만 아마 그건 전혀 온 힘을 다한 공격이 아니다. 전에 같은 공격을 받았을 때는 방금 공격보다 위력이 있었으니까.

나에게 가벼운 인사를 한 셈인 건가……? 웃기는 녀석이다. 그렇다면 이쪽도 인사를 해 줘야겠지?

【스토리지】에서 정재로 만든 커다란 해머를 꺼낸 나는 【파워라이즈】로 강화한 힘을 이용해 그것을 들어 올렸다.

"【텔레포트】."

"?!"

나는 순식간에 기라의 등 뒤로 전이해, 치켜든 해머를 홈런을 칠 것 같은 기세로 힘껏 스윙했다.

그리고 펙! 하고 기라의 등에 해머가 적중하기 직전에 【그라비티】를 발동하여, 파괴력을 올렸다.

나는 그대로 끝까지 회전시키는 동시에 해머를 손에서 놓았다. 그러자 기라와 해머는 각각 다른 방향으로 날아가 버렸다.

황야의 지면에 구르고 부딪치며 수십 미터나 날아간 지배종. 흥, 꼴좋다.

하지만 그 기세가 줄어들자, 아무렇지도 않다는 듯이 녀석은 태연하게 일어섰다. 쳇, 역시 별로 효과가 없었던 건가?

"여어, 토야. 기습이라니, 꽤 멋진 환영 인사 아닌가."

"오늘은 너한테만 신경 쓸 수가 없거든. 그대로 잠들어 줬으면 고마웠을 텐데 말이야."

호전적인 미소를 짓는 기라와 내가 대치했다. 나는 【스토리지】에서 총검 브륀힐드를 꺼내 건 모드로 변형한 뒤 오른손에 쥐었다.

"이쪽도 바쁜 몸이긴 마찬가지야. 유라 녀석을 빨리 때려눕히지 않으면 안 되거든. ……설마하니, 토야, 네놈이 숨겨 주고 있는 것은 아니겠지?"

"……뭐?"

무슨 말이지? 그 니트신과 손을 잡고 있을 거라 생각했던 지배종…… 유라. 그 녀석한테 무슨 일이 있었던 건가?

아니, 그것보다도.

"……숨겨 주고 있다니, 무슨 소리야? 설마 그 유라라는 지배종이 이미 이쪽 세계에 왔다는 거야?"

"……정말로 모르는 모양이군. 쳇, 성가시게. 그 녀석 대체 어디로 간 거지?"

얼굴을 찌푸리며 기라가 혀를 찼다. 보아하니 유라의 행방을 찾고 있는 듯했다. 동료라서 찾는 건지, 적이라서 찾는 건지는 모르겠지만.

어느 쪽이든 간에, 만약 그 유라라는 지배종이 이쪽 세계에 와 있다고 한다면 큰일이다.

'반동'으로 차원의 틈새로 되돌아가게 된다 하더라도, 몇 번이나 그것을 반복하면 존재가 이쪽에 안착하게 된다. 그렇게 되면…….

"……사신의 고치는 어떻게 됐지? 저 변이종은 거기서 태어난 거잖아? 저건 유라라는 녀석이 한 짓인가?"

"앙? '빛의 알' 말하는 거냐? 이봐, 혹시 그게 뭔지 아나? 유라 녀석이 남긴 것일 테지만, 때려도 베어도 상처 하나 남지 않더군. 그건 대체 뭐냐? 우리 병사들을 흡수해 기분 나쁘게 이상한 것으로 변형시키는데."

기라의 이야기를 들으면서 안도의 숨을 내쉬었다. 고치는 아직 부화하지 않은 거구나. 그리고 아직 차원의 틈새에 있다. 유라와 함께 이쪽 세계로 오지 않아서 다행이다.

즉, 유라는 기라를 비롯한 다른 지배종과 결별했다는 말인가? 사신의 고치를 방치하고 독자적으로 움직이고 있는 듯한데, 그게 굉장히 불길했다. 아마도 사신의 고치를 버린 것은 아니다. 젠장, 뭐가 어떻게 된 건지 전혀 모르겠어.

"아무튼, 녀석이 무슨 꿍꿍이인지는 관계없다. 이 몸을 방해하면 뭐가 됐든 쳐죽일 테니까."

"……같은 지배종이잖아? 동료 아니었어?"

"그런 게 있었던 적은 없다만? 이 몸을 방해하는 녀석은 누가 됐든 적이다. 네놈과 마찬가지지."

기라가 오른팔을 수정 창으로 변형시켜 나를 향해 돌진했다.

"【슬립】!"

"컥?!"

전도(顚倒) 마법에 걸려 발이 미끄러진 기라가 얼굴부터 지면에 다이빙을 해 버렸다. 쓰러진 녀석을 향해 정탄을 퍼부어 주려고 했는데, 그것보다도 먼저 기라는 그 자리에서 도망쳐 버렸다.

창이 된 오른팔의 팔꿈치 위쪽을 닻처럼 근처의 바위에 발사해 박은 뒤, 바위를 끌어당겨 【슬립】의 사정거리 밖으로 몸을 통째로 이동시킨 것이었다.

"이 자식! 또 묘한 술수를 쓰다니!"

분노로 얼굴을 일그러뜨린 기라가 이쪽을 노려보았다. 실례잖아. 싸울 때 효과적인 마법인데.

"마음에 들었다면 몇 번이고 넘어지게 해 줄게."

"쳇, 성가시지만…… 한마디로 지면에 발이 닿지 않으면 되는 거 아냐?!"

기라가 그렇게 중얼거리자, 양쪽 발의 뒤꿈치에서 작은 돌기 같은 것이 뻗어 나왔다. 그리고 녀석의 몸이 둥실, 하고 지면에서 살짝 떠올라 정지했다. 이봐이봐, 그건 치사하잖아?!

하지만 잘 생각해 보면 비행형 프레이즈도 있으니, 지배종이 난다고 해도 이상할 것은 없다.

"이렇게 하면 미끄러져 넘어질 일도 없겠지. 그럼 다시 시작해 볼까?!"

떠올라 있는데도 마치 대지를 박찬 것처럼 기라가 나를 향해 돌진했다.

건 모드인 브륀힐드를 겨누고 기라를 향해 정탄을 연사했지만, 그 기세는 멈추지 않았다. 기라는 얼굴과 가슴에 총알을 맞았는데도 아무렇지 않게 이쪽을 향해 칼끝으로 변한 팔을 계속 뻗어 왔다.

"윽, 【액셀】!"

수정 창이 내 가슴에 닿기 직전, 나는 가속 마법을 사용해 아슬아슬하게 회피했다.

그러자 기라는 나의 움직임을 보고 떠오른 발로 지면을 더욱 기세 좋게 박차고 억지로 나를 향해 방향 전환하여 돌진했다.

숄더 태클을 당하는 형태가 되려는 그 순간, 나는 기라의 어깨에서 예리한 가시가 몇 개인가 뻗어 나왔다는 사실을 깨달았다. 이런! 이건 못 피하겠어!

"【실드】!"

순간적으로 보이지 않는 방패를 펼쳐 가시가 몸에 찔리는 것만큼은 회피했지만, 태클의 기세는 늦추지 못해 나는 무참하게 멀찍이 날아가 지면을 뒹굴었다.

자세를 바로잡기 위해 곧장 일어서려고 하는데 기라의 모습이 보이지 않았다. 고개를 들어 보니, 창이었던 오른손을 원래대로 되돌린 기라가 공중에서 그 주먹을 치켜들고 아래쪽으로 휘두르려고 하는 중이었다.

옆으로 뛰어 그 공격을 피하자, 쿠우웅! 하는 굉음과 함께 지면을 뒤흔들 정도의 커다란 충격이 엄습했다. 기라가 날린 주먹은 크게 지면을 파내어 그 파괴력이 얼마나 강한지를 생생하게 나타내 주었다. 정말 엄청난 파워야.

"쫄래쫄래 피하는 것 하나는 아주 잘하는군."

그렇게 말하며 기라가 불길한 미소를 지었다.

큭, 공격이 이렇게 빨라서는 【텔레포트】로 피하기는 어렵겠어. 그건 전이할 곳을 인식할 필요가 있으니, 그 잠깐의 순간에 자칫 목숨을 빼앗길 수도 있다.

게다가 【액셀】의 속도마저도 따라올 정도의 녀석이다. 맨 처음에 했던 기습을 또다시 할 수는 없을 게 분명했다.

그뿐만 아니라 저 강도(强度)도 문제다. 마구 쏘아댄 정탄이 머리와 가슴에 박히긴 했지만, 2센티미터도 안으로 파고들지 못했다.

지배종도 프레이즈인 이상, 이 녀석도 분명히 핵이 있을 것이다. 하지만 위치가 어디인지는 알 수 없었다.

평범한 프레이즈라면 몸이 투명해서 핵이 보였겠지만, 지배종의 경우는 몸에서 뻗은 결정 부분이 투명하긴 하지만 그 이외의 부분은 불투명했다.

인간의 기관으로 말하자면 뇌나 심장…… 머리나 가슴에 핵이 있을 텐데……. 젠장, 이럴 줄 알았으면 엔데가 데리고 왔던 같은 지배종인 리세한테 물어봐 둘 걸 그랬어.

"수단을 가릴 처지가 아니구나……."

나는 몸의 안쪽에 있는 신력을 증폭해 온몸에 휘돌게 했다. 그러자 【신위해방】의 효과로 신기가 폭발적으로 발산되었다.

"앙? 이건 또 뭐야?"

기라가 나의 변화를 보고 눈살을 찌푸렸다.

머리카락의 색은 변한 모양이지만, 길이는 조금 늘었을 뿐이었다. 어느 정도는 컨트롤할 수 있게 된 것일까?

"허세를 부릴 거면 더 제대로 된 모습으로 변해야지!!"

순식간에 내 품으로 파고든 기라가 대지를 부서뜨린 그 주먹을 날렸다. 나에게는 바람을 가르는 소리를 내며 다가오는 그 주먹이 확실하게 보였다.

나는 신기를 두른 왼손으로 기라의 주먹을 확실하게 받아 냈다.

"아니?!"

눈을 휘둥그렇게 뜬 기라를 무시하고 나는 그대로 주먹을 쥔 손에 힘을 주었다. 우득우득, 하고 삐걱이는 소리가 이윽고 빠직빠직, 하고 변하더니 기라의 주먹이 산산조각 났다.

"!! 이 자식!"

기라가 뒤로 뛰어 물러나면서 부서지지 않은 왼손을 내밀었다. 그리고 다음 순간, 다섯 개의 손가락이 맹렬한 속도로 나를 꿰뚫기 위해 뻗어 나왔다.

보인다. 나는 그 손가락을 신기로 강화된 브륀힐드의 칼날로 전부 쳐서 떨어뜨렸다. 손가락 다섯 개는 또다시 분리되어 산산이 부서졌다.

"이 자식! 무슨 짓을 한 거냐?!"

"작은 부정행위야. 여유가 없어서, 조금 사용했지."

가벼운 말투로 말했지만 실제로 여유가 없었다. 【신위해방】으로 신화(神化)가 되어 전투를 하면 몸에 부담이 간다. 지금은 아직 괜찮지만 이 몸으로 이 녀석과 싸워 이긴다고 하더라도 원래의 몸으로 돌아가면 정신을 잃을 수도 있다.

그러니 빨리 승부를 결정지어야 한다. 프레이즈만이라면 몰라도 변이종도 남아 있으니 말이다.

"여유를 부리다니. 인간 따위가! 그렇다면 이쪽도 봐주지 않겠다! 각오해라!"

빠득거리며 기라의 부서진 오른 주먹과 왼손의 손가락이 재생되어 갔다. 하지만 변화는 그것뿐만이 아니었다.

기라의 몸에 붙은 결정 부분이 엄청난 기세로 성장해 갔다. 이마에서 가슴, 배에 걸쳐 겉으로 드러나 있던 부분까지도 결정이 뒤덮어, 양쪽 눈 이외의 온몸이 수정 덩어리로 가득 메워졌다.

그에 더해 손톱 부분이 흉악한 형태로 변했고, 등에서 몇 개나 되는 날카로운 결정이 뻗어 나왔다. 이마에는 한 개의 뿔이 났고, 그것도 모자라 긴 꼬리까지 솟아났다.

결수화(結獸化)라고 해야 할까. 예를 든다면 수정 수인이다. 용인족과 형태는 비슷했지만, 그 흉악함은 비교할 수 없을 정도였다.

혹시 이게 지배종의 진정한 모습인가?

"으랴앗!"

아래로 내리친 기라의 손톱에서 충격파 같은 것이 날아왔다. 신화한 눈 덕분에 그것을 꿰뚫어 본 나는 간발의 차로 간신히 그 충격파를 피했다. 하지만 등 뒤에 있던 여러 프레이즈들은 무참하게도 잘게 잘려 버렸다.

나는 신기를 두른 정탄을 연속해서 가라를 향해 쏘았다. 기라는 팔을 교차시켜 그 총알을 막으려고 했지만, 신기로 코팅된 총알은 그 팔 깊숙하게 박혔다.

"아니?! 【결정 무장】된 이 몸의 팔을 부수다니?!"

좋아! 신기가 있으면 저 장갑도 꿰뚫을 수 있다. 그렇지만 기라의 팔에 박힌 총알은 상처가 재생되는 것과 함께 밖으로 밀려나 지면에 떨어지고 말았다.

이래서는 아무리 잘게 잘라 버려도 부수어도 효과가 없어. 역시 핵을 부수지 않으면 저 녀석을 쓰러뜨릴 수 없는 모양이다.

"감히 나에게 이런 짓을……! 얕보지 마라! 처죽여 주마, 토야아아아아아!!"

기라가 분노하여 포효했다. 표정은 장갑에 뒤덮여 있어 알 수 없었지만, 상당히 화가 났는지 온몸을 바르르 떨었다.

아니…… 뭐지? 바르르 떨고 있던 기라의 몸이 이윽고 크게 경련하기 시작했다. 그와 동시에 녀석의 온몸에서 빛이 넘쳐 났다. 설마 저 녀석…… 상급종이 날린 하전입자포 같은 것을 날릴 생각인가?!

빛은 소용돌이를 일으키며 주변을 눈부시게 물들여 갔다. 주변에서 싸우고 있던 모두도 이변을 눈치채고 움직임을 멈췄다.

"이런, 이대로 가면……!"

저 녀석은 확실히 나를 노릴 것이다. 신화한 지금이라면 피할 수 있을지도 모르지만, 발사 궤도상에서 누군가가 프레이즈와 싸우고 있으면 말려들고 만다.

그런 것과는 상관없이 기라는 더욱 빛을 강하게 발했다.

문득 녀석의 목 부근에서 붉게 빛나는 유리구슬 같은 것이 보였다. 저건…… 혹시 저게 지배종의 핵인가?!

그러고 보니 상급종도 하전입자포 같은 것을 쏘기 전에 핵에서 빛이 났었다. 틀림없어. 저걸 부수면……!

"이것으로 끝이다! 잘 가거, 락?!"

기라의 온몸에서 거대한 빛의 격류가 발사되려고 한 그 순간, 엄청난 충격이 녀석을 덮쳤다.

어딘가에서 날아온 거대한 수정 총알이 기라에게 직격하여 주변에 반짝이는 파편을 흩뿌리며 산산이 부서졌다.

기라는 멀리 날아가지 않은 채, 비틀거리며 두세 걸음을 움직일 뿐이었지만 나는 그 틈을 놓치지 않았다.

신기를 최대한으로 두른 브륀힐드의 총알을 녀석의 목을 향해 발사한 것이다. 유리가 부서지는 듯한 소리가 달이 없는 밤하늘에 크게 울려 퍼졌다.

"……아?"

얼빠진 목소리를 흘리고 기라가 자신의 목에 손을 대 보았다. 브륀힐드의 총알이 목을 핵과 함께 꿰뚫어 목에는 바람구멍이 나 있었다.

후두두둑, 하고 기라의 몸에서 수정 장갑이 벗겨져 떨어졌다. 동시에 신기에 버티지 못했는지, 나의 브륀힐드도 리볼버 부분부터 꺾이며 부러졌다.

"말도, 안, 돼……."

생기를 잃은 듯이 기라의 온몸이 결정화되어 갔다. 그대로 수정 덩어리가 된 기라는 앞으로 고꾸라졌고, 지면에 쓰러진 충격으로 산산조각이 나 버렸다.

잠시 조용히 지켜봤는데, 원래대로 재생될 기미는 보이지 않았다. 쓰러뜨린 건가?

나는 천천히 마지막 기회를 준 먼 곳의 여신을 향해 시선을 돌렸다.

그곳에는 겨누고 있는 스나이퍼 라이플을 내린 은색 프레임 기어, 브륀힐데의 모습이 어둠 속에 떠올라 있었다. 역시 유미나였구나. 저 거리에서 맞히다니……. 살았어.

나는 숨을 한 번 내쉬고 신화를 해제했다. 다음 순간, 엄청난 피로감과 현기증이 일어나 도저히 서 있을 수 없게 되었다.

무릎에서부터 힘이 빠진 것처럼 무너지듯 쓰러지는 나를 어느새 나타난 누군가가 옆에서 부축해 주었다.

"수고했어. 나머지는 우리한테 맡겨."

"상당히 볼만한 싸움이었어. 꽤 하는걸?"

무거워진 눈꺼풀을 억지로 열어 보니, 그곳에는 익숙한 얼굴이 보였다. 안도했기 때문인지 무심코 쓴웃음이 새어 나왔다.

"매번 너무 늦는 거 아니에요? 누나들……."

변이종과 나의 신기를 감지하고 날아온 것인지, 카렌 누나와 모로하 누나가 내 팔을 붙잡고 설 수 있게 부축해 주고 있었다.

"너무 그러지 말게. 이번에는 내가 자네의 성장을 직접 보고 싶다고 하며, 손을 대지 말라고 두 사람에게 말했기 때문이니까."

눈앞에 이번에도 낯익은 사람이 나타났다. 어라? 세계신님까지 왔잖아? 앗, 당연한가? 지금은 지상에 내려와 있으니까. 다른 사람들, 아니지, 다른 신들은 오지 않은 모양이지만.

코스케 삼촌 일행은 몰라도, 스이카는 틀림없이 술에 취해 잠들었기 때문일 거라고, 나는 멍해지는 의식의 끝으로 생각했다. 그리고 어질어질한 현기증이 일더니 주변이 블랙아웃 현상을 일으켰다.

"앗, 어째. 한계. 일지도."

"이제는 괜찮네. 저것들을 해치우면 다른 모두도 내가 전이 마법으로 귀환시킬 테니 말일세. 안심하고 푹 쉬게."

"그런, 가요……. 음냐, 그럼, 말씀을, 믿고……."

피로감 탓인지 저항할 수 없는 수마에 휩쓸려 나는 허무하게 의식의 끈을 놓고 말았다.

정신을 차려 보니 축제는 이미 끝나 있었다.

무슨 소릴 하는 거냐고 생각할지도 모르지만, 내가 24시간 이상 잠을 잤다는 말이다. 정확하게는 36시간 동안.

신화 상태의 싸움은 생각보다 피로가 극심해서 회복하는 데 그만큼 많은 시간이 걸렸다.

내가 정신을 잃은 뒤, 약혼자들과 기사단 모두들, 그리고 모로하 누나가 남은 프레이즈와 변이종들을 해치웠다는 모양이었다.

변이종은 사신의 권속. 신기를 두르고 있었지만, 아주 희미했기 때문에 쓰러뜨릴 수 없는 상대는 아니었다.

지상에 영향을 주는 형태로 신력을 사용할 수는 없었지만, 그래도 누나들이라면 변이종 따위에 뒤지지 않는다.

변이종을 쓰러뜨린 후, 세계신님이 연【게이트】를 지나 모두 브륀힐드로 돌아올 수 있었다고 한다. 그리고 나는 침대로 직행. 플로라의 진찰을 받았는데, 그냥 피로라는 것으로 밝혀져 그대로 계속 잠에 빠져든 채로 있었다. ……36시간이나.

내가 자는 사이에 축제 최종일의 무술 대회는 큰 문제 없이 진행되었다. 결과만을 말하면 결승전은 레스티아 기사왕과 주타로 씨가 격돌. 아주 작은 차이로 주타로 씨가 겨우 승리를 거뒀다고 한다.

관객석에서 이에야스 씨를 비롯한 이센 사람들의 기뻐하는 모습은 굉장했다고 한다. 그리고 브륀힐드에 사는 사람들도 함께 기뻐해 줬다고 한다. 잘 생각해 보면 이 나라의 주민들도 이센에서 온 이주자가 많으니까. 당연히 동향 사람의 활약이 기쁠 수밖에.

시상식은 내가 이런 상태여서 재상인 코사카 씨가 대행했다. 우승은 주타로 씨, 준우승은 라이 하르트(가명)인 레스티아 기사왕. 그리고 제3위는 놀랍게도 용인족의 모험자인 소니아 씨였다.

그 외에도 레온 장군과 리온 씨의 부자 대결이라든가, 미스미드 수왕과 바바 할아버지의 격투처럼 재미있을 법한 조합이 있었다고 하는데, 나는 아쉽게도 보지 못했다.

결국 폐회식도 코사카 씨가 대행했고, 그 후에 열린 후야제 때는 밤새도록 성 아랫마을이 매우 떠들썩했다고 한다.

그리고 즐거운 축제가 끝나고 아침이 되자 모두 다 돌아갔고, 점심 즈음이 되어서야 나는 눈을 떴다.

내 방에는 신경을 써 준 것인지 아홉 명의 약혼자+코하쿠와 루리, 폴라만이 모여 있었다.

"말도 안 돼……."

내 방에 모인 약혼자들의 설명을 듣고 나는 침대 위에서 머리를 감쌌다.

깼다 깨……. 손님들을 모두 내버려 두고 계속 잠에 빠져 있었다니, 어처구니없어…….

사정을 잘 설명했기 때문에 다들 기분 나빠하기는커녕, 로드메어, 펠젠, 하노크, 제노아스 등, 유론 부근의 임금님은 고마워했다고 한다. 하지만 아무리 그래도…….

각국의 임금님들과 손님들은 세계신님이 열어 준 【게이트】를 통과해 아침 일찍 각각의 나라로 돌아갔다는 모양이다.

나 이외에 【게이트】를 사용할 수 있는 인물이 있다는 사실을 알고 임금님들은 놀랐다는 모양이지만, 라밋슈 교황 예하가 나의 할아버지라고 소개하자, 모두 납득했다는 듯했다.

"한심해……."

"어, 어쩔 수 없어요! 그렇게 사투를 펼쳤는걸요! 쓰러지는 게 당연해요!"

루가 다정하게 위로해 주었지만 그 말을 들으니 또 마음이 아파 왔다.

신화를 쓴 시점에 어느 정도는 리스크를 각오했지만, 설마 이렇게 되어 버릴 줄이야. 많은 사람에게 민폐를 끼치고 말았어…….

타이밍이 나빴다고 한다면 그냥 그뿐이지만…… 하아. 기라 그 바보 자식 때문에!

"그렇게까지 낙심하지 않아도 돼. 축제 자체는 대성공이었으니까."

아니, 에르제의 말대로이지만, 말이지. 역시 마지막까지 제대로 진행시키고 싶었다.

"내년엔 소인도 무술 대회에 참가하고 싶습니다."

"저도요. 오라버니도 야에 씨의 오라버니와 다시 대결하길 바라고 계시고요."

야에와 힐다가 서로 웃으며 내년에 있을 축제 이야기를 했다. 그런 것보다, 역시 내년에도 하려고? 하려면 이번엔 더 준비 기간을 가져야겠어.

"앗, 그러고 보니 세계신…… 할아버지는? 벌써 돌아가셨어?"

"네, 아침에요. 전이 마법으로 돌아가셨어요."

이런~. 신세를 참 많이 졌는데 아무런 인사도 못 하다니. 나중에 사과 전화를 해야겠어.

아무튼 침대에서 일어나 몸을 움직여 보았는데 불편한 곳은 없었다. 이 정도라면 그냥 오늘부터 일할 수 있을 거라 생각했는데, 모두가 나를 억지로 침대 안으로 밀어 넣었다.

"어차피 오늘은 일정을 모두 취소했으니, 오늘 하루는 느긋하게 보내. 푹 쉬는 것도 중요한 일이잖아? 게다가 네가 쉬지 않으면 아랫사람들도 마음 놓고 쉬기가 힘들어."

린이 그렇게까지 말하니, 어떻게 반론할 수 없었다.

마지못해 내가 침대 안으로 파고들자, 모두 방 밖으로 나갔고, 방에는 코하쿠와 루리만이 남았다. 아무래도 감시 역할인 듯했다.

〈자아, 주인님. 부디 푹 쉬어 주십시오.〉

"아무리 그래도 말이야. 30시간을 넘게 잔 뒤라 솔직히 잠이 안 와……."

반대로 너무 많이 잠을 잔 탓에 몸이 무거운 느낌이 들었다. 조금 움직여야 훨씬 좋을 텐데 말이야.

침대에서 전이 마법을 사용해 몰래 빠져나가는 거야 어렵지 않지만, 나중에 들키면 무슨 소리를 들을지 알 수 없으니.

"그런데 산고랑 코쿠요, 코교쿠는?"

〈산고하고 코쿠요는 스이카 님과 술집에 있고, 코교쿠는 풀어둔 부하들과 함께 성 아랫마을의 모습을 살피러 갔습니다.〉

"술집이라니."

코하쿠의 보고를 듣고 나는 무심코 쓴웃음을 지었다. 산고와 코쿠요는 요즘 술맛을 알게 됐는지, 스이카와 자주 같이 다니는 모양이었다. 대주가를 큰 뱀에 비유하기도 하니, 어딘가 모르게 어울리기도 하지만.

〈참나……. 그 녀석들은 주인님이 관대하다는 것을 이용해서 그렇게…….〉

〈네가 그런 소릴 할 입장이 되나? 축제가 시작되기 전날까지 안뜰에서 고양이처럼 게으르게 잠만 잤으면서? 산고 일행도 너에게만은 그런 소릴 듣고 싶지 않을 거다.〉

〈무, 무슨 소릴?! 그러는 네놈이야말로 주방에서 클레아 님께 자주 간식을 받아먹고 있지 않나!〉

〈……그건 맛을 보는 거지. 주인님의 취향에 맞는지 내가 체크하는 거야.〉

〈말도 안 되는 소리 하지 마라!〉

방 안에서 으르렁대며 말싸움을 시작한 새끼 호랑이와 새끼 용을 보고 황당해하는데, 창밖에서 작게 불타는 붉은 깃털 두 개가 날아와 두 마리의 이마에 적중했다.

〈〈뜨거워?!〉〉

이마를 바닥에 문지르듯이 엎드려 괴로워하는 두 마리를 무시한 채, 창밖에서 코교쿠가 불쑥, 하고 날개를 퍼덕이며 들어와 책상 위에 앉았다.

〈쉬고 계시는 주인님 앞에서 왜 이렇게 떠드는 것입니까. 조금 더 신경을 쓰십시오.〉

〈〈하지만, 이 녀석이!〉〉

〈뭔지요?〉

반론하려던 두 마리였지만, 코교쿠가 번뜩이는 눈으로 바라보자 뭐라 하지 못하고 입을 닫았다. 오오, 무서워.

평소에는 온화한 코교쿠이지만, 화나면 제일 무서운 건 이 아이일지도 모른다.

"어서 와, 코교쿠. 마을의 모습은 어때?"

〈네. 축제의 뒤처리로 모두 바쁜 듯합니다. 오전 중에는 다들 가게 앞의 청소를 하느라 바빠, 영업은 오후부터 시작한다고 합니다.〉

으~음. 뭐, 그렇게 되려나? 후야제 때 손님이 버린 쓰레기 등을 치우지 않으면 안 될 테니까. 그런 점도 다음 축제 전에 개선해야 할 과제구나. 쓰레기통 같은 것을 마을에 설치해 볼까? 커다란 소각로 같은 것도 있으면 편리하려나?

〈숙박하던 숙박객도 각자 여행을 떠난 모양입니다. 며칠이면 원래 상태로 돌아오지 않을까 합니다.〉

숙소 '은월'도 겨우 바쁜 나날에서 해방된 건가. 미카 누나, 괜찮았을까 몰라.

……그러고 보니 란츠에게 일을 도우라고 한 채로 그냥 뒀네. 축제 동안 기사단의 일원이 아니라 식당의 웨이터로 일하게 해 버렸다. 나중에 포켓머니로 특별 수당을 주자. 미카 누나에게 뭔가를 사 줄 수 있을 정도의 금액을 말이지.

"아, 맞다. 축제 기간에 체포한 녀석들은 어떻게 됐어?"

〈광산으로 보낼 정도의 사람은 없었기 때문에 합당한 형벌

을 내리고 풀어 줄 예정입니다. 대부분이 취해서 소동을 일으
킨 사람들이라서 말이지요.〉

이쪽 세계에서는 무기를 지니고 다니는 것은 평범한 일이니
까. 취해서 싸우다가 상대를 죽이고 마는 일도 흔하다. 아무
튼 피해가 적어서 다행이다.

"모두 수고했어. 그럼 오늘은 자유롭게 지내도 되니, 코교쿠
도 코하쿠랑 루리도 편히 쉬어."

〈……빠져나갈 생각이시군요?〉

"으."

날카롭다. 스스슥, 하고 코교쿠에게서 시선을 피했다. 어쩔
수 없잖아. 가만히 있으면 좀이 쑤시니까.

〈저희는 주인님의 종입니다. 빠져나가신다고 하면 따를 것
이고, 못 본 척하겠습니다. 하지만 빠져나가신 후에 사모님들
께 들켜도 괜찮다고, 각오하고 계신 거겠지요?〉

"으."

그런 말을 들으면~…… 아무런 할 말이 없지만~…… 으
음…….

요즘 유미나랑 약혼자들은 내가 어디에 있는지 알 수 있는
스킬을 손에 넣었으니 말이야……. 빠져나가면 확실히 들키
겠지……?

"얌전히 잘 수밖에 없는 건가……?"

〈그게 현명하지 않을까 합니다.〉

이래선 반쯤 연금 상태잖아. 하아. 쉰다고 해서 자는 것만이 전부는 아닐진대.

한가해서 침대에 누워 스마트폰으로 원래 세계의 인터넷 뉴스를 훑어보았다. 그 배우가 죽었구나…… 아쉽다……. 국회를 해산하고 총선거라. 한 번 정도는 투표해 보고 싶었는데~.

앗, 생각난 김에 손님들 모두에게 사과 메시지를 보내 두자. 나중에 정중히 전화도 할 테지만, 지금은 바쁠지도 모르니까.

스마트폰을 건네주지 않은 나라의 사람들에게는…… 나중에 '게이트 미러'를 사용해 편지를 보낼 수밖에 없는 건가.

으~음. 역시 귀찮네. 얼른 동맹을 맺어 스마트폰을 건네줄까? 그러는 편이 다른 국가와 지내기가 여러모로 편리할 테니까.

그렇게 생각해 보면, 축제 때가 찬스였는데 말이야……. 정말로 아까운 짓을 하고 말았다. 나 이외의 수뇌진은 후야제가 열리는 동안 이런저런 회담을 한 모양이라 유의미했다는 듯하지만.

적어도 마왕국 제노아스는 동맹 참가를 표명했으니, 그런 점도 잘 논의하지 않으면 안 된다.

너무나 한가해서 【스토리지】를 열어 뒤쪽 세계에서 손에 넣은 책을 꺼냈다. 원본은 바빌론의 '도서관'에 수납해 두었기 때문에 이것은 '공방'에서 복제한 것이긴 하지만, 이건 제대로 아렌트어를 번역해 둔 것이었다.

그중의 한 권인 '레디아 마법 해설서'를 읽기 시작했다.

요약하면 레디아 어쩌구 하는 사람이 쓴 마법 전문서다. 하지만 내용은 이쪽 세계와 비교해 꽤 조잡했다.

저쪽 세계에서 마법이란 소질이 있는 사람만이 사용할 수 있는 진귀한 술수, 라는 느낌이라는 모양이다.

왜 마법이 그토록 쇠퇴했는가…… 아니, 발전하지 못했는가 하면 역시 고렘이 원인인 듯했다.

당연하지만 몇 년이나 수행해서 익힌 파이어볼보다도 고대 기체인 고렘이 날린 파이어볼이 더 위력적이라면 모두 후자를 선택할 게 뻔하다.

수행할 필요도 없고, 누구나 그 고렘을 소유할 수만 있으면 마법과 같은 능력을 사용할 수 있으니까.

문제가 있다고 한다면 입수가 곤란하고 상당한 고가라는 점과 그 장소에 알맞은 마법이라고 해야 할지, 그 능력을 적절하게 구별해 사용할 수 없다는 것일까? 발화 능력을 지닌 고렘은 그것 외에는 사용할 수 없는 모양이고 말이다.

하지만 그건 불 속성만을 가지고 있는 마법사도 마찬가지다.

그런 생각을 하면서 책을 읽는데, '연구소'에 틀어박혀 있던 바빌론 박사에게서 전화가 왔다.

"네, 여보세요?"

〈토야야? 그 물건이 드디어 완성됐어. 이것으로 저쪽 편 세계와 이쪽 세계를 왕래할 수 있게 된 거야!〉

"오?!"

그 물건이라면…… 그건가? 저쪽 편 세계에 설치할 차원문!

바빌론에 설치된 차원문만으로는 자유롭게 저쪽 편 세계와 이쪽 편 세계를 오갈 수 없었다. 저쪽 편 세계로 갈 수 있을 뿐이었다. 돌아오려면 매번 신계를 거쳐야만 했다.

이쪽에서 저쪽으로, 저쪽에서 이쪽으로 오갈 수 있게 하려면 저쪽 편에도 서로 링크가 된 차원문을 설치해야만 한다. 이번에 그게 완성된 것이다.

이제는 그것을 【스토리지】에 수납하여 저쪽 편 세계로 가져가, 안전한 장소에 설치하면 된다.

〈단지 여전히 막대한 마력이 필요해서, 토야와 함께 가지 않으면 전이할 수 없지만 말이지.〉

"아니아니, 괜히 아무나 사용할 수 있는 것보다는 안전할 거라 생각하는데."

〈뭐, 그건 그렇지만……. 그럼 바로 기동 실험을 하고 싶은데 지금 어때?〉

"아~……. 미안. 지금은 연금 중이라서."

〈엥?〉

여차여차해서 현재 상황이 되었다고 설명한 뒤, 실험은 내일 이후에 하기로 약속을 잡았다.

아무래도 내일부터는 또 바빠질 것 같다.

"이게 차원문 마크2야. 그렇기는 해도 디자인 등은 똑같지만 말이지."

박사가 가리킨 곳에는 바빌론의 '정원'에 설치된 차원문이 있었다. 그리고 그 옆에 완전히 똑같은 물건이 또 하나 보였다.

프랑스의 개선문을 작게 만든 것 같은 아치형의 백은색 '문'. 마크1? 과 똑같이 아치 중앙의 상부에 반월형 미터기도 있었다.

"이 두 개의 차원문은 시공 마법으로 링크되어 있고, 좌표축을 이공간에 고정…… 그러니까, 연결되게 해 두었지. 마크2를 저쪽 편 세계에 설치하면 왕래할 수 있게 될 거야."

"그렇구나. 이제는 저쪽 편 세계에 가서 안전한 장소에 설치하면 된다는 건가."

막대한 마력을 쏟아붓지 않으면 기동 자체는 되지 않기 때문에 저쪽 편 세계에서 이쪽으로 누군가가 건너올 걱정은 거의 하지 않아도 된다. 하지만 문 자체를 누가 파괴하면 그건 그거대로 곤란하다.

어딘가 인적이 없는 장소에 마법으로 결계를 펼쳐 완전히 간섭받지 않는 공간을 만들까?

아, 저쪽 편에서 고렘을 손에 넣어 그 녀석을 파수꾼으로 삼는 것도 괜찮겠어.

"이걸로 우리도 저쪽 편 세계로 갈 수 있겠군요."

문을 올려다보며 그렇게 린제가 중얼거리자 박사는 미안하다는 듯이 시선을 피했다.

"아~……. 그거 말인데. 사실은 아직 조정이 완벽하지 않아서 말이야. 이번에는 토야와 함께 저쪽 편 세계로 건너가려고 해도 조건이 한정되어 있어."

"한정되어 있다니…… 인원수를 말씀하시는 것인지요?"

야에가 박사에게 물었다. 인원수 제한이 있는 건가? 가능하면 모두 다 같이 가고 싶은데.

"인원이라기보다는 질량이야. 음, 지상에서의 중량으로 환산하면 토야 이외에 한 사람당 48킬로그램 이하…… 음, 안전하게 생각해 45킬로그램까지는 문제가 없어."

박사의 무자비한 말을 듣고 몇 명인가가 따악 몸이 굳어 버렸다. 이봐…… 어쩔 거야, 이 분위기를?!

성의 탈의실에는 내가 만든 정확한 체중계가 놓여 있어서 모두 자신의 체중을 알고 있을 것이었다.

물을 것도 없이 어린아이 몸매인 박사와 스우는 문제가 없을 테고, 몸집이 작은 유미나와 린, 그리고 루도 아마 괜찮았던 것인지 그다지 초조해하지 않았다.

무표정하게 고개를 갸웃하는 사쿠라를 경계로 시선을 계속 회피하고 있는 야에, 힐다, 에르제, 린제 등의 연장자 그룹.

아니, 여자아이의 열다섯, 열여섯 살 평균 몸무게는 50킬로그램을 넘어도 이상할 것 없는 거 아닌가? 정확하게는 잘 모르지만.

이쪽 세계의 여자아이도 몸무게를 신경 쓰는구나……. 의외로 남자는 그다지 신경 쓰지 않는 편이지만.

"애당초, 먼저 내가 저쪽 편 세계로 가서 안전한 장소를 발견해야 하잖아? 모두 다 같이 우르르 건너가면 무슨 문제가 벌어졌을 때 돌아오지 못할 우려도 있고 말이야."

내가 근본적인 점을 지적하자, 가라앉아 있었던 연장자 그룹이 한숨을 돌린 듯, 일제히 말을 하기 시작했다.

"그, 그렇습니다! 아직 확실하게 안전하다고는 말할 수 없습니다!"

"야에 씨의 말대로예요! 시기상조예요!"

"맞아! 서두르지 않아도 도망가는 게 아니잖아!"

"그, 그러면 다 같이 가는 것은 다음으로 미루기로……."

어렴풋이 이 아이들이 무슨 생각을 하는지 알 것 같았지만, 굳이 언급은 하지 않았다. 남자가 발을 들여서는 안 되는 영역이라는 것도 존재하는 법이다.

약혼자들도 특별히 반론은 하지 않았다. 확실히 시기상조인

감을 지울 수 없었기 때문이겠지. 스우만은 조금 불만인 듯했지만.

"그래, 맞아. 그러는 게 확실하겠지. 설치한 다음 세세한 조정을 하는 편이 안전해."

박사가 가볍게 고개를 끄덕였지만, 그렇다면 처음부터 그렇게 말할 것이지 참. 쓸데없는 긴장감을 맛봤잖아.

아무튼 【스토리지】에 차원문 마크2를 수납하고, 마크1을 기동하기 위해 마력을 주입했다. 얼마 전에 그렇게 많이 주입했는데, 한 번 전이한 것만으로도 거의 텅텅 비었구나.

이 나쁜 연비도 개량할 점이 아닐까 생각하지만, 이래야 나만 기동할 수 있으니 안전하다고도 할 수 있으려나?

반월판의 미터기가 완전히 돌아가자, 문 안에 흔들림이 생겼다. 그리고 어딘가 황무지 같은 풍경이 보였다.

【스토리지】안의 마크2는 아직 설치하지 않았으니, 아마 또 랜덤으로 연결된 모양이었다.

그래도 저쪽 편으로 가면 성왕국 아렌트의 성도 아렌으로 【게이트】를 열어 전이할 수 있으니 문제는 없다.

지난번에는 코쿠요, 산고, 코교쿠와 함께 갔으니, 이번에는 코하쿠, 루리와 함께 가자.

〈알겠지요? 주인님에게 창피를 입히지 않도록 절도 있게 행동하세요.〉

〈둘 다 싸우면 안 된다?〉

〈역시 걱정되는군…….〉

《《어린애 취급하지 마!》》

"뭐 해? 가자~."

코하쿠 일행이 뭔가 말다툼을 하고 있는데, 괜찮나? 시간이 없으니 얼른 가야 돼~.

"그럼 다녀올게. 내일이나 모래에는 돌아올 거야."

전이할 때 생기는 시간의 어긋남을 생각하면 하루 정도 만에 설치할 만한 장소를 발견했으면 하는데 말이야. 뭐, 어떻게든 되겠지.

"평소처럼 터무니없는 짓은 하지 말아 주세요?"

유미나가 못을 박아 두었다. 아니, 매번 처음부터 터무니없는 짓을 할 생각을 하는 건 아니지만, 결과적으로 그렇게 되어 버린다고 해야 할지…….

"토야 님은 주변에 휩쓸리는 경향이 있으니 말입니다."

"그 순간의 기세로 행동해 버리는 일도 자주 있었어요."

"무슨 트러블이 있어도 관여하지 말 것. 알겠지? 응?"

"그, 그럼 다녀오겠습니다~!"

유미나에 이어 야에, 힐다, 에르제가 연속 공격을 하듯이 압박을 해 와서 나는 도망치듯이 차원문을 지나갔다.

여전히 고무막을 통과하는 듯한 불쾌함을 맛보면서 더욱 한 걸음 발을 내디뎌 보니, 그곳은 차원문 밖에서 보였던 황무지였다.

그리고 바위투성이 너머에는 더욱 높은 바위 밭이 보였다. 영화에서 본 서부 개척 시대의 미국 같은걸? 저 너머에서 기병대 같은 것이 달려올 것만 같았다.

〈이곳이 다른 세계인가요……?〉

〈겉보기는 별로 다르지 않군요.〉

코하쿠와 루리가 두리번거리며 주변을 둘러보았다. 마을 안이 아니기도 하고, 주변 풍경은 우리가 살던 세계와 그다지 않으니까.

"일단 장소를 검색해 보자……. 우와, 또 아렌트에서 먼 곳으로 나왔네."

불러온 지도를 확인해 보니, 뒤쪽 세계의 지도상으로 봤을 때 동남쪽…… 뒤집은 우리 세계의 지도라면 딱 산드라 지방의 남쪽 부근이었다. 아렌트는 로드메어 부근이니까 꽤 멀다.

물론 아무리 먼 곳이라 해도 【게이트】를 지나면 아렌트에는 갈 수 있지만.

"자, 어떻게 할까. 인적이 없는 곳에 설치한다고 하면, 그냥 여기라도 괜찮은데……."

주위를 둘러봐도 온통 황무지. 사람의 그림자도 형태로 찾을 수 없었다. 길도 없고, 이런 곳에 올 사람은 별로 없지 않을까? 조건은 나쁘지 않았다.

〈하지만 주인님. 이런 곳에 설치하면 마수 등이 부숴 버릴지도 모릅니다.〉

"그렇겠지⋯⋯?"

코하쿠의 말에도 일리가 있다. 처음으로 왔을 때 만났던 그 쌍두용 같은 녀석이 어슬렁거린다면 문이 파괴당할 가능성도 있으니 말이다.

【실드】로 보이지 않는 벽을 만들고 【미라주】로 바위인가 뭔가로 위장하면⋯⋯ 아마 괜찮을 거라 생각하지만, 역시 이곳은 좀 불안한가⋯⋯?

가장 좋은 방법은 단독 주택이라도 세워서 그 지하실에 설치하는 거려나⋯⋯? 위장도 되고, 어느 정도 안전하니까.

욕심을 부리자면 누군가 빈집을 지켜 줄 사람이 있으면 좋을 테지만, 그렇게 딱 알맞은 사람을 발견할 수는 없겠지.

코하쿠 같은 소환수를 불러내도 괜찮지만⋯⋯ 내가 저쪽 편으로 돌아가면 사라져 버리니. 아차. 이쪽에 설치할 마력 탱크도 만들어 달라고 할걸.

"⋯⋯역시 여기서는 고렘을 손에 넣는 방향으로 갈까?"

나는 마음속으로 이런저런 이유를 붙여 고렘을 손에 넣기로 결정해 버렸다. 이쪽의 상인인 산초 씨의 이야기에 따르면, 꽤 비싼 듯했지만 돈만 있으면 못 살 건 없는 듯하니까.

마을 안에서 본 호위꾼 같은 고렘이라면 부족함이 없다. 파는 것은 어쩌면 약할지도 모르지만, 만약 그렇다면 나중에 마법으로 강화하면 그만이다.

"그렇게 결정했으면 자금 조달과 정보 수집을 해야겠지?"

그럴 수밖에 없는 것이 이쪽에서의 소지금은 제로다. 이전에 금 잉곳을 산초 씨에게 판매해 돈을 마련했지만, 그것도 카지노 갬블로 다 써버렸다.

　……그러고 보니 의적단 '홍묘'에 오레이칼코스나 아다만타이트를 건네준 대금을 아직 받지 못했다.

　그때는 기사단으로부터 도망칠 때 도와주고 그대로 헤어져 버렸으니……. 돈도 없고 마침 딱 좋다. 받으러 갈까?

　"어~. '홍묘'는~."

　수령인 니아를 검색해 보았다. 장소는 이전에 있었던 성왕국 아렌트의 옆 나라, 스트레인 왕국이라는 나라의 카르네 마을 부근.

　마을 안은 아니구나. 의적이라고는 하지만 도적단인 것은 사실이니, 가능한 한 사람들 눈에 띄는 곳에는 있고 싶지 않은 것인지도 모른다.

　장소를 확대해 보니 아무래도 숲속인 모양이었다. 드문드문 석벽 같은 것이 있는 듯한데…… 산초 씨가 준 지도의 표시에는 '두스 성채 터'라고 적혀 있으니 아마 버려진 성채를 아지트로 삼아 이용하고 있는 것이겠지. 이 지도 검색을 봐서는 세부적인 설비까지 알 수는 없지만.

　다른 '홍묘' 단원도 검색해 봤는데, 전부 다 합쳐도 서른 명이 채 되지 않았다. 꽤 적지 않나? 무슨 작전 중인 걸까?

　아무튼 좋다. 니아는 이곳에 있는 것이니, 문전박대당하지는 않겠지. 일단은 가 보자.

한 번도 가 본 적이 없는 장소라 【게이트】는 사용할 수 없다. 【텔레포트】라면 못 갈 것도 없지만, 너무 멀어서 세밀하게 장소를 조정할 수 없었다. 자칫하면 강의 바로 위라든가 사람들이 사는 집 안으로 갈 가능성도 있다. 전이하는 길에 장애물이 있으면 전이 자체도 불가능하다. 벽 안이라든가. 그런 곳으로 전이되지는 않겠지만……

애초에 【텔레포트】는 보통 장거리를 이동하기 위한 전이 마법이 아니다.

하지만 전이할 곳이 숲속이고 하니, 어느 정도는 괜찮지 않을까 하는 생각이 들긴 했다. 검색해 봤는데, 주변에는 '홍묘' 단원 이외에는 아무도 없으니 누가 본다고 해서 곤란할 일도 없었다. 이미 '홍묘' 단원들에게는 전이 마법에 대해 거의 알려져 있으니 말이다. 음, 【텔레포트】의 연습도 할 겸 사용해 볼까?

나는 코하쿠를 안고 루리를 머리에 올렸다.

방향은…… 이쪽인가. 거리는…… 이 지도상이라면 이 정도…….

"【텔레포트】."

순식간에 주변 풍경이 황무지에서 숲속으로 변화했다. 지면에서 10센티미터 정도 위로 전이했기 때문에 다리가 덜커덕거렸지만 간신히 넘어지지는 않았다.

"으~음……. 역시 한 번에는 무리였던 건가."

지도를 보니 목적지에서 수 킬로미터 떨어진 곳으로, 성채는 아직 앞으로 더 가야 하는 듯했다.

생각대로 잘 안 되는 법이구나. 감각상으로는 몇 미터 앞에 있는 쓰레기통에 종이 뭉치를 던져서 넣는 느낌이 가까웠다. 익숙해지면 핀포인트로 갈 수 있을지도 모르지만, 지금은 무리다.

아무튼 좋다. 이제 성채는 바로 저기이니, 【텔레포트】를 한 번 더 쓰면 확실히 성채 내부로 이동할 수 있다.

단번에 성채 안으로 전이해도 괜찮을까 하는 생각도 들었지만, 수령인 니아 앞으로 전이하면 아마 문제는 없겠지. 지도로 확인하기로는 딱 성채의 안뜰로 보이는 장소에 혼자 있는 것 같으니까. 이곳이라면 괜찮다.

별로 깊게 생각하지 않고 나는 니아 근처로 【텔레포트】했다.

나중에 생각해 보니, 그 판단이 잘못이었다. 전이 마법에 익숙해진 나머지 태만해져 버렸다고 해야 할까……?

"어라?"

전이한 장소는 성채의 안뜰이 아니라 방 안이었다. 방이라고는 하지만 평범한 방은 아니었다. 녹색의 커다란 텐트 안이었다.

그리고 눈앞에는 의적단 '홍묘'의 수령인 니아가 서 있었다.

"…………."

커다란 눈을 휘둥그렇게 뜨고 이쪽을 바라보는 니아. 니아는 붉은 트윈테일 머리카락을 풀어서 똑바로 내려놓은 상태였다.

그리고 셔츠를 위로 올려 벗으려고 하다가 손이 멈춘 모습으로, 쇼트팬츠는 발밑에 떨어져 하반신을 가리고 있는 것은 작고 붉은 팬티뿐.

누가 봐도 옷을 갈아입는 중으로…….

"너…………!"

"앗, 아냐. 기다려. 오해야. 이건 사고라고!"

고오오오오…… 하는 의성어가 들리는 것이 아닐까 할 만큼 분노와 수치심으로 새빨개진 니아의 눈이 험악하게 변해 있었다.

아무래도 안뜰에 텐트를 치고, 니아가 그 안에서 옷을 갈아입는 중이었던 듯하다. 검색 지도에도 텐트까지는 표시되지 않았던 것이다.

새빨개진 니아가 점차 다가왔다. 흉악한 웃음을 띤 얼굴과 꽉 쥔 오른 주먹을 보면서 나는 각오를 다졌다.

"남겨 두고 싶은 말은 있나……? 앙?"

"아…….."

"뭐?"

"붉은색은 너무 화려한 게 아닐까……?"

그 말을 한 순간, 니아의 멋진 오른손 스트레이트가 내 턱에 적중했다. 피할 수도 있었지만 이것은 감수하고 받아들여야

남자다. 뇌진탕을 일으키지 않을까 할 정도로 강렬한 팬……
아니, 펀치를 맞고 나는 그 자리에서 쓰러졌다.

◇ ◇ ◇

"사정은 이해했어. 하지만 평범하게 걸어왔으면 된 거잖아?"

"그야말로 말씀하신 대로라……."

텐트 안에서 무릎을 꿇게 된 나는 니아의 말이 지당하다고
말하며 반성했다.

〈앗, 주인님. 저어, '힘내세요'.〉

코하쿠와 루리가 격려해 주었지만 그만해. 은근히 서러워지
니까.

뭐가 됐든 너무 편한 길을 찾아선 안 되겠구나……. 자칫하
면 이런 함정에 빠지는 꼴이 되어 버리니까.

"부수령님이 없어서 다행이네요. 상대가 부수령님이었으면
토야 씨, 큰일 났을 거예요~."

"에스트는 사람의 약점을 잡으면 가차가 없으니까. 사정없
이 부려먹었을 거야."

롱웨이브 머리카락을 흔들면서 얌전한 말투로 코하쿠를 쓰
담쓰담하던 홍묘의 간부, 유리의 말을 듣고, 니아가 고개를

끄덕이며 동의했다.

아무래도 부수령인 에스트 씨는 자리를 비운 듯했다. 또 한 사람, 포니테일 아가씨인 유니도 없는 모양이었다. 아렌트의 수도, 성도 에렌으로 무언가를 살피러 갔다고 한다. 어떤 의미로는 다행이다.

"물론 나도 쉽게 용서할 생각은 없어."

사람이 나쁜 미소를 지으며 니아가 웃었다.

그렇겠죠~.

"……뭘 시킬 건데?"

"전에도 말했잖아? 마법을 가르쳐 달라고. 간단한 거라도 좋으니까~."

"아아, 저도 배우고 싶네요."

우우. 그렇게 나온다라. 마법이 그다지 발전하지 않은 이쪽 세계에서 마법을 가르쳐 줘도 괜찮을까?

원래 마법이 있다고 인식은 하고 있고, 마법 교본이 팔리고 있을 정도니 너무 과도하게 경계를 할 필요는 없다고 생각하지만…….

흐음, 간단한 거라면 상관없으려나?

"……좋아. 단, 악용은 하지 말아야 한다?"

"그거, 우리한테 하는 말이야?"

"아…… 악용해서 착한 사람이 슬퍼하게 만들지는 말아 줘."

도적단에게 참 바보 같은 말을 했다고 생각하면서, 나는【스토리지】에서 마석 조각을 꺼냈다.

그리고 랜턴이 놓인 텐트 안의 테이블에 그것들을 늘어놓았다.

"이게 뭐야? 반짝거리는 게 예쁜걸?"

역시라고 해야 할지, 당연하다고 해야 할지, 이쪽 세계에는 마석이 없는 듯했다. 뭐, 그렇기에 마법이 그다지 발전하지 않은 거겠지만. 적성이 있는지 없는지 모르면 가르쳐 주는 쪽도 배우는 쪽도 여러모로 힘들 테니까.

그러고 보니 이쪽 세계에 있는 마광석은 빛 속성 마석의 변형이라고도 할 수 있겠구나. 그 외에도 비슷한 것들이 있을지도 모른다.

"이건 마석 조각이야. 이걸로 어떤 적성이 있는지 판단하는 거지. 없다고 해서 원망하지는 마. 없는 사람이 더 많으니까."

예측일 뿐이지만 특히 이쪽 세계는 적성이 없는 사람이 더욱 많을 거라 생각한다. 사람들에게 마력이 없는 것은 아니다. 수도꼭지를 예를 들면, 꼭지가 뻑뻑하거나 쥐기 힘든 형태라고 생각한다.

그런 상태가 몇 대에 걸쳐 계속되면 수도꼭지는 녹이 슬어 버린다. 하지만 그 녹이 슨 수도꼭지도 돌릴 수만 있으면 물은 잘 나온다.

이쪽 세계의 마법이란, 일부 사람이 특수한 교육 기관에서만 배울 수 있는 것이라는 모양이다. 대신할 수 있는 고렘이라는 것도 있고, 마법도 우리가 사는 세계보다 퇴화되어서 그다지 중요하게 생각하지 않는다는 모양인데…….

반대로 니아가 왜 이렇게까지 마법에 집착하는지, 그게 더 궁금했다.

그냥 내가 여러 가지 편리한 마법을 보여 주었기 때문일지도 모르지만.

"그런데 어떻게 하는 거야?"

"마석을 들고 주문을 외워야 해. 적성이 있으면 어떤 식으로든 반응이 있거든."

그렇다. 나도 '은월'의 뒤뜰에서 린제의 도움으로 마법 적성을 조사했었는데.

시범으로 보여 주고 싶기도 하지만, 내 마력량으로 시범을 보였다간 엄청난 일이 벌어지니 안 된다.

주문의 단편만을 가르쳐 주고 적성 검사를 해 보니, 니아는 불, 유리는 빛 속성을 지니고 있었다.

솔직히 말해 이건 의외였다. 둘 중 하나만 적성이 있어도 기적이라고 생각했었는데. 그와 동시에 양쪽 모두 적성이 없으면 성가셔지지 않아 좋을 것 같다고 생각했는데, 그건 비밀이다.

"마력의 흐름이 뭔지는 알아?"

"그건 알아. 고렘을 조종할 때 사용하고 있거든. ……그런데 루주 녀석, 늦네. 어디까지 간 거야?"

'루주'라면 분명히 니아의 고렘이었지? 아직 본 적은 없지만. 그건 그렇고 단독 행동을 한단 말이야? 자율형 고렘인가 보네?

그 녀석을 수리할 때 필요하다고 해서 오레이칼코스를 건네 줬었는데.

아무튼 마력을 다룰 수 있다면 이야기는 빠르다. 완벽한 초보자에서부터 시작할 때는 일단 거기서 벗어나는 것이 가장 첫 번째 난관이라, 꽤 시간이 걸리기 때문이다. ……라고 린제나 린이 말했었다.

사쿠라 때도 마법을 사용할 수 있게 되기까지 꽤 시간이 걸렸고 말이지.

"자, 하여간에 그 마력을 집중시켜 머릿속에 이미지를 떠올린 다음 주문을 외우면 돼."

이건 실제로 보여 주는 편이 이미지를 포착하기 쉽다.

"【빛이여 오너라, 작은 조명, 라이트】."

내가 세운 손끝에서 야구공만한 빛의 구슬이 텐트 안에 나타났다.

"오오오오, 굉장해~! 빛나고 있어!"

"후아아아…… 예뻐요."

텐트 안을 이리저리 날아다니게 한 뒤, 나는 손가락을 튕겨 【라이트】를 지웠다.

"그거, 나도 할 수 있어?!"

"못 해."

"그게 뭐야~."

"아까 말했잖아. 속성이라는 게 있다고. 【라이트】는 빛 속성 마법이야. 니아의 속성은 불이니까 불 속성 마법만 사용할 수 있어."

뚱한 표정을 짓는 니아의 옆에서 유리가 손을 들었다.

"그럼 저라면……."

"사용할 수 있어. 마력을 집중시키고 빛의 구슬을 떠올린 다음, 방금 내가 말했던 대로 주문을 외워 봐. 반드시 할 수 있다고 마음먹으면 성공하기 쉬워져."

"어~……. 【빛이여 오너라, 작은 조명, 라이트】. 와아!"

유리가 세운 손끝에 1엔짜리 동전 정도의 크기인 빛의 구슬이 출현했다.

빛의 구슬이 출현해서 놀란 나머지 집중력을 잃은 것인지 곧장 사라져 버렸지만. 아무튼 성공이다. 초급 중의 초급 마법이라 그다지 어렵지 않으니 당연한 거지만.

역시 이쪽 세계의 사람이라도 소질이 있는 사람은 문제없이 마법을 사용할 수 있는 모양이다.

"사라져 버렸어요……."

"집중력을 잃어서 그래. 익숙해지면 의식하지 않아도 발동시켜 둘 수 있게 되지. 반대로 집중력을 순간적으로 모으면, 상대가 앞을 보지 못하게 하는 데에도 사용할 수 있어."

잘난 척하며 가르쳐 주었지만 모두 린제에게 들은 말을 그대로 읊는 것에 불과했다. 간단한【라이트】마법도 사용하는 방법에 따라서는 강력한 무기가 된다.

"하지만 저도 마법을 사용하는 데 성공했어요~. 정말 기뻐요~."

"으악~! 다음, 나! 불 마법을 가르쳐 줘!"

마구 날뛰려는 니아를 어르고, 장소를 텐트 밖으로 옮겼다. 니아의 경우 불 속성 마법이라 텐트 안에서 가르쳐 줄 수는 없었기 때문이다.

그렇지만 성채 안뜰이라도 주변이 숲인 이상, 연습 장소로는 그다지 적합하지 않았지만.

단, 버려진 성채였기 때문에 담쟁이덩굴이 가득한 무너져 가는 성벽이 여기저기에 널려 있었다. 나는 그중의 일각을 연습 장소로 선택했다.

"【불꽃이여 오너라, 붉은 돌멩이, 이그니스 파이어】."

내가 주문을 외우자, 작은 돌 정도의 불꽃을 두른 돌멩이가 손끝에서 발사되었다. 그리고 그 돌멩이는 무너져 가던 성벽에 맞았고, 그 일부가 화악 하고 불꽃에 휩싸였다. 상당히 위력을 억눌렀기 때문에 돌을 녹일 정도의 열량은 없었다. 벽의 표면에 나 있던 이끼 등도 태운 불꽃은 조금 탄 자국을 남긴 채 사라졌다.

"오오오! 불이 나갔어!"

"대단한 살상 능력은 없지만, 그래도 꽤 도움이 되는 마법이야. 불 속성의 기본적인 마법이지."

나는 놀라는 니아에게 설명해 주었다. 그리고 니아도 마찬가지로 돌벽을 향해 내가 가르쳐 준 대로 주문을 외우기 시작했다.

"【불꽃이여 오너라, 붉은 돌멩이, 이그니스 파이어】!"

니아가 주문을 외우자, 작은 불꽃이 나타나 내가 주문을 외웠을 때와 마찬가지로 성벽을 향해 날아갔다. 불꽃을 두른 돌멩이가 정확하게 적중하자 벽이 조금 무너져 내렸다. 오? 꽤 위력이 강한걸?

"됐다! 하하하! 굉장해~!"

기뻐하면서 니아가 계속 불꽃을 두른 돌멩이를 몇 발이나 쏘아댔다. 호~. 마력량도 꽤 많은 모양이네? ‥‥‥‥‥‥잠깐만. 두 발째 이후는 주문도 안 외우고 쏘고 있잖아?!

아니아니아니, 확실히 체내의 술식을 마력과 계속 연결시켜 놓으면 가능하긴 하지만, 그건 말처럼 쉽지 않은데.

니아는 아직 이 마법밖에 모르고, 술식을 전환한다는 발생 자체가 없다는 건 알지만‥‥‥ 그렇다고는 해도 상당한 마력 컨트롤이 필요한 일이다. 상당히 익숙하다고밖에는‥‥‥.

"토야! 뭔가 더 없어?!"

"어?! 더 없냐고?"

없진 않지만, 불 속성은 공격 주문이 대부분이니‥‥‥. 【이그니스 파이어】 정도면 괜찮지만, 그 이상의 마법은 숲을 태워 버릴 수도 있다. 으~음. 그럼…….

"【불꽃이여 오너라, 화염의 방벽, 파이어 월】."

"우오오! 불꽃 벽이다!"

불 속성에서는 찾아보기 드문 방어 계열의 마법을 사용해서 보여 주었다. 단지 이건 중급 불 속성 마법이라 마법을 이제 막 배우기 시작한 니아에게는.

"【불꽃이여 오너라, 화염의 방벽, 파이어 월】!"

사용할 수 있단 말이야?!

니아가 나를 흉내 내 【파이어 월】을 아주 쉽게 발동시켰다. 뭐야 이거, 대체 뭐냐고?! 재능이 너무 넘쳐나잖아…….

내가 처음으로 마법을 배웠을 때, 린제도 이런 기분이었을지 모른다. 내 경우에는 하느님 덕분이라고 할지, 사기 능력이니 좀 그렇지만. 아니면 이쪽 세계의 사람들은 모두 이런가?

시험 삼아 유리에게도 빛 속성의 중급 마법을 가르쳐 줬는데, 발동되지 않았다. 느낌이 좋은 것을 보니, 연습하면 다룰 수 있을 듯했지만 니아 정도는 아니었다.

……오늘은 너무 강한 마법은 가르쳐 주지 않는 편이 낫겠어. 【메가익스플로전】까지 순식간에 사용해 버리면 무슨 짓을 저지를지 알 수 없으니까.

그런 점은 부단장인 에스트 씨와 상의해 보자.

"그런데 토야 씨는~ 뭐 하러 여기에 왔나요?"

잠깐 쉬고 있는 사이에 유리가 나에게 말을 걸었다. 어? 이제 와서?

"고렘을 좀 구해 볼까 하는데, 돈이 없어서. 얼마 전에 오레이칼코스 같은 걸 너희에게 팔았잖아? 그래서 그 돈을 받으러 온 거야."

"아~아~아~! 그거 말이지?! 잊고 있었어!"

이봐요.

떼먹을 생각은 없었겠지만, 잊어버리면 안 되지.

"잊어버리긴 했지만 제대로 준비는 해 뒀어. 유리, 금고에서 토야에게 줄 돈을 가지고 와 줘."

"네에~."

유리가 성채 안으로 달려갔다. 대금을 준비했는데 금고에 넣어 놓고 그대로 잊어버렸다는 건가. 물론 축제를 열거나 해서 곧장 받으러 오지 않은 나도 나빴지만.

유리는 돌아와 들고 있던 작은 자루를 그대로 나에게 건네주었다. 자라락, 하는 감촉과 상당한 묵직함.

"어~. 분명히 왕금화로 150닢이 들어가 있을 거야. 부족하다느니 그런 말은 하지 마? 이래 봬도 더 붙여 준 거니까."

앞쪽 세계와는 화폐 가치가 다를 거라고 생각하지만, 만약 우리 세계와 같은 가치라고 한다면 약 15억 엔인가.

그런 것보다, 도적단이 용케도 이런 거금을 가지고 있네…….

아니지. 도적단이니까 가지고 있는 것인지도 모른다.

"이 정도면 고렘을 살 수 있을까?"

"공장제라면 여유 있게 살 수 있어. 고대 기체는 어떨지 모르지만. 제품이야 나쁜 것도 있고 좋은 것도 있고 하니까."

"애초에 고대 기체가 시장에서 팔리는 일은 별로 없어요~."

그렇구나. 기왕이면 고대 기체 쪽이 좋았겠지만, 그렇다면 뭐, 공장제라도 상관없다. 어차피 박사가 파워업 개조 같은 걸 할 테니까.

"아니, 꼭 고대 기체를 구하지 못한다는 건 아니야. 그곳이라면 가능해."

"아, 그러네요~. 그곳이라면 가능하겠네요~."

"?"

두 사람이 고개를 끄덕이는 모습을 보면서 의아한 표정을 짓자, 유리가 설명해 주었다.

"고대 기체의 고렘은 주로 유적 같은 곳에서 발견되는데요~. 모험자들이 그것을 정규 루트가 아닌 비공개적인 루트로 유출시켰거나, 다른 사람에게 강탈했다든가 하는 떳떳하지 못한 이유로 공공연하게 팔지 못하는 고대 기체를 판매하는 장소가 있거든요~."

"그런 장소가 있단 말이야? 그곳에 가면 고대 기체 고렘도 살수 있어?"

"아마도. 괜찮으면 안내해 줄게. 꽤 위험한 장소지만 토야라면 문제없겠지."

뭐야, 흉흉하네. 대체 어디냐고 묻자, 니아는 불길한 미소를 지으며 말했다.

"암시장이야." ^{블랙마켓}

"암시장?"

뭐야, 그 불온하기 짝이 없는 말은. 대체로 어떤 곳인지는 상상이 되지만, 그런 곳에 가도 되는 건가?

"고렘만 있는 게 아냐. 여러 나름의 이유가 있는 상품이 유출되고, 금지된 상품이 유통되는 뒷거래의 성지지. 그곳에서라면 웬만한 물건은 다 손에 넣을 수 있어."

"위험한 장소라면, 뭔가 위험한 조직이 얽혀 있다든가……?"

"그렇지. 암시장을 장악하고 있는 곳은 '흑접(黑蝶)'이라는 범죄 조직이야. 우리와는 달리 돈이 되는 일이라면 뭐든 하는 녀석들이지. 언제 한번 밟아 주려고 생각은 하는데…… 아, 토야가 있으면 망하게 할 수 있겠어."

태연하게 니아가 무서운 이야기를 중얼거리기 시작했다.

"자, 잠깐. 이상한 소리 하지 마. 선량한 일반 시민을 말려들게 하려고 하다니."

"선량한 일반 시민이 여자가 옷을 갈아입는 중에 뛰쳐 들어오고 그러나?"

으윽. 그건 관계없잖아…….

"아무튼, 그건 제쳐놓고. 고대 기체의 고렘을 손에 넣고 싶다면 암시장이 가장 빠르고 좋아. 유적을 탐색해도 찾을 수 있을지 어떨지 알 수 없으니까."

시간이 있다면 유적 탐색을 해 보는 것도 좋겠지만……. 이번에는 포기할 수밖에 없는 건가.

게다가 암시장이라고 할 정도다. 무언가 진귀한 물건을 구할 수 있을지도 모른다.

"평범하게 구매만 하는 거라면 위험하지 않아요~. '출처를 떠보지 않는다'. 그것만 지키면 괜찮죠~."

유리가 추가로 설명해 주었다. 그거야 도난품 같은 것도 있을 테니, 떠보거나 하면 당연히 수상하게 생각하겠지. 최악의 경우에는 그 '흑접'인가 하는 조직에 찍힐지도 모른다.

〈어떻게 하시겠습니까, 주인님.〉

으~음……. 수상한 장소인 것 같지만, '호랑이를 잡으려면 호랑이 굴에 들어가야 한다'라고도 하니까.

"좋아. 그 장소로 안내해 줘. 미리 말해 두는데, 그 조직을 망하게 할 생각은 없다?"

"쳇. 아무튼 좋아. 우리도 조금 적의 동향을 시찰하고 싶었으니까. 루주가 돌아오면…… 앗, 돌아왔네."

니아가 성채 쪽으로 시선을 돌렸다. 너머에서 작은 기체가 이쪽으로 걸어오는 모습이 보였다.

불타는 불꽃처럼 진홍색인 보디. 온몸을 갑옷으로 두른 기사처럼 보이기도 했지만, 그 크기는 어린아이 정도의 키밖에

되지 않았다. 3등신이다. 그런데 그 어깨에는 경차 정도의 커다란 멧돼지를 짊어지고 있었다.

겉보기와는 달리 상당히 파워가 있는 것이겠지. 그 작은 고렘은 터억, 하고 지면에 거대한 멧돼지를 내려놓았다.

"어서 와. 대체 어디까지 갔다 온 거야?"

〈북쪽, 깊은 숲속. 힘들었다.〉

"말을 할 줄 아는구나……."

기계음인 듯했지만, 지금 분명히 이 붉은 고렘이 말을 했다. 이전에 만난 늑대형 고렘…… 분명히 펜릴이라고 했었지? 그거나 우리의 바빌론 시스터즈처럼 유창한 말투는 아니었지만.

"루주, 이 녀석은 토야. 네 수리에 필요한 걸 나눠준 녀석이지. 그리고 토야. 이 녀석이 내 파트너인 루주. 정확하게는 '블러드 루주'라고 하지만 길어서 루주라고 불러."

〈이야기는 들었다. 감사한다.〉

"아…… 아니. 천만에……."

머리를 가볍게 숙이는 붉은 고렘. 뭔가 리듬이 흐트러지네. 묘하게 인간 같은 고렘이다. 부수령인 에스트 씨의 고렘…… 아카가네라고 했지? 그건 좀 더 '로봇' 같은 느낌이었는데.

분명히 이 녀석은 크라운 시리즈, '왕관'이라고 불리는 고렘이었던가?

빼어난 특수 능력을 지닌 고대 기체로, 이쪽 세상의 최고봉인 고렘……이라고는 하는데 도저히 그렇게는 보이지 않는다.

"루주, 이제부터 '암시장'에 갈 거야. 따라와."

〈알겠다, 마스터.〉

니아의 말을 듣고 루주가 작게 고개를 끄덕였다. 어딘가 모르게 누나가 남동생에게 명령하는 것처럼 보이네. 실질적으로는 남동생이 훨씬 더 나이가 많겠지만.

"그런데, 장소는 어디야?"

스마트폰을 조작하면서 공중에 이쪽 편 세계 지도를 투영했다.

"여기가 현재 성채가 있는 곳. 암시장은 여기서 남쪽에 있는 골도스에서 열려. 골도스는 카지노 시티라고 불리는 마을로……."

"잠깐만. 거기는 혹시 번쩍번쩍 휘황찬란한 도시야?"

"알아?"

그곳인가. 이전에 니아 일행과 헤어지고 원래 세계로 돌아가기 전에 들렀던 카지노 도시. 골도스라고 하는구나.

나는 그곳에서 크게 잃어 빈털터리가 되어 버렸었다…….

"그 도시를 지배하는 녀석들이 '흑접'이야?"

"아니. 암시장은 매달 장소를 바꿔서 열어. 이번 순서가 골도스일 뿐, 흑접이 골도스를 장악하고 있는 건 아냐. 물론 협력자는 있겠지만."

매달 개최지를 바꾸는 것은 나라의 눈을 속이기 위한 것일까? 그런데 용케도 그런 걸 알고 있네.

"그거야 초록은 동색이라는 거예요~. 그런 정보를 살 수 있는 루트도 있고요~."

그렇게 말하면서 유리가 입매에 검지를 갖다 댔다. '홍묘'가 의적이긴 해도 불법 조직이라는 점은 분명하다. 그런 정보는 무엇보다도 강력한 무기가 된다.

그러니 나 같은 외부인에게 정보를 흘리는 짓은 하지 않는다고 말하고 싶은 거겠지. 어차피 들어 봐야 어떻게 할 생각은 없지만.

"음, 그 골도스라는 곳이라면 가 본 적이 있으니 금방 갈 수 있는데…… 정말 너희가 가도 괜찮아?"

엄연한 도적단의 수령이 사람들의 눈에 띄는 곳에 가도 괜찮은 건가 하고 내가 망설이자, 니아가 깔깔 웃으며 손을 저었다.

"내가 '홍묘'의 수령이라는 것을 아는 녀석은 별로 없어. 게다가 루주가 있으면 대부분의 위험에서 지켜 줄 테고 말이야."

'홍묘'는 유명해도 그 수령의 정체까지 아는 사람은 한정되어 있다고 한다. 물론 유사시에는 【미라주】로 위장할 생각이었지만, 걱정할 필요 없나 보네.

그래도 일단 성채의 단원에게 목적지를 알려 두고, 만약의 상황에 연락할 수 있게 소환 마법으로 불러낸 쥐를 맡겨 두었다.

성채 쪽에서 어떤 연락을 하고 싶은 게 있으면 이 쥐를 통해 나에게 전달할 수 있다.

소환 마법을 직접 본 니아가 그 마법도 가르쳐 달라고 졸랐지만, 어둠 속성이 없으면 배울 수 없다는 사실을 알려 주자 실망해서 어깨를 축 늘어뜨렸다.

   골도스라는 도시에 있는 카지노 외주구(外周區). 눈부실 정도로 밝은 이 도시에도 어두운 부분은 있었다. 이른바 슬럼가라고 불리는 곳이었다. 꿈이 산산이 부서진 자들이 도달하는 패배자들의 종착역.

   그 뒷골목에 【게이트】를 열어 우리는 골도스로 전이했다. 곧장 큰길로 나가 잠시 걷자, 중앙구로 이어지는 길이 나왔다.

   대낮이라 네온이 번쩍거리지는 않았지만, 태양 아래에서도 여전히 화려해 보이는 마을이었다.

   중앙구에 가는 언덕을 올라, 휘황찬란하게 번쩍이는 문 앞에 있는 문지기에게 통행료를 냈다.

   전에 왔을 때도 생각한 건데, 뭔가 이건 유원지에 들어가기 전에 입장료를 내는 감각이랑 비슷하다.

   "그런데 중앙구는 어디로 가면 돼?"

   중앙구에는 몇몇 카지노 돔이 있는데, 각각 오너가 다르다고 한다. 틀림없이 밤이면 밤마다 돈의 망령들이 치열한 경쟁을 펼치겠지.

   작은 운동장 정도 크기의 건물이 여기저기에서 보였다. 아직 낮이라 카지노는 열리지 않았는데, 어디에서 암시장이 열릴까?

"장소는 카지노 '골드맨'. 정확하게는 카지노 '였던' 장소야."

"였던?"

"몇 개월 전에 그곳의 오너가 불법 도박과 그 외의 여러 가지로 인해 연행됐거든. 듣자 하니 노예와 고렘을 싸우게 해서 서로 죽이게 했다는 거야. 우리가 천벌을 내려줄까 생각했는데, 선수를 빼앗겼어."

뚱한 얼굴로 니아가 고개를 홱 돌렸다. 그 태도가 이상하다고 생각했는데, 옆에 있던 유리가 중간에 끼어들어 말해 주었다.

"그 오너를 파멸로 몰아간 사람은 수령과 마찬가지로 검은 '왕관'을 지닌 사람이었어요~. 라이벌에게 먹잇감을 빼앗겨서 삐친 거예요~."

"쓸데없는 소리 하지 마."

따악! 하고 유리의 이마에 니아가 딱밤을 먹었다. 아파요~ 하고 유리가 이마를 누르며 쭈그려 앉았다. 꽤 시원한 소리였어.

붉은 왕관에 검은 왕관이라. 크라운 시리즈는 색으로 이름을 붙이는 건가?

"아무튼, 그 카지노 돔을 구매한 새 오너가 '흑접'의 협력자라는 거야."

그렇구나. 지도를 열어 도시를 살폈다. 벌써 카지노의 이름이 바뀌었다면 성가실 거라 생각했는데, 아직 카지노는 '골드

맨' 이라는 명칭이었다.

걸어서 그 카지노 돔 앞으로 가 보니, 3미터 정도나 되는 강청색(鋼青色) 고렘 두 대가 문지기처럼 앞을 막고 서 있었다. 크네. 프레임 기어 정도는 아니지만. 뚱뚱하고 복고풍 느낌의 고렘으로 꽤 강해 보였다.

그 앞에는 질이 나빠 보이는 모험자 출신 느낌의 남자들이 몇 명 서 있었다.

"손님인가."

우리를 보고 그중에서도 특히 질이 나빠 보이는 얼굴의 남자가 우리를 노려보았다. 이곳이 일류 카지노라고 한다면 있을 수 없는 태도였다.

"물건을 사러 왔다면 한 사람당 금화 한 닢을 내야 한다. 팔러 왔다면 물건을 보여라."

"……사러 왔다. 금화 세 닢이면 되는 거지?"

내가 그렇게 묻자 남자는 아무 말 없이 고개를 끄덕였다. 들어가고 싶으면 돈을 내라, 그런 거겠지.

한 사람당 입장료가 약 10만 엔이라. 고렘은 숫자에 들어가지 않는 듯했지만. 중앙구에 들어갈 때는 루주 몫까지 뜯겼다. 참고로 코하쿠와 루리 몫은 뜯기지 않았다.

나는 금화 세 닢을 꺼내 남자에게 건네주었다. 그 돈을 받자 남자는 턱으로 어서 들어가라는 듯이 우리를 재촉했다.

우리는 커다란 문을 지나 살풍경한 작은 홀을 빠져나갔다.

이 카지노 돔 안은 장식품 등이 모두 제거된 상태인 듯했다.

복도를 걸어 이윽고 커다란 홀에 도착해 보니, 그곳은 조금 전에 본 슬럼가를 방불케 하는 잡다한 장소였다.

그곳에는 룰렛이나 포커를 하는 테이블, 바 카운터, 커다란 샹들리에 같은 것은 전혀 없이, 넓은 돔 안에 잡다한 점포가 잔뜩 늘어서 있을 뿐이었다.

작은 텐트 같은 점포는 프리마켓 같기도 했지만, 너무 수상해 보이는 점주들과 너무 수상한 손님들 탓에, 일종의 혼란한 세계가 펼쳐져 있었다.

〈꽤 붐비는군요.〉

"벼룩시장이나 골동품 시장 같은 느낌이야……."

용도가 무엇인지 알기 힘든 부품이나 보석 종류, 비싸 보이는 단지부터 시작해 본 적도 없는 동물까지, 판매되고 있는 물건들도 다양했다. 보기만 해도 재미있어, 무심코 두리번거리며 구경을 했다. 마력을 띠고 있는 것도 많았다. 마도구^{아 티 팩 트}인가?

앗, 목적을 잊어버리면 안 되지.

하지만 주변을 둘러봐도 고렘 같은 것은 보이지 않았다. 어떻게 된 거지?

"이런 암시장에서는 고렘 같은 고액 상품의 경우엔 별도로 판매하거든. 지금 유리가 물어보러 갔으니 기다려."

꽤 값비싸 보이는 것도 놓여 있는데, 그런 것들도 값싼 편인가? 그럼 고렘은 얼마나 비싼 거야?

잠시 뒤, 유리가 이쪽으로 돌아왔다. 아무래도 고렘 등의 고액 상품은 지하에서 거래되고 있는 모양이었다.

중후한 검은 가죽으로 덮인 문 앞으로 가니, 또 성질 나빠 보이는 호위꾼이 버티고 서 있었다. 그리고 또 돈을 요구했다. 이봐…….

거역해 봐야 아무런 도움도 안 된다. 나는 내라는 대로 세 명 분의 돈을 내고 지하로 내려가는 슬로프에 발을 내디뎠다.

완만한 커브를 내려가 보니, 그 앞에는 절구형 홀이 있었고, 그곳에는 다양한 고렘이 진열되어 있었다. 큰 것에서부터 작은 것, 인간형에서부터 동물형, 그리고 고렘인지 뭔지 알 수 없는 형태인 것까지 있었다.

이렇게 진열해 놓으니 장관인걸? 마치 무슨 상품 전시회 같다. 뭐, 비슷한 거라 할 수 있으려나?

"가자."

"으, 으응."

니아 일행의 재촉을 받고 나는 절구형 홀로 내려갔다. 다양한 고렘과 손님이 늘어선 곳을 누비고 걸으며 눈에 띄는 물건을 하나하나 확인했다.

"어떤 게 고대 기체고, 어떤 게 공장제인지 전혀 모르겠는데……."

"익숙해지면 디자인이나 사용된 부품으로 알 수 있는데, 일단은 가격을 보면 알 수 있어. 다른 것보다 훨씬 비싸면 대체

로 고대 기체지. 물론 가끔 '오더메이드'처럼 초고급인 현대 품도 있지만."

유적에서 발굴된 고대 기체가 '레거시'.

공장에서 만들어진 양산 기체가 '레디메이드'.

고렘 기사가 수제로 만든 원오프 물건이 '오더메이드'.

이곳에 있는 루주가 '레거시'고, 산초 씨네에 있었던 게 버스가 '레디메이드' 겠지.

확실히 가격을 보니 다른 것과는 단위가 다른 것이 몇 개인가 있었다. 단지 가격 아래에는 대부분 '능력 없음'이라고 적혀 있었다.

역시 '고렘 스킬'이라고 불리는 능력을 가진 기체는 그렇게 많지 않은 모양이었다.

〈주인님, 저걸 보시죠.〉

"오."

루리가 발견한 것 중에 '능력 없음'이라는 표시가 없는 것이 있었다.

2미터 정도의 크기로, 팔이 크고 긴, 고릴라 같은 형태를 한 짙은 녹색의 고렘이었다. 그리고 그 고렘은 무언가 탱크 같은 것을 등에 짊어지고 있었다.

"실례합니다. 이 기체 고렘은 '능력 보유형'인가요?"

"그렇고말고. 한정된 범위 안이기는 하지만 지형을 변형시킬 수 있지."

호오. 토목 작업에 도움이 될 것 같아. 가격이 5억으로 믿을 수 없는 액수지만. 이런 곳에 놓아두면 도둑맞는 거 아닌가? 아니지. 암시장인 이상, 어쩌면 원래 훔쳐 온 것인지도 모른다.

그런 안전 관리는 '흑접' 이 철저히 하고 있을 거라고 생각하지만 실제로는 어떨까?

이렇게 말하긴 뭐하지만, 나라면 이곳에 있는 모든 것을 훔칠 수 있다. ……훔치지 않을 거지만.

"이봐, 토야. 이건 어때?"

"응? 어디 보자."

니아가 가리킨 것은 고렘이라기보다는 파워드 슈트 같은 느낌의 기체였다. 다리와 팔, 그리고 등에 부착하는 듯한 부품으로 구성되어 있다. 이것도 고렘으로 분류되는 건가?

"이 녀석은 장비형이라고 하는 건데, 이래 봬도 나름의 의사(意思)가 있어. 계약자^{마스터}의 뜻대로 움직여서 도와주지."

확실히 재미있을 듯했지만 내가 원하는 것은 자율형 타입이니…….

"토야 씨, 이건 어떤가요~?"

유리에 이끌려 간 가게 앞에는 튼튼해 보이는 케이스가 몇 개인가 세워져 있었다. 그리고 그 안에 다소곳이 고렘이 전시되어 있었다.

사이즈는 작은 편. 루주와 비슷한 정도로, 어린아이 크기였다. 어딘가 모르게 여자아이 같은 형태의 흰색을 바탕으로 한 기체였다. 모두 세 대로, 각각 형광색인 빨강, 파랑, 녹색의 부품이 몸의 도처에 들어가 있었다. 머리 부분의 형광 부품은 특히 머리카락처럼도 보였다. 세심하게 잘 만들어졌네.

"유사 인간형인가? 희귀한 거네."

니아가 고대 기체 세 대를 비교해 보면서 중얼거렸다. 분명히 갑옷을 입고 있는 듯한 루주나 조금 전의 고릴라형 외골격 고렘과 비교하면 인간을 본떠 만들어진 것처럼도 보였다.

단, 우리에게는 인간과 거의 다름이 없는 로봇들이 있으니, 그다지 놀라지는 않았다. 게다가 이쪽은 아직 '인형'이라는 느낌이 남아 있는 것들이다.

"이 녀석도 '능력 보유형'인가요?"

"능력을 보유했다고 보증한다. 하지만 무슨 능력이 있는지는 모른다. 애당초 기동도 안 된다."

서투른 말투의 점주에게 설명을 들어 보니, 일반적으로 흉부에 있는 마스터 등록을 위한 장치가 작동을 하지 않는다고 한다. 고렘 기사에게도 봐달라고 했지만 두 손 들고 포기해 이렇게 팔게 되었다는 모양이다.

"그러니까 싸게 판다. 손님이 사 주길 바란다."

양손을 맞대고 비비면서 살찐 점주가 나에게 말을 걸었다. 으으음. 싸다고는 해도 왕금화 70닢, 그러니까 7억 엔인 거잖아? 아무리 생각해도 금액이 이상하단 말이지.

조금 전의 고릴라형은 능력이 뭔지 아는데도 5억이었어. 그것보다 비싸다니 어떻게 된 거야? 그쪽이 더 강해 보이고, 튼튼해 보이는데.

"그건 어쩔 수 없다. 이것 봐라. 여기."

점주가 케이스 안에 있는 고렘의 가슴을 가리켰다. 그곳에는 작은 ☆ 마크와 어떤 문자 및 넘버가 새겨져 있었다.

"별 문장(紋章)……. '에투알' 시리즈인가. 어쩐지."

"그렇군요~."

그것을 본 니아와 유리가 이해가 된다는 듯 고개를 끄덕였다. 뭐가 뭔지 이해를 못 한 나에게 유리가 설명해 준 바에 따르면, '에투알' 시리즈란 앞서 나온 별 마크가 새겨진 고렘을 말하는 것으로, 고대 기체 중에서도 뛰어난 기체에 붙어 있는 것이라고 한다.

아마 같은 제작자의 브랜드 마크 같은 것이겠지.

나중에 알게 된 것인데, 갑옷 부분에 숨겨져 있어 잘 안 보이지만, 루주의 목 부근에도 왕관 마크가 새겨져 있다고 한다. 그것은 바로 '크라운' 시리즈의 브랜드 마크라는 듯했다.

"진품인가요?"

"암시장에 가짜를 내놓는 바보는 없다. 출입금지가 되고, 자칫하면 존재가 지워지니까."

오호라. 이게 진품인 '에투알' 시리즈라면 능력을 모르더라도 그만한 가치가 있다는 거구나. 움직이지 않는다는 것이 문제지만.

"그래, 손님은 어떻게 할 거냐? 살 거냐? 안 살 거냐? 원래는 '에투알'을 이렇게 싸게는 못 산다."

"으~음……."

솔직히 말하면 더 투박한, 딱 봐도 문지기 로봇 같은 것이 좋은데, 이건 이거대로 빈집을 지키는 데에 잘 어울릴 것 같았다.

아마 우리의 박사가 이것저것 분석할 테니, 기동하는 것은 가능할지도 모른다. 안 된다고 하더라도 다른 방법을 생각해 보겠지. 그렇다면…… 이것도 괜찮으려나?

"좋아, 사죠. 대신 그 전에 이걸 봐 줘요."

【스토리지】에서 커다란 아다만타이트 잉곳을 꺼내 말투가 수상한 점주에게 보여 주었다. 점주는 잠시 그것을 바라보다가 이윽고 눈을 휘둥그렇게 뜨더니, 내 얼굴을 쳐다보았다.

"이, 이건, 아다만타이트다!! 대체 이걸 어디서……?!"

"이곳은 출처를 따지면 룰을 위반하는 거 아니었나요? 이것과 왕금화 100닢으로, 저 고렘을 세 대 전부 사고 싶어요."

"세 대 전부 말이냐?! 으…… 음……. 그, 그 전에 이게 진짜인지 확인하게 해 줬으면 한다."

점주가 나에게서 건네받은 아다만타이트를 산초 씨 때와 마찬가지로 특수한 짧은 막대기로 가볍게 문질렀다.

"진짜다……. 이것과 교환…… 으으으음."

점주가 아다만타이트를 손에 들고 고민했다. 원래는 150닢이나 있었던 왕금화도 입장료니 뭐니 해서 줄어들고 말았다. 이 금액으로 구입할 수 있게 해 주면 좋을 텐데. 전액을 아다만타이트로 지불해도 괜찮지만, 역시 그렇게 하면 수상하게 생각할 테니까.

'에투알' 시리즈라고는 하지만 기동하지 않는 고렘과 이쪽에서도 희소한 가치를 지닌 특수 금속. 점주의 머릿속에서는 장사 저울이 마구 요동치고 있을 테지.

이윽고 점주는 히죽거리는 미소를 지으며 말했다.

"좋다. 이 아다만타이트와 왕금화 100닢으로 합의를 보지. 전부 팔겠다."

"비즈니스 성립이군요."

점주에게 왕금화 100닢을 주고 고렘 세 대를 샀다. 세 대를 산 이유는 무슨 일이 있을 때를 대비한 예비 기체가 있었으면 했던 것도 있지만, 이렇게 늘어놓으니 꼭 자매 같아서 떨어뜨려 놓고 싶지 않았던 것도 있었다.

【스토리지】에 세 대를 모두 케이스와 함께 수납하자, 그 모습을 본 점주의 몸이 굳어 버렸지만 나는 신경 쓰지 않기로 했다.

"아무리 '에투알'이라고는 하지만 세 대나 필요해?"

"음~. 잘 모르겠지만 있어서 나쁠 건 없다고 생각했거든. 다음에는 언제 손에 들어올지 알 수 없고 말이야."

니아의 말에 나는 적당히 대답해 두었다. 아무튼 이것으로 목적은 하나 달성했다. 이제는 차원문을 설치할 수 있는 장소를 찾으면 되는 건가. 어디 작은 무인도라도 개척할까?

그런 생각을 하고 있는데, 어디선가 큰소리로 외치는 소리가 들려왔다.

"……방금 그건 뭐지?"

"응? 왜 그래?"

내가 갑자기 일어서자 니아가 말을 걸어왔다.

또다. 크게 외치는 소리가 이곳의 혼잡한 웅성거림에 섞여 멀찍이서 들려왔다. 목소리는 하나가 아니었다. 여러 목소리가 들려왔다.

문득 옆을 보니 루주도 마찬가지로 가만히 멈춰 서서 천장을 올려다보고 있었다. 위인가!

위쪽 층에서 무슨 일인가가 벌어지고 있다.

"……~ ♪ ~ ♪ ……."

뭐지? 잠시 크게 외치는 소리가 그치더니, 이번엔 즐거운 노랫소리가 들려왔다.

다음 순간, 지상으로 이어지는 가죽으로 뒤덮인 두꺼운 철문이 두 동강으로 찢어져 바닥에 쿠웅! 하고 떨어졌다.

그 사이를 통해 통로의 어둠에서 조금 전보다도 더 뚜렷하게 노랫소리가 들려왔다.

"……반짝거리는 눈을 찌르자 ♪ 은 스푼을 푸욱 하고 ♪ 파란색에 녹색, 검은색에 빨간색, 예쁜 눈이 안녕하세요 ♪"

"이 목소리는……!"

니아가 경계심을 드러내며 동강이 난 문의 안쪽을 노려보았다.

이윽고 그 문의 잔해를 밟으며 소녀 한 명이 나타났다.

프릴이 달린 보라색 고딕 패션으로, 아래는 짧은 티어드 스커트였다. 그리고 역시 보라색인 동심원 무늬의 전통우산을 쓰고 있었다. 린과 복장은 비슷했지만, 이쪽은 어딘가 옷을 겹친 모양이라든가 두꺼운 오비 등, 일본풍의 이미지였다.

소녀는 슬림한 안경을 쓰고 있었지만, 그 안쪽의 짙은 보라색 눈동자에는 빛이 깃들어 있지 않은 것 같았다. 생글거리며 웃고는 있지만 감도는 분위기는 어딘가 불길함을 느끼게 했다.

자수정 같은 긴 머리카락은 가지런히 잘라 *이치마츠 인형 같았다. 얼핏 보면 귀여운 인상이었지만, 그것을 온몸에 튄 피가 모두 망가뜨려 버렸다.

무엇보다도 신경 쓰이는 것이 소녀의 옆에서 사신처럼 긴 낫을 들고 서 있는 보라색의 작은 고렘이었다. 그 분위기나 특징이 내 옆에 있는 붉은 고렘과 흡사했다.

"엇, 설마 저건……."

"저 고렘은 보라색 '왕관', 【파나틱 비올라】. 그리고 저 녀석은……!"

"루나 트리에스테……. '광란의 숙녀' 예요~."

광란……? 내가 그 말을 듣고 의아해하는데, 입구 앞에서 소

---

*이치마츠 인형(市松人形): 기모노를 입고 앞머리를 일자형으로 가지런히 자른 소녀 모습의 일본 전통 인형.

녀가 우산을 돌리면서 자신도 돌기 시작했다.

"주세요 ♪ 주세요 ♪ 깔끔하게 파낼 테니 당신의 눈을 주세요 ♪ 겸사겸사 하트도 주세요 ♪"

그런 노래를 흥얼거리면서 몸에 튄 피로 흠뻑 젖은 소녀가 빙글빙글 돌았다. 그리고 홀에 있는 우리 쪽을 보고 미소를 지으며 계속 노래했다.

"당신의 하트도 주세요 ♪"

◇ ◇ ◇

"고렘이 많이 있네? 아깝지만 전부 부순다? 다 죽인다? 죽기 싫은 사람은 루나를 죽여 줘."

흩뿌려진 피를 뒤집어쓴 채 웃으면서 루나라고 밝힌 소녀가 우산을 접었다.

"그럼 비올라, 부탁해."

〈기긱.〉

보라색의 작은 고렘이 절구형 홀로 뛰어내렸다. 그리고 착지와 동시에 기체에 어울리지 않는 큰 낫을 휘두르자, 그곳에 전시되어 있던 대형 고렘이 상하로 두 동강 나 버렸다. 엄청난 절삭력이다.

"아니……!"

고렘을 팔던 점주가 놀라서 눈을 휘둥그렇게 뜨며 그 자리에 멍하니 서 있었다. 보라색 고렘은 큰 낫을 손도끼처럼 변형시키더니, 그대로 점주의 가슴을 푹, 하고 찔렀다.

"어……?"

푸거걱, 하고 가슴에서 피를 분출하며 점주가 쓰러졌다. 동시에 주변 손님의 비명이 홀 전체에 울려 퍼졌다.

근처에 있던 여성의 비명을 시작으로 홀은 패닉 상태에 빠져 이리저리 도망치는 사람들로 가득해졌다.

"루주!"

〈알겠다.〉

니아의 호령을 듣고 붉은 왕관이 보라색 왕관을 향해서 갔다. 잇달아 뻗어 나오는 루주의 주먹을 비올라라고 불린 고렘이 낫의 손잡이로 막아 냈다.

"어라라? 빨간 게 있네? 어째서어?"

우리를 내려다보던 루나가 고개를 살짝 갸웃했다.

"이 자식, 보라색! 무슨 짓이야!"

"어라라? 역시 니아찡이네. 우~연인가? 아니면 운명의 인도?"

루나라는 소녀가 호들갑스럽게 놀라는 모습을 보였다. 그 사이에도 비올라와 루주의 싸움은 계속되었다.

하지만 손도끼 상태의 무기를 든 비올라와는 달리 무기를 지니지 않은 루주는 압도적으로 불리했다. 게다가 루주는 소형이라 리치가 짧았다. 그건 비올라도 마찬가지였지만, 그렇기에 무기의 유무는 결정적인 차이였다.

보라색 고렘이 손도끼를 휘두를 때마다 홀에 놓여 있던 주변의 고렘과 우왕좌왕 도망가는 손님들이 베이고 말았다. 루주는 그것을 막으면서 가능한 한 사람이 없는 곳으로 유도하려고 하는 듯했다.

"코하쿠, 루리! 지금이야, 움직이지 못하는 사람들을 안전한 장소로 옮겨 줘!"

〈네!〉

〈분부대로 하겠습니다.〉

코하쿠는 평소의 대형 호랑이 모드로, 루리도 비슷한 정도의 크기로 되돌아간 다음, 기절한 사람이나 쓰러진 사람들이 있는 곳으로 다가갔다.

그 사이에도 무기를 든 비올라가 주변의 물건을 마구 파괴하면서 루주를 몰아세웠다.

"저 녀석^{비올라}을 멈춰! 왜 이런 짓을 하는 거야?!"

"왜? 왜냐니, 왜? 니아찡은 이해할 수 없는 소릴 하네? 즐거운 모임이 있어서 참가하러 왔을 뿐인데."

또다시 고개를 살짝 갸웃하는 루나. 저 녀석…… 조금 전부터 말과 행동이 뭔가 이상해.

"즐겁잖아? 예~쁜 눈을 파내 보면, 사람마다 달라. 빨갛기도 하고, 파랗기도 하고. 금방 썩어 버린다는 게 아쉽지만. 잘 파냈을 때는 흥분될 정도야."

"이 자식……!"

이야기가 맞물리지 않았다. 저 소녀가 진심으로 하는 말인지도 알 수 없었지만, 아무튼 위험한 상황임은 분명하였다. 그러는 사이에도 소녀는 우산을 빙글빙글 돌리면서 이쪽으로 내려왔다.

일단 저 루나라는 소녀를 어떻게든 하려고 내가 발을 디뎠을 때, 땅을 울리면서 소녀의 눈앞으로 거대한 고렘을 데리고 남자들이 다가갔다. 저 사람들은…… 이 카지노의 문에 있던 고렘이구나. 그렇다면 남자들은 '흑접'의 호위꾼인가.

"야, 이 자식아! 지금 당장 저 고렘을 멈춰라!"

"싫다면~?"

"큭, 죽어라!"

남자의 명령에 따라 강철 고렘이 문자 그대로 철권(鐵拳)을 소녀에게 휘둘렀다. 3미터나 되는 거대한 기체가 날린 펀치를 맞고 소녀는 벽에 강하게 부딪혔고, 그 가냘픈 몸이 바닥에 데굴데굴 굴렀다. 즉사해도 좋을 수준의 일격이었다.

"바보 같긴……. 이봐, 다음은 저 보라색 고렘이다! 얼른 해치우고 와라!"

땅을 울리면서 아직도 싸우고 있는 비올라와 루주가 있는 곳으로 대형 고렘이 걷기 시작했다.

"……소용없는 짓인데. 비올라는 부서지지 않아서 비올라인 거야."

"아니?!"

먼지투성이가 된 루나가 몸을 일으켰다. 팔이 이상한 방향으로 꺾였고, 정강이 부분도 '기역' 자로 일그러졌는데도.

확실히 뼈가 부러졌을 텐데 다음 순간, 소녀의 몸에서 보라색 연기가 피어오르더니 팔도 다리도 순식간에 나아 버렸다.

"대체 저게 뭐야……."

"보라색 왕관의 능력이에요~. 듣기론 계약자를 불사신으로 만들어 준다고 하는데…… 왕관 본체도 높은 재생 능력을 가지고 있어요~."

불사신이라니. 혹시 저 소녀는 언데드인가?

유리의 설명을 듣고 내가 놀라는데, 보라색 왕관과 싸우던 루주가 낫에 일격을 받고 멀리 날아가 버렸다. 그리고 니아의 외침이 울렸다.

"루주!"

니아가 날아가 버린 루주 쪽으로 달려갔다.

한편 루주를 날려 버린 비올라는 그 붉은색의 주인과 종을 무시하고, 자신에게 돌격해 온 대형 고렘을 향해 낫을 쥐고 자세를 잡았다.

그리고 크게 휘두른 주먹을 슬쩍 피하고, 대형 고렘의 몸을 들고 있던 낫으로 간단히 잘라 버렸다. 쿠웅! 하고 두 동강이 난 몸체가 바닥에 무참하게 떨어져 굴렀다.

"상대가 안 되네~. 시시해. 아저씨들도 루나를 죽여 주지 않을 것 같고 말이야."

"이 자식……!"

호위꾼 한 사람이 손에 든 창을 루나의 가슴에 찔러 넣었다. 창은 중간 정도까지 박혀 창끝이 등 뒤로 튀어나왔다.

"헤, 헤헤…… 바라는 대로 죽여…… 아니?!"

"그러니까, 시시하다고 말했잖아?"

소녀가 등을 관통한 창을 아무렇지도 않다는 듯이 가슴 앞에서 붙잡고 한 손으로 부러뜨렸다. 어디에 저 정도의 파워가 있는 거지?

아니, 언데드가 된 마물은 신체의 제한이 사라져 생전이었다면 생각할 수 없을 정도의 힘을 얻는다. 그것과 같은 일이 일어난 것인지도 모른다.

"이영차."

등 뒤로 튀어나온 창을 소녀는 조심성 없이 빼냈다. 그리고 그 창을 공포에 덜덜 떠는 원래 주인의 가슴에 힘껏 꽂았다.

"돌려줄게."

가슴에 창이 꽂혀 뒤로 쓰러진 호위꾼. 소녀는 미소를 지으며 이번엔 그 옆에 있던 동료 호위꾼에게 접은 우산을 찔렀다.

"크어억?!"

우산살이 우둑우둑 부러지는 소리와 함께 남자의 등 뒤로 튀어나왔다.

"앗, 망가졌네. 마음에 드는 우산이었는데. 참, 아저씨 탓이야. 눈을 파내야겠어."

절망에 빠져 눈물을 흘리는 남자의 눈을 향해 무자비하게 소녀의 오른손이 뻗어 나갔다.

"【텔레포트】."

바로 순간이동을 한 나는 그 피투성이인 소녀의 손을 꽉 붙잡았다. 윽, 엄청난 힘이야. 이 가냘픈 몸의 어디에 이런 힘이 잠들어 있는 거지?

"어라라? 어느새?"

어리둥절한 모습으로 신기하다는 듯이 안경 안쪽의 눈으로 나를 올려다보는 보라색 소녀. 붙잡은 손과는 반대 손으로 나는 주변에 쓰러져 있는 남자들에게 회복 마법을 걸었다.

"오빠는 누구? 왜 루나를 방해하는 거야?"

"이유는 모르지만 더는 가만히 보고 있을 수 없잖아. 힘으로라도 그만두게 하겠어."

"아하하하하! 이상해! 어떻게?"

"이렇게. 【그라비티】."

소녀를 붙잡은 채 가중 마법을 발동했다. 증가한 자신의 무게에 서 있기 힘들어진 소녀가 그 자리에 쓰러져 더는 움직이지 않았다.

"어라라? 이거 뭐야? 못 움직……."

"지금이다! 붙잡아라!"

움직이지 못하게 된 소녀를 구속하려고 호위꾼들이 쇄도했다. 하지만 그보다도 먼저 뛰어든 보라색 고렘이 커다란 낫을 번뜩였다.

"큭!"

낫의 일격을 피하기 위해, 나는 크게 뒤로 뛰어 물러섰다. 미처 피하지 못한 호위꾼들이 몸을 베여 바닥에 뒹굴었다.

〈기긱.〉

손에 든 낫을 다시 손도끼 상태로 변형시키고 보라색 고렘이 달려들었다. 나는 그 공격을 피하면서 허리의 브륀힐드를 블레이드 모드로 전환하고 그 손도끼를 옆으로 쳐서 날려 버렸다.

〈기기긱?〉

손잡이 부근에서 착악 잘려 버린 자신의 무기를 보고 비올라가 순간 동작을 멈췄다. 그 틈을 놓치지 않고 나는 작은 고렘의 몸을 단숨에 베어 버렸다.

상하로 두 동강이 난 보라색 고렘은 바닥을 데굴데굴 구르더니 더는 움직이지 않았다.

"후우……."

크게 숨을 내쉬고 주변을 돌아보았다. 몇 명이나 되는 희생자가 발생하고 말았다. 아직 살릴 수 있는 사람들에게 어서 회복 마법을……

"아하하하! 비올라가 잘렸어! 오빠, 굉장한걸?"

짝짝짝, 하는 박수와 함께 들려온 목소리. 그 소리에 놀라 돌아보니, 그곳에는 조금 전까지 바닥에 딱 엎드려 있던 루나의 모습이 있었다.

말도 안 돼. 나는 【그라비티】를 해제하지 않았는데. 뭘 한 거지?

"오빠, 이름을 가르쳐 줄 수 있을까?"

"……토야. 모치즈키 토야야."

"토야. 토~야구나. 응, 멋진 이름이야. 토야라면 루나를 죽여 줄 수 있을 것 같아. 하지만 아쉽네. 오늘은 안 되거든. 왜냐하면 기왕에 더 멋진 스테이지에서 죽여 줬으면 하니까!"

"안됐지만 나는 사람을 죽이고 기뻐하는 취미는 없어서 말이야."

"어라라? 수줍음을 많이 타는구나. 그런 점도 매력적? 루나, 진심으로 좋아할 것 같아. 비올라는 어떻게 생각해?"

내 등 뒤로 시선을 던진 루나. 설마 하는 심정으로 돌아보았는데, 그곳에는 루나와 마찬가지로 완전히 회복된 비올라가 서 있었다. 절단된 낫은 그대로였지만.

"아니……!"

높은 재생 능력을 지니고 있다고는 들었지만 이 정도일 줄이야……! 두 동강이 나도 부활하다니, 반칙이잖아. 이래선 보통 방법으로는 안 되겠는데……?

"비올라도 토야가 마음에 든 모양이야. 쿠후후, 이런 곳에서 이런 만남이 있다니 럭키인걸!"

"웃기지 마!"

갑자기 옆에서 비올라에게 붉은 주먹이 날아왔다. 불타오르는 그 주먹은 보라색 보디를 일그러뜨리며 카지노의 벽까지 날아가게 만들었다.

크게 변형된 양쪽 팔에 붉은 불꽃을 두르고, 붉은색 왕관, 블러드 루주가 날아가 버린 비올라를 추격했다.

그 주먹 공격 하나하나가 카지노 전체를 진동시킬 만큼의 파워를 분출했다. 조금 전의 루주와는 완전히 딴판이다. 대체 무슨 일이 있었던 거지?

"보라색⋯⋯. 얼마 전에 나를 바보로 만들었던 빚은 확실히 갚아 주겠어!"

"후우~. 니아찡, 방해하지 마!"

입술을 삐죽이는 루나 앞에 니아가 모습을 드러냈다. 그런 니아의 모습을 보고 나는 무심코 외쳤다.

"너⋯⋯! 그 손, 어떻게 된 거야??!"

니아의 오른손에서는 뚝뚝 피가 떨어지고 있었다. 아무래도 손바닥에 상처를 입은 모양이었다. 피의 양이 꽤 많아, 오른손이 새빨갰다.

"신경 쓰지 마. 루주의 능력을 사용하기 위해서는 내 피가 필요했기 때문일 뿐이니까."

"신경 쓰지 말라니⋯⋯."

물론 신경 쓰지 않을 수는 없어, 나는 아파 보이는 오른손에 회복 마법을 걸었다. 상처 자체는 그다지 깊지 않아서, 순식간에 상처가 아물었다.

"여전히 굉장한걸? 토야의 마법은……."

"미리 말해 두는데, 상처가 아물었을 뿐 피는 돌아오지 않았어."

그 모습을 보던 루나가 흥분한 듯이 얼굴을 붉게 물들이며, 나를 빛이 없는 눈동자로 응시했다.

"마법! 토야는 마법사구나! 응, 좋아좋아, 오싹오싹해! 흥분했어! 하아하아…… 젖어 버리겠어……. 앙……."

앙, 이라니 대체 뭐야? 앙, 이라니! 벌써 갈 데까지 간 거야?!

자신의 몸을 안고 다리를 안쪽으로 오므리면서 꼼지락거리는 모습을, 나는 벌레라도 씹은 것 같은 표정으로 바라볼 수밖에 없었다.

우리의 에로 메이드인 셰스카와 좋은 승부가 될지도 모른다.

"이 변태녀가……."

"이게 루나의 매력 포인트인걸~. 쿠후후, 두근두근해! 눈을 파내는 것보다도 흥분되는 일이 있다니……!"

니아의 말에 태연한 척 대답하면서도, 빤히, 소녀의 시선은 계속 이쪽을 향한 채였다. 기분 탓인지 소녀의 호흡이 거칠어진 것 같기도 했다.

"……먹어 버리고 싶어……."

오싹, 하고 나는 누가 등에 얼음을 넣은 것 같은 감각에 사로잡혔다. 여러 가지 의미에서. 언데드일지도 모르는 소녀의 그 말은 내 마음속에 수많은 좀비 영화를 떠오르게 만들었다.

그 틈을 이용해 루나가 나와의 거리를 순식간에 좁혔다. 믿을 수 없는 속도로 이동해 반사적으로 한 걸음 뒤로 물러선 나를 붙잡더니, 내 오른 다리를 자신의 가랑이 사이에 끼었다.

소녀의 고간이 내 허벅지 위에 위치해 딱 달라붙은 상태에서 루나가 귀엣말로 나에게 속삭였다.

"다음엔 루나를 죽여 줘?"

그대로 소녀는 내 뺨을 할짝 핥았다.

"으, 아, 악. 뭐 하는 거야?! 이 자식!!"

"꺄하하! 니아찡, 질투?"

달려들어 때리려는 니아를 훌쩍 피하며 루나가 순식간에 나에게서 멀어졌다.

"비올라! 돌아가자!"

루주와 사투를 벌이던 비올라가 루나 곁으로 급히 달려가 루나를 그 어깨에 태웠다. 마치 어린아이를 목말 태우는 것 같았다.

"오늘은 즐거웠어! 그럼 또 봐~!"

위에 올라탄 루나가 손 키스를 날렸을 때, 아래쪽의 비올라가 손목에서 무언가 보라색 가스 같은 것을 내뿜었다. 독살스러운 그 연기는 한눈에 봐도 위험한 것이란 사실을 알 수 있었다.

"【물이여 오너라, 나선의 방벽, 아쿠아셸】!"

나는 곧장 물 방어벽을 만들어 보라색 연기를 막았다. 그리고 물과 연기를 뒤섞은 다음, 독살스러운 색으로 변한 물을 근처에 있던 꽃이 꽂혀 있던 비싸 보이는 항아리 안으로 이동시켰다.

그 순간, 항아리에 꽂혀 있던 꽃다발이 순식간에 썩어서 떨어졌다. 역시 맹독이었나…….

이미 루나 일행의 모습은 보이지 않았다. 도망친 건가. 정말 터무니없는 녀석들이었어.

"쳇! 그 망할 여자가! 또 도망치다니!"

니아가 근처에 있던 암시장 상품의 잔해를 발로 찼다. 기분을 모르는 건 아니지만…….

앗, 이러고 있으면 안 되지. 어서 아직 살아 있는 사람들에게 회복 마법을 걸어 줘야 해.

응?

걸음을 내디디려는 순간, 묘한 감각이 들어 나는 시선을 아래로 내렸다.

"……으아아."

바지의 오른쪽 허벅지가 이상한 얼룩이 진 상태로 젖어 있잖아. 앗, 이거…….

얼굴을 일그러뜨리며 니아를 쳐다보니, 니아도 아주 싫다는 듯한 얼굴로 이쪽을 보고 있었다.

그리고 오른손과 왼손의 검지를 교차해 엑스 표시를 만들고 나에게 내밀었다.

"부정 타니까 가까이 오지 마."

그 표현을 이세계에서도 써……? 참나 뭐 이런 날이 다 있담.

"【빛이여 오너라, 평등한 치유, 에어리어 힐】."

암시장의 부상자 모두를 한꺼번에 광범위 회복 마법으로 치유했다. 너무 눈에 띄고 싶지 않으니 말이지. 이미 너무 늦어버린 건지도 모르지만.

루주가 비올라를 막고 코하쿠와 루리가 구조에 나선 덕분인지 죽은 사람은 생각보다 적었다. 적어도 이 지하 홀에서는, 말이다.

유리가 확인하고 왔다고 하는데, 위쪽 층은 지옥도가 펼쳐져 있었다는 모양이었다.

일단 나는 상관없지만 니아나 루주, 유리 등의 '홍묘' 가 있어 눈에 띄면 문제가 되기도 하고, 목적을 다 이룬 이상 머물러 있을 이유도 없어서 우리는 【게이트】를 열고 '홍묘' 의 거

점으로 돌아가기로 했다.

성채의 텐트 안에서 유리가 끓여 준 차를 마시고 겨우 안정을 되찾았다.

"그건 그렇고…… 터무니없는 고렘이었어……."

유리에게 재생 기능이 있다고 듣긴 했지만 그 정도일 줄이야. 그냥 프레임 기어처럼 상처나 균열이 원래대로 돌아가는 정도라고 생각했었다.

상반신과 하반신을 두 동강 냈는데 그런 상태에서도 회복할 수 있을 줄이야……. 아니, 회복이라고 할 수 있는 속도가 아니야……. 발동하자마자 순간 재생이 되는 것에 가까워.

"그게 '크라운' 시리즈의 능력인가……."

내가 중얼거리는 소리를 들은 니아가 옆에 있는 루주를 바라보며 말했다.

"…… '왕관'은 절대적인 힘을 지니고 있지만 계약자에게 커다란 리스크를 떠안게 해. 그런 불사신 같은 능력을 아무런 대가 없이 사용할 수 있을 거라 생각해?"

"대가?"

"예를 들자면, 루주는 계약자의 피를 대가로 절대적인 파괴력과 방어력, 그리고 불꽃의 힘을 얻어. 피를 부여하면 부여할수록 그 힘은 커지지. 그야말로 목숨을 모두 내던지면 이 세상에 파괴하지 못할 것은 아무것도 없다고 할 만큼. 선대의 '홍묘' 수령인 우리 아버지는 그 탓에 죽었어."

피를 대가로?! 죽었다니…… 온몸의 피를 루주에게 바친 건가?!

아무래도 저장해 둔 혈액으로는 효과가 없고, 꼭 생피여야만 한다는 모양이었다. 사람은 분명히 전체 혈액의 3분의 1을 잃으면 죽었었지? 그 한계를 넘었던 건가……?

"그럼 보라색 왕관의 대가는……."

"정말인지 어떤지는 모르겠지만…… 점점 정신이 이상해진대. 미치고 미쳐서, 마지막에 자신이 누구인지도 모르게 되면, 비올라가 그 계약자의 목숨을 끊어 버린다는 모양이야. 보라색의 계약자를 죽일 수 있는 것은 보라색 왕관뿐이라는 것인지 어떤지는 모르지만…… 실제로 역대 보라색 계약자는 예외 없이 비올라가 죽였다고 들었어. 불사신의 대가라는 것은 그런 거야."

그렇다고 한다면…… 그 미친 듯한 행동이나 이상한 언동도 모두 '왕관'의 부작용이란 건가? 아직 인간 개인으로서의 자아는 있는 듯하지만…….

"기본적으로 계약자의 수명이 가장 짧은 것도 아마 보라색일 거야. 나나 다른 왕관 계약자는 주의하면 죽지는 않지만, 보라색의 경우에는 확실히 그 앞에는 죽음이 기다리고 있어."

그런 불사신이라면 대체 무슨 의미가 있는 걸까. 나는 루나를 언데드일지도 모른다고 의심했는데, 꼭 틀린 추측도 아니었다. 그래선 살아 있는 시체나 마찬가지잖아.

정신이 병들어 자신이 누구인지도 모르게 될 정도로 계속 미쳐 있다면 지옥이나 마찬가지다.

지도 검색으로 루나를 찾아봤지만 반응은 없었다. 무언가 마력을 저해하는 부적 같은 것을 가지고 있는 것일까?【서치】같은 검색 능력을 지닌 고렘도 있을지 모르고, 가지고 있어도 이상하지 않다.

니아의 이야기를 들어 보니 역시 인식을 저해하는 아이템을 가지고 있는 듯, '광란의 숙녀'와 '보라색 왕관'의 모습을 확실히 기억하는 사람은 적다고 한다. 특히 공포를 느낀 사람은 기억을 잃을 정도라는 모양이다. 오로지 공포만이 마음에 남아, 그 이름을 듣는 것만으로도 정신 착란을 일으킨다는 듯하다. 그야말로 사신(死神)이다. 다만 그 사신의 낫은 루나 본인도 겨누고 있다…….

'크라운' 시리즈라는 것은 양날의 검 같은 것이겠지. 설마 내가 구매한 '에투알' 시리즈도 그런 대가가 필요하진 않겠지?

"에투알에 그런 대가는 필요 없어. 왕관^{크라운}이 지나치게 예외일 뿐이지. 고대 왕국인 크롬 란셰스라는 고렘 기사가 왕관을 만들었다고 하는데, 꽤 정신 나간 녀석이었다고 하니까."

뭘까, 이 묘한 기시감은. 그런 식의 물건을 만드는 사람은 괴짜라는 게 일반적인 걸까? 우리 박사도 연구 이외에는 안타까울 정도의 존재이니…….

여탕에 도촬 카메라를 설치한다든가 말이다……. 그걸 아저씨처럼 크후후후, 하면서 보질 않나. 도저히 봐 줄 수 없어 주먹 형벌을 내렸지만.

일단 【스토리지】에서 구매한 세 대의 '에투알' 시리즈를 불러냈다. 【스토리지】는 살아 있는 것……이라고 해야 할지, 의지가 있는 것은 수납할 수 없다. 이건 이전에 미니 로봇들에게 시험해 본 것이라 확실하다. 그러니 기동을 시키면 【스토리지】에 들어가지 않게 될 가능성이 있었지만 기동 방법을 니아 일행에게 배워 두지 않으면 곤란하다.

케이스에서 붉은 클리어 부품이 달린 '에투알'을 꺼냈다. 크기는 어린아이 정도. 루주보다도 조금 키가 작은가?

형태는 여성……이라기보다는 역시 여자아이 같네. 흰색 바탕의 보디컬러에 큰 눈. 얼굴은 귀, 입, 코가 없어 가면 같지만, 신기하게도 애교가 있어 보인다. 밋밋하지 않고, 인간 얼굴에 가까운 기복은 있으니까.

"역시 유사 인간형일까요~?"

유리가 에투알 고렘을 보면서 그렇게 중얼거렸다.

유사 인간형이란 사람에 가까운 형태를 한 고렘을 말하는 것으로, 전투형 기체는 아니라고 한다. 힘이 약하기는 하지만 이런 타입은 꽤 머리가 좋아, 간호나 개호처럼 사람을 돌보기 위해서 그런 모습으로 만들어진 것이 아닌가 하는 설이 있는 모양이었다.

확실히 인간형이긴 하지만 루주나 그 비올라처럼 갑옷 차림이 아니어서, 이쪽이 더 사람에 가깝다면 가깝다고 해야 할까.

아무래도 우리 '바빌론' 시리즈와 비교하게 되니, 이게 유사 인간형이라고 해도 '어디가?' 라는 느낌이 든다.

"그런데 이거, 어떻게 기동시키면 돼?"

"가슴 부근에 손을 대고 마력을 조금 흘리면서 '오픈' 이라고 말해 봐."

뭐가 뭔지 잘 모르겠지만, 하라는 대로 해 보았다.

"오픈."

파싯, 하고 작게 공기가 빠지는 소리가 난 뒤, 가슴 부분의 부품이 위로 열렸다. 기계로 가득 찬 가슴 안에 소프트볼 크기의 유리처럼 투명한 용기가 있었는데, 그 안에 녹색 빛으로 빛나는 주사위 형태의 정육면체가 떠 있었다.

"그게 고렘의 심장부인 G큐브야. 그대로 거기에 손을 넣어 꺼내 봐."

유리 같은 용기에 손가락이 닿자, 간단히 손이 안으로 들어갔다. 이거, 뭐지? 젤 덩어리를 만지고 있는 것 같아. 손가락이 쑥쑥 들어가네.

그대로 5센티미터 정도 되는 투명한 녹색 결정 정육면체를 꺼냈지만 손에 뭔가가 묻지는 않았다. 이상한 감각이다.

"최악의 경우라도 그 G큐브만 남아 있으면 평범한 고렘으로 다시 만들 수 있어. 능력이나 기억은 잃어버리지만 말이지. 기억이나 능력은 머리의 'Q크리스탈' 에 축적되니까."

두뇌인 Q크리스탈, 심장인 G큐브. 그리고 고대 왕국에서 만들어진 보디가 모여야 비로소 '고대 기체'라고 인정받는다고 한다.

반대로 Q크리스탈만이 남으면 기억과 능력을 이어받은 기체를 만들 수 있다고 하지만, 오리지널에 비해 역시 뒤떨어진다는 듯했다.

기억 자체는 수백 년간 가동되지 않으면 리셋되어 버리기 때문에 고대 기체의 대부분이 고대 왕국 시대의 기억을 가지고 있지 않다고 하니…… 아쉽다.

"그런데 이걸 어떻게 하면 돼?"

"마스터 등록을 하려면, 그 G큐브에 네 정보를 주입해야 해. 머리카락이든 손톱이든 신체의 일부분을 그 안에 넣으면 돼. 그러면 등록이 끝나."

앞머리를 뽑아 G큐브에 대자, 스윽 하고 빨려들어 갔다. 이것으로 등록은 끝인가.

G큐브를 원래의 용기에 돌려놓고 열었던 가슴 부분의 장갑을 닫은 다음 '록(lock)'을 채웠다.

참고로 다른 사람의 고렘을 빼앗으려면 이 등록을 덮어써야만 한다. 그러려면 완전히 기능을 정지시킬 필요가 있는데, 그렇게 하기는 힘들다는 모양이다. 그거야 고렘도 자신의 기억이 지워지거나, 주인을 억지로 바꿔야만 하는 상황이 되면 온 힘을 다해 저항할 테니 당연한 일이다.

상대의 고렘을 뺏는다고 하더라도 마구 저항을 하는 바람에 너덜너덜해져 사용할 수 없는 물건이 되어 버리면 굳이 빼앗을 이유가 없다.

물론 고렘은 개인의 소유물이기 때문에 그것 자체가 불법으로, 절도죄에 해당한다. 빼앗기지 않기 위한 조치도 몇 가지인가 있다고 하지만, 지금은 거기까지는 안 해도 좋다.

G큐브를 되돌리자 '에투알'이 조용한 구동음을 내었고, 이윽고 붉은 클리어 부품에서 은은하게 빛이 나기 시작했다. 하지만 그것도 잠시, 곧 빛은 사라지고 말았다.

"기동을 안 하네. 보통은 이 정도면 기동하는데."

"점주가 말한 대로 망가져서 그런 걸까요?"

으~음. 아주 잠시는 기동을 하는데 말이야. 이 느낌은 뭘까. 고장 난 오래된 전자제품 같은 느낌. 접촉 불량이라든가? 두드리면 고쳐지는 건 아닐 테지만.

잠깐 봐 볼까?

"【애널라이즈】."

분석 마법으로 이 고렘의 구조를 파악해 보았다. 지식이 없는 나로서는 당연하지만 대부분 부품이 무엇을 위해 있는지 의미를 알 수 없었다.

하지만 마력의 흐름 등은 안다. 심장부에 있는 G큐브에서 시작된 흐름이 두뇌에 해당하는 Q크리스탈까지 도달하지 않았다. 목 부근에서 멈춰 있었다. 인간으로 따지면 경색을 일으킨 것에 해당하려나? 목의 혈관이 막혀 있으면 정말 엄청난 일인데.

'에투알' 고렘의 뒤쪽으로 돌아가 목 부근을 조사해 보았다. 살펴보다가 나는 그곳에서 지름이 각각 1센티미터인 정육면체의 붉은 클리어 부품이 있다는 사실을 깨달았다.

나는 그것을 눌러 보았다. 반응은 없었다. 애초에 스위치가 아닌 듯했다. 한 번 더 그 부분을 【애널라이즈】로 확인해 보니, 아무래도 작은 장벽이 아래에 펼쳐져 있는데 그게 마력의 흐름을 차단하고 있는 듯했다.

추측이지만, 이 부분이 안전장치 같은 역할을 하는 게 아닐까? 원래는 이것을 해제하는 기동 키 같은 것이 있었던 것이 아닐는지.

만약 그렇다고 한다면 어떻게든 해결할 수 있을지도 모른다.

"【크래킹】."

클리어 부품에서 약간 앞쪽만 구조를 바꾸어 보았다. 무속성 마법 【크래킹】은 기동식에 파고들어 그 발동 조건이나 설정을 다시 쓰는 마법이다. 고렘 전체를 다시 설정하는 것은 무리이지만, 아주 일부분이라면 못 할 것도 없었다.

장벽을 지워 마력의 흐름을 머리 부분까지 도달하게 만들었다. Q크리스탈까지 마력이 도달했는지 다시 '에투알'의 클리어 부품 각 부분이 붉은빛을 내기 시작했다.

"움직였어요~."

"야, 해냈구나!"

기뻐하는 두 사람의 목소리를 차단하듯이, 익숙하지 않은 음성이 '에투알'에서 흘러나왔다.

〈초기화 중……. 초기화 종료. 형식 번호 ETA-01, 개체명 등록 없음, 기동했습니다. 가동 상태 문제없음. 마스터의 이름과 개체명을 등록해 주십시오.〉

오오, 말했다. 아니, 말했다기보다도 등록된 기계 음성이 재생되었다는 느낌이려나?

"어어~. 마스터의 이름은 모치즈키 토야. 개체명은…… 앗, 그렇지……."

별이니까, 뭔가 별과 관련된 이름을 지어 주고 싶은데.

붉은 별이라고 한다면 전갈자리의 안타레스나 오리온자리의 베텔게우스가 유명한데, 아무래도 여자아이 이름 같지는 않단 말이지.

굳이 별과 관련된 이름이 아니라도, 평범하게 색과 관련된 것이라도 상관없으려나?

"응, 개체명은 루비야."

〈등록했습니다. 마스터 등록 변경 완료. 재기동합니다.〉

코하쿠 일행도 보석 이름이고, 딱 좋다. 의미는 코교쿠(紅玉)와 겹치지만.

다른 두 대는 말할 것도 없이 사파이어와 에메랄드로 정했다. 조금 기니 사파와 에메랄 정도면 되려나?

일단 움직임을 멈췄던 루비가 다시 낮은 기동음을 내며 움직이기 시작했다. 그리고 목을 돌려 나를 가만히 바라보았다.

"내가 누군지 알겠어?"

〈삐.〉

루비가 작게 고개를 끄덕였다. 어라? 이 아이, 말을 못 하나? 조금 전까지는 말을 했는데.

"이 녀석은 아마 학습형이야. 말도 움직임도 지금은 최소한만 가능한 게 아닐까? 가르쳐 주면 어느 정도까지는 학습해 갈 거라 생각해."

니아가 그렇게 말하자 옆에서 루주도 고개를 끄덕였다. 아하, 아직 아무것도 모르는 아기 같은 거구나. 이제부터 이것저것 가르쳐 줘야겠는걸?

……그런 아기 같은 존재를 그 박사에게 맡겨도 정말 괜찮을지……. 그보다 더 교육상 안 좋은 일은 없는데.

"아무튼 좋아. 잘 부탁해, 루비."

〈삐.〉

루비가 다시 작게 고개를 끄덕였다. 이 아이가 조만간 말을 하게 된다라. 박사가 슬쩍슬쩍 만져 주면 단번에 말을 하게 될지도 모르지만, 뭔가 그래선 아깝다는 생각도 들었다.

이어서 파란 클리어 부품인 사파이어, 즉, 사파의 등록을 하려고 하다가 한 가지 주의 사항에 대한 말을 들었다.

고렘과 계약을 할 때, 보통은 한 사람당 한 대만 가능하다

고 한다. 그건 여러 고렘과 계약을 하면, 상당히 높은 확률로
감응저해가 일어나 제대로 작동하지 않을 우려가 있기 때문
이라는 모양이다.

요컨대, 'A는 오른쪽으로, B는 왼쪽으로' 라고 명령했을 경
우, 양쪽 모두 오른쪽으로 가거나 양쪽 모두 왼쪽으로 가기도
하고, 최악의 경우 행동을 하지 않는 일이 벌어질 수 있다는
듯했다.

확실히 전투 중 등에는 그런 일이 벌어지면 엄청난 사태다.

단, 같은 제작자, 같은 타입의 고대 기계라면 그럴 가능성이
상당히 낮아진다고 한다. 이 '에투알' 은 아무리 봐도 같은 시
리즈이니 아마 괜찮을 테지만, 가능성은 제로가 아니니 기억
해 둬라, 라는 말을 들었다.

일단 사파, 에메랄을 양쪽 모두 똑같이 '크래킹' 한 다음, 등
록을 완료했다.

"둘 다 잘 부탁해."

〈뽀.〉

〈빠.〉

현재, 루비는 '삐', 사파는 '뽀', 에메랄은 '빠' 라고만 반응
을 하네.

일단 감응 저해를 일으키지는 않는지 동작을 확인해 두었다.

"루비는 오른손, 사파는 왼손, 에메랄은 양손을 들어."

내가 그렇게 명령하자 세 대 모두 제대로 움직여 주었다. 문

제없는 건가?

그런데 뭐냐. 이 세 대를 보고 누군가와 닮았네~ 하고 생각 했는데, 걔들이다. 츠바키 씨네의 여자 닌자 3인방. 사루토비 호무라, 키리가쿠레 시즈쿠, 후마 나기.

이 세 대를 그 세 명에게 맡겨도 재미있을 듯하지만, 그쪽에 서는 고렘이 눈에 띄니. 무리인가. 닌자 고렘이라고 하면 멋 질 것 같긴 하지만.

그렇지만 애당초 이 세 대는 차원문을 지키게 하려고 산 거 니까.

……아니……. 새삼스럽지만 지킬 수 있을까……?

유사 인간형, 즉, 개호나 간호용이라는 것은 전투력이 없다는 거잖아. 으으음, 이제야 그런 점을 깨닫다니. 강력한 무장을 갖 춰 주거나, 마법 부여를 시켜 주면 괜찮을 것 같기는 한데.

아무튼 좋다. 그건 나중에 생각하자. 목적 중 하나는 완료한 셈이고, 나머진 차원문을 설치하는 토지가 문제구나. 역시 어 딘가 무인도가 좋으려나?

앞쪽 세계의 드래고니스섬, 용의 섬처럼 사람이 접근하지 않는 섬이 있으면, 그곳을 개척할 텐데.

밑져야 본전이니 물어보았다. 그랬더니 의외의 대답이.

"……있어?"

"용의 섬 말이지? 드래크리프라는 섬이 있는데. 기질이 거 친 용의 둥지가 많아서 아무도 접근하지 않는 장소야."

이름까지 비슷해. 일단 지도로 확인해 보았다. 앞쪽 세계로 말하자면, 하노크, 로드메어, 유론, 레굴루스에 둘러싸인 내해의 거의 중심에 있었다. 크기는 브륀힐드보다 작다.

응, 용이 있어 아무도 접근하지 않는다면 딱 좋다. 나는 발치에 있는 새끼용 상태의 루리에게 말을 걸었다.

"이쪽의 용도 루리가 하는 말을 들어줄까?"

〈정령계까지 오가는 고룡^{에이션트}이나 노룡^{엘더}이 있다면 괜찮……을 거라 생각합니다. 다만 젊은 용밖에 없으면 저의 존재를 모를 가능성도 있으니 문전박대당할지도 모릅니다. 물론 그 경우에는 조금만 시간을 주시면, 제가 섬 안의 용을 제압할 테니 걱정 마시길.〉

강경하네. 물론 젊은 용 중에는 쉽게 싸움에 나서는 녀석들이 많으니까. 용은 장수종이라 젊은 기간도 길어, 인간이라면 기껏해야 10년 정도인 반항기가 몇백 년이나 계속된다. 젊고 난폭한 용만 있으면 이쪽이 더 우위라는 것을 실력으로 보여 줘야 해서 성가시다. 고룡이나 노룡이 있어 주면 좋겠는데.

아무튼 이 용을 아군으로 만들 수 있다면 문지기로서도 딱 안성맞춤이다. 아무튼 가 보자.

"좋아, 그럼 가 볼까. 둘 다 고마워. 도움이 됐어."

"이쪽이야말로 마법을 가르쳐 줘서 고마워. 그런 것보다 이거, 정말로 받아도 돼?"

니아가 테이블 위에 놓여 있는 마석 조각과 초급용의 두꺼운 마법서를 힐끔 보며 말했다.

"책은 내가 쓰던 걸 주는 거니 신경 쓰지 않아도 돼. 문자를 읽을 수 없겠지만, 이 안경을 쓰면 읽을 수 있을 거야."

번역 안경을 니아에게 건네주었다. 저 책에는 여섯 속성의 초급 마법이 망라되어 있어서 사용할 수 있게 되면 상당히 편리해질 거라 생각한다.

"일단 다짐을 받아 두는데, 가르쳐 줄 때는 상대를 잘 가려야 한다? 마법은 사람의 행복을 돕기 위한 거지, 불행하게 만드는 게 아니라는 것이 스승님의 가르침이었거든."

물론 스승님이라고는 해도, 린제와 린으로, 양쪽 모두 약혼자이지만.

"알았다니까. 의적단 '홍묘'의 이름을 걸고 착한 사람을 울리는 식으로 사용하진 않겠어. 악한 사람은 울지도 모르지만."

씨익, 하고 웃으며 대답하는 니아. 그래, 니아라면 잘못 사용하지는 않겠지. 아니, 부수령인 에스트 씨가 그렇게 하도록 내버려 두지 않을 거다.

나는 텐트 밖으로 나갔다. 루리를 타고 용의 섬으로 가고 싶었지만, 이곳에서 원래 사이즈로 돌아가면 너무 눈에 띈다. 홍묘의 아지트가 이곳이니 들킬 염려도 있고 말이다.

일단 【텔레포트】로 멀리 떨어지자.

"그럼 우리는 이만 가 볼게. 인연이 있으면 또 만나자."

"오오, 그래!"

두 사람에게 손을 흔들면서 우리는【텔레포트】로 수백 킬로
미터 떨어진 산속으로 전이했다. 직접 섬으로【텔레포트】를
해도 상관없었지만, 니아 때처럼 또 좌표를 잘못 설정하면 바
다 위가 되어 버리니까. 이번엔 신중하게 가자.

　루리에게 원래의 거룡 상태로 돌아가 달라고 한 뒤, 나는 그
등에 코하쿠나 루비 일행과 함께 올라탔다. 일단【인비저블】
로 모습도 가려 둘까.

〈그럼 출발합니다.〉

　루리가 단숨에 하늘로 날아올랐다. 좋아, 이대로 북상하자.

　목표는 드래크리프섬.

　앞쪽 세계와는 달리 말이 통하는 용들이었으면 좋을 텐데.

"크아아아아아아아아아아아아아아!"

　눈앞에 있는 적동색의 커다란 용이 모래사장에 서 있는 우리
를 향해 귀가 터질 정도로 크게 고함을 쳤다.

　묻지 않아도 대충 알 것 같았지만 일단은 물어보자.

　"……뭐라고 하는 거야?"

〈네, 간단히 말해 '방해하지 마라, 죽고 싶냐' 라고 합니다.〉

내 어깨에 올라가 있는 새끼용 상태의 루리가 어이없다는 듯이 한숨을 내쉬었다.

우리는 드래크리프섬에 건너기 전에 근처에 있는 어촌에 들렀다.

섬의 정보를 얻으려고 한 것인데, 이야기를 들으려고 마을을 걷기 시작하자 어딘가에서 날아온 적동색 용이 그 마을을 습격하기 시작했다.

그냥 보고만 있을 수 없던 우리가 제지하려고 하자, 조금 전처럼 고함을 듣게 된 것인데.

"이 녀석, 무슨 이유가 있어서 마을을 습격한 거야? 인간이 뭐 나쁜 짓을 했다든가?"

〈아니요. 노는 데 방해하지 마라, 라고 하는 것을 보면 완전히 변덕인 듯합니다.〉

노는 거였나. 전에 만났던 흑룡도 그랬지만, 용은 대체로 다른 종을 깔보는 경향이 있는 건가? 아무튼 최강종이라고 하니, 그 마음을 모르는 것은 아니지만…….

"이 녀석은 젊지?"

〈네. 인간으로 따지자면 16세 정도일까요? 힘이 넘쳐나 주체를 못 하는 시기이군요.〉

그렇다고 해서 이유도 없이 놀기 위해 습격을 해서는 민폐일 뿐이다. 집이 몇 채인가 불타긴 했지만, 다행히 다친 사람은 없는 듯하지만…….

"얌전히 섬으로 돌아가라고 전해 주겠어?"

〈쓸데없는 일이라 생각합니다만…….〉

그래도 루리가 갸아아갸아아 하고 용의 언어로 적동색 용에게 말을 걸자, 조금 전보다도 더 큰 음량의 고함이 모래사장에 울려 퍼졌고, 그에 더해 용의 입에서 불꽃이 우리를 향해 뿜어져 나왔다.

"【어브소브】."

우리에게 날아온 불꽃 브레스가 그 자리에서 흩어지며 나에게 흡수되었다. 무속성 마법 【어브소브】는 마법을 흡수해 자신의 마력으로 바꾸어 버리는 마법이다.

용의 브레스는 특수한 것을 제외하고, 대부분은 체내의 마소를 변환하여 마법으로 내뿜는 것이다. 그래서 【어브소브】로 흡수할 수 있는 것이다.

"말해 봤자 쓸데없는 짓인가. 그렇다면 이쪽이 사양할 필요는 없다는 거지?"

〈주인님……. 이 녀석을 갈가리 찢어 버려도 될까요? 주인님에 대한 조금 전의 이 태도, 더는 참을 수 없습니다.〉

이런. 코하쿠가 폭발 직전이다. 용의 언어는 모르니, 나는 무슨 말을 들어도 상관없지만, 코하쿠로서는 분노를 억누를 수 없는 발언이 있었던 모양이다.

당장에라도 덤벼들려고 하는 코하쿠를 루리가 말렸다.

〈기다려라. 여긴 내가 가는 것이 순리잖아? 너는 꺼져 있어.〉

〈……흥. 동족이라고 봐주지 마라.〉

〈얕보지 마라. 너와는 달라.〉

루리가 내 어깨에서 날아오르더니 원래의 사이즈로 돌아갔다. 그러자 곧장 사파이어블루로 빛나는 아름다운 드래곤이 모래사장에 나타났다.

갑자기 나타난 거대한 파란 용을 보고 적동색 용의 다리가 살짝 뒤로 밀렸다.

"크, 크아아아아아아아아아아아아아아."

더욱 큰 음량으로 적동색 용이 위협하듯 포효했지만 루리는 태연한 얼굴로 그 포효를 흘려듣고…… 아니, 그렇게 보였을 뿐 눈 근처가 이미 움찔거렸다. 어라, 화났나?

스읍, 하고 숨을 들이쉬더니 루리는 적동색 용의 몇 배는 될 듯한 불꽃 브레스를 입에서 화려하게 내뿜었다.

적동색 용은 순식간에 숯이 되어 몸이 후두두둑 하고 무너져 내렸다. 오오, 무서워…….

"……너무 심한 거 아니야?"

〈도저히 분노를 억누를 수 없었습니다. 나의 주인님을 우롱하다니, 주제를 몰라도 정도가 있는 법입니다.〉

아아, 조금 전의 그건 나를 욕한 거였나. 루리는 이지적이고 냉정한 것처럼 행동하지만, 꽤 격정적이다. 그렇지 않으면 코하쿠와 그렇게 싸우지 않을 테지.

나 대신에 화를 내주는 것은 기쁘지만, 앞으로의 일을 생각하면 어떻게 해야 할지…….

그래도 고민만 해서는 아무것도 되지 않는다. 마을을 불태우려고 했으니 긍정적으로 생각하자.

"일단 섬으로 가 볼까? 에이션트나 엘더가 있으면 제대로 대화도 가능할 테니까."

〈그렇군요. 이곳에 있는 모든 용이 이 모양이 아니길 빕니다.〉

몸집이 커진 루리의 등에 타고 코하쿠, 에투알 세 대와 함께 우리는 드래크리프섬으로 향해 갔다.

잠시 나니, 멀찍이서 섬이 보였다. 저게 드래크리프섬인가?

앗, 뭔가 엄청나게 용이 날고 있는데…… 이쪽으로 오는 거 아냐?

갸아아갸아아, 하고 귀에 거슬리는 소리를 내며 순식간에 용들이 우리를 둘러쌌다.

"아무리 생각해 봐도 우호적인 분위기는 아니지……?"

〈위협을 하고 있군요. 조금 전에 만난 용의 동료인 모양입니다. 모두 젊은것들뿐이니 말입니다.〉

"이 섬의 대표자가 있다면 이야기를 하고 싶다고 전해 주겠어?"

〈알겠습니다.〉

루리가 둘러싸고 있는 용에게 한 번 울부짖자, 주변의 용이 또 갸아아갸아아, 하고 아우성치기 시작했다. 아~. 진짜, 시끄럽네!

〈 '장로 용을 만나게 할 수는 없다, 돌아가라, 외지인들아!'
라고 말하고 있습니다.〉

"정말 말이 안 통하는 녀석들이네……."

원래 루리는 용들의 정점에 서는 존재다. 하지만 이쪽 세계
에는 오랫동안 나타나지 않았던 탓에 그 존재가 잊힌 모양이
었다. 안 그래도 신수가 정령계에서 모습을 드러내는 일은 드
문 데다, 이쪽 세계는 마법이 발달하지 않아서 소환될 일도 없
었던 모양이니까.

그래도 노룡^{엘 더}이라면 그 존재를 알고 있을 텐데, 그 전에 이런 젊
은것들에게 방해를 받아서는……. 물론 나도 젊은것이지만.

〈어떻게 할까요?〉

"일단 섬 쪽으로 전속력으로 돌진. 강행돌파해서 만나러 가
자."

〈알겠습니다.〉

다시 날기 시작한 루리를 향해 불꽃과 화염탄, 얼음 덩어리,
전격(電擊) 등의 다영한 브레스를 용들이 내뿜었다. 그것을
닥치는 대로 내가 【어브소브】로 무효화하는 사이에 루리는
섬에 상륙했다.

상륙하자마자 티라노사우르스 같은 용이 몇 마리씩 무리를
지어 우리를 습격했다. 날지 않는 용, 지룡(地龍)이라는 녀석
이다.

〈물러서라, 이 자식들아!〉

원래의 모습으로 돌아간 코하쿠가 포효하면서 충격파를 날렸다. 그 한 방에 꽤 무거워 보이는 거대한 지룡 몇 마리가 한꺼번에 날아갔다.

"타깃 지정.【그라비티】."

쓰러진 지룡들을 향해 나의 스마트폰에서 그라비티가 작렬했다.

"크갸아아아악?!"

그야말로 찌부러지는 듯한 소리를 내면서, 지룡들이 지면에 쓰러졌다. 죽을 정도로 무게를 더하지는 않았다. 잠시 거기서 얌전히 있어.

우리가 지룡들을 상대하는 사이에 루리 앞에 커다란 용이 내려섰다. 온몸이 녹색으로, 등과 어깨, 꼬리에 이르기까지 날카로운 가시가 돋은 용이었다. 저건 분명히 스파이크 드래곤이었던가? 길드의 열람실에 있던 책에서 본 적이 있다. 이쪽에도 있구나.

그런데 크네. 루리보다 커.

"크르아아아아아아아아아아!"

"카아아아아아아아아아아!"

스파이크 드래곤이 포효를 하자 루리도 마찬가지도 포효를 했다. 그러면 귀가 찡~하다니까……?

스파이크 드래곤이 숨을 들이쉬기 시작했다. 드래곤 브레스다. 그 도발에 맞상대하려는 듯, 루리도 브레스 자세를 잡았다.

동시에 작열하는 브레스가 두 마리에게서 뿜어져 나왔다. 두 마리의 중앙에서 격돌한 브레스는 잠시 균형을 이루었지만, 곧장 스파이크 드래곤이 밀렸고, 그 몸이 루리의 브레스로 불 탔다.

퓌쉬쉬, 하는 연기에 휩싸인 채 스파이크 드래곤이 그 자리에서 쓰러졌다.

"이 녀석은 엘더야?"

〈아니요. 조금 전에 숯이 된 녀석보다 젊습니다. 저희를 심하게 욕하더군요.〉

젊은 용이라고? 겉보기로는 판단하기 어렵네. 크다고 나이를 먹은 것은 아니구나.

응?

섬의 안쪽, 중앙에 있는 산에서 또 용이 이쪽으로 다가왔다. 그 모습을 보고 하늘에서 울부짖던 다른 용들이 소리를 딱 멈췄다.

"호오……."

점점 이쪽으로 오는 용을 보고 무심코 나는 그런 목소리를 흘렸다. 틀림없이 저건 엘더, 아니, 어쩌면 에이션트일지도 모른다.

사뿐하고 우아하게 우리 앞에 내려선 그 용은 밝게 빛나는 은색 용이었다.

〈창제님 그리고 백제님까지, 이렇게 와주셔서 매우 기쁘기

그지없습니다.〉

　유창한 인간의 언어로 은룡(銀龍)이 그렇게 말하며 고개를 숙였다. 그 모습을 보자마자 주변의 용들이 일제히 지면에 내려서 몸을 지면에 숙였다.

　〈내 이름은 이미 창제가 아니다. 새로운 이름인, 루리라고 부르거라. 이쪽에 계신 나의 주인, 모치즈키 토야 님이 하사해 주신 이름이다.〉

　그 말을 듣고 은룡이 순간 눈을 번쩍 떴지만, 곧장 나를 보고도 마찬가지로 고개를 숙였다.

　〈저희의 이번 실례를 부디 용서해 주시길…….〉

　〈웃기지 마라! 젊은것들의 제어 정도는, 우우움……!〉

　나는 은룡에게 호통을 치려고 하는 코하쿠의 입을 막았다. 성가셔지니까 너는 가만히 있어.

　"아니, 그건 상관없고. 네가 이 섬을 통치하는 용이야?"

　〈네. 제가 이 섬을 통치하고 있습니다. 젊은 용들의 무례를 막지 못해 죄송합니다…….〉

　? 뭐지? 이 은룡. 힘이 없어. 코하쿠에게 호통을 들어서 그런가?

　아니, 조금 전에 날아올 때도 상당히 느렸는데, 어디가 아픈 걸까? 그 탓에 섬에 있는 용들을 통솔하지 못한 건가?

　문득 은룡의 꼬리를 보니 끝 부근에 상처가 있었는데, 그곳이 보라색으로 변색이 되어 있었다. 게다가 꼬리 전체에는 보라색의 작은 반점이 나 있었다.

"그 꼬리는 왜 그래?"

〈……부끄러운 이야기입니다만, 200년 정도 전, 기계 인형을 조종하는 인간에게 당한 상처가 저주로 남아 아직도 저의 몸을 좀먹고 있습니다. 꼬리를 잘라내는 것도 생각해 봤지만, 날지 못하는 몸이 되는 것보다는 낫다고 판단하여…….〉

은룡이 고개를 더욱 숙이고 눈을 아래로 내리깔았다. 날지 못하게 된다니 무슨 말이지?

"꼬리를 자르면 못 날아?"

〈비행 중에 균형을 제대로 잡지 못하게 됩니다. 날지 못하는 용은 지룡과 마찬가지이지요. 단, 지룡이라면 그것을 보충할 수 있을 만큼의 다리 힘이 있지만, 하늘을 나는 종에게는 그런 힘이 없습니다. 하늘도 날지 못하고, 땅에서 달리지도 못하면 그건 더 이상 용이라고 부를 수 없습니다.〉

고개를 갸웃한 나에게 루리가 가르쳐 주었다. 그렇구나. 그런데 용을 상대로 이렇게까지 할 수 있다니……. 기계 인형이라면 고렘이겠지? 용을 상대할 수 있을 정도의 고렘이라면…….

"그 고렘…… 기계 인형은 무슨 색이었지?"

〈보라색이었습니다만…… 왜 그러시는지요?〉

보라색이라. 보라색 왕관 【파나틱 비올라】. 그 녀석인가? 200년 전이라고 하면, 마스터는 루나가 아닐 거라 생각하지만.

아니아니, 보라색 고렘이라면 그 외에도 있지 않을까? '왕관' 이라고 결정된 건 아니잖아.

"일단 고쳐 줄게. 움직이지 마?"

〈네?〉

나는 꼬리 쪽으로 돌아가 상처를 살폈다. 아마 이건 독으로 인한 저주다. 보통이라면 즉사할 수준이었지만 200년이나 버틴 것은 용의 생명력 덕분인 걸까. 일단 독을 없애자.

"【리커버리】."

내가 꼬리에 손을 대고 마법을 발동하자, 곧장 보라색 반점이 사라지고 아름다운 비늘이 은색 빛을 되찾았다.

"【빛이여 오너라, 여신의 치유, 메가힐】."

회복 마법으로 꼬리의 상처도 완전히 나았다.

〈오오…… 몸 안의 힘이……! 마치 젊어진 것처럼 상쾌한 기분입니다!〉

은룡이 하늘을 향해 우렁차게 포효했다. 그것을 뒤따르듯이 다른 용들도 잇달아 하늘을 향해 소리를 내질렀다.

개의 울음소리는 들은 적이 있지만, 용의 울음소리는 스케일이 너무 크다. 공기가 찌릿찌릿 흔들리는 것이 느껴질 정도다.

"시끄러……!"

〈주인님을 칭송하고 있습니다. 부디 참아 주십시오.〉

루리의 텔레파시가 들려왔다. 그렇게 말하면 뭐라 할 수가 없잖아.

잠시 용의 울부짖음^{드래곤 하울링}을 듣고 있는데, 이윽고 은룡이 내 앞에서 고개를 숙였다.

〈모치즈키 토야 님. 뭐라 감사의 말씀을 드려야 할지 헤아릴 수 없습니다. 저희가 뭔가 할 수 있는 일은 없을지요.〉

"그렇게 신경 쓸 필요는 없지만, 조금 부탁할 게 있어. 이 섬의 토지를 조금만 빌려줘. 집을 한 채 세우고 싶거든."

〈그 정도라면 쉬운 일입니다. 이 앞쪽에 있는 산의 중턱은 어떠신지요. 섬 전체를 내려다볼 수 있습니다.〉

응, 그거 좋은걸? 그럼 그곳으로 안내해 달라고 하자.

조금 전과는 달리 힘차게 날갯짓을 하며 은룡이 하늘을 날았다. 안내를 받는 형태로 우리도 루리에게 올라타고 산의 중턱으로 날아갔다.

그러자 은룡이 눈 부신 빛을 내뿜으며 그 모습을 점점 변화시켜 갔다. 그리고 빛이 안정되자, 그곳에는 허리까지 머리카락을 늘어뜨린 은색의 젊은 남자가 서 있었다.

머리에 짧은 뿔이 뒤쪽으로 나 있고, 피부에는 비늘 모양이 조금 남아 있어 용인족 같았지만. 옷은 수수한 회색 바지와 셔츠로, 차분한 재킷을 두른 모습이었다. 꽤 잘생겼다. 큭, 분하지 않거든요?

"놀라워. 사람이 되다니……."

"네. 원래 저희 은룡은 인간들 세계를 선호하여, 이 같은 능력을 지니게 되었습니다."

"루리는 못 해?"

〈필요 없으니 말입니다. 은룡족이 별난 자들입니다.〉

그렇게 말한 루리는 뽀옹, 하고 다시 새끼 용의 모습으로 변신했다. 이것도 변신술의 하나일 텐데, 인간으로 변신하지 못하는 건지, 아니면 변신할 수 있지만 안 하는 건지.

어느 쪽이든 간에 루리 일행은 이 모습에 긍지를 가지고 있는 듯하니, 필요 없겠지.

산 중턱에서 섬을 내려다보았다. 꽤 절경이다.

"확실히 이곳은 좋은걸? 섬 전체가 보이고, 전망도 좋아."

〈삐.〉

루비가 나를 흉내 내며 주변을 둘러보았다. 그에 이어 사파와 에메랄도 마찬가지로 주변을 둘러보기 시작했다. 마음에 든 건가?

"자, 그럼 일단은 땅을 정돈해 볼까?"

나는 흙 마법을 사용해 경사를 평평하게 변형하고, 지반을 단단하게 만들어 토대를 다졌다. 여기가 탄탄하지 않으면 산사태가 일어나 큰일이니까.

충분하게 토지를 정돈한 다음 【스토리지】에서 집 한 채를 꺼냈다.

"오오……."

〈삐.〉〈뽀.〉〈빠.〉

놀라는 은룡 옆에서 루비와 아이들이 갑자기 나타난 가옥에 주목했다. 놀라고 있는 건가?

이 저택은 앞쪽 세계에서 사전에 사들인 것이다. 원래는 레굴루스 제국의 귀족이 소유한 것이었다고 하는데, 내놓는다고 해서 값싸게 구매했다.

　정리한 지면에 저택을 설치하고 다시 【모델링】으로 철저하게 토대와 지반을 다졌다. 정원이 살풍경했지만, 조만간에 잔디 등을 심기로 하고 이번에는 그냥 넘어갔다.

　"이 저택에 전이를 사용해 다른 사람이 출입해도 괜찮을까? 물론 섬의 용들에게는 민폐를 끼치지 않을 생각이야."

　"문제없습니다. 결코 이곳에 사는 주민에게는 손을 대지 않도록 확실히 말해 두겠습니다."

　은룡이 그렇게 약속해 주었지만, 그래도 혹시 모르니, 저택 범위에 방어 결계를 펼쳐 두었다. 바보 같은 용이 없을 거라고는 장담할 수 없으니까.

　정원 중앙에 【스토리지】에서 꺼낸 차원문 마크2를 설치했다. 원래는 지하 같은 곳에 설치하려고 했지만, 이 섬이라면 사람들 눈도 없으니 문제없겠지.

　……좀 더 생각해 보니 사람들의 눈이 없다면 위장을 위한 저택도 필요 없는 거 아닌가? 문만 딱 놓아두어도 괜찮았을 것 같기도…….

　……그래도 편히 쉴 장소는 필요하려나?

　나머진 이 저택을 루비네 고렘이 관리하게 하는 건데…… 관리할 수 있을까? 아직 무리겠지? 게다가 일단은 박사가 있는 곳에 데려가야 하고 말이야.

"으~음. 역시 라임 씨를 이쪽 세계로 데리고 올 수도 없으니……."

우리의 슈퍼 집사라면 문제없이 관리해 줄 수 있을 듯한데. 게다가 앞쪽 세계에 라임 씨가 없는 것은 솔직히 뼈아프다.

〈그런 거라면 이 은룡에게 관리를 부탁하면 되리라 생각합니다. 이 녀석이라면 용치고는 드물게도 인간 세계를 잘 알고 있어 전체적인 지식이 있으니 말입니다.〉

"그래?"

"네. 때때로 이렇듯 사람 모습으로 변해 인간의 생활을 견학하러 마을로 가 보기도 합니다……."

아무래도 은룡종은 상당히 호기심이 강한 종인 듯하다. 사람으로 변신하는 것도 그러한 호기심 덕에 갖추게 된 능력이겠지. 어쩌면 그런 일을 했기 때문에, 보라색 왕관에게 저주를 받는 처지가 된 것일지도 모른다.

"그럼 부탁해도 될까? 저택은 마음대로 사용해도 돼. 일상 용품이라든가 음식이라든가, 필요하다고 생각하면 갖춰 놓고 사용하고."

"네, 알겠습니다. 한 번은 이런 인간의 집에서 살아 보고 싶었기 때문에 기대가 됩니다."

【스토리지】에서 목돈을 꺼내 은룡에게 건넸다. 이것으로 가재도구나 이것저것 필요한 것들을 사라고 부탁해 두었다. 그

리고 이동용 마법 양탄자도 건네주었다. 용의 모습으로 마을까지 날아갈 수는 없을 테니까.

"어? 그러고 보니 은룡은 종족명이지? 이름은 뭐야?"

"없습니다. 괜찮으시다면 루리 님이나 코하쿠 님처럼 토야 님께서 하사해 주신다면 그보다 더한 기쁨은 없겠습니다……."

은룡……. 은, 이라. '실버'라는 이름은 분명히 유미나가 자신의 수환수인 실버울프에게 지어 줬지?

용이 늑대와 같은 이름이라면 마음에 안 들 텐데.

"시로가네(白銀)……면 될까? 옛날에 내가 사용했던 이름이야."

"그런 이름을 하사받을 줄이야……! 감사합니다. 앞으로는 저를 시로가네라고 불러 주십시오."

은룡, 아니, 시로가네가 고개를 숙였다. 은색 귀무자의 이름은 이 용에게 물려주자.

좋아, 일단 뒤쪽 세계에서의 임무는 이것으로 일단락이려나?

"그럼 일단 난 돌아갈게. 나중에 또 동료를 데리고 올 테니, 그때는 잘 부탁해."

"네. 즐거운 마음으로 기다리고 있겠습니다."

시로가네가 공손하게 고개를 숙였다. 움직임이 그럴듯하단 말이지. 정말로 용이었나 하고 의심을 하게 된다.

정원에 설치한 차원문 마크2를 기동시키기 위해 나는 마력을 주입했다. 이쪽을 위한 마력 탱크도 준비해야겠어.

파레리우스섬의 오리지널 차원문보다 훨씬 적은 양으로도 미터기가 완전히 돌았다.

루리도 루비 등 고렘도 50킬로그램은 넘지 않을 테니 지나는 데는 문제가 없다.

우리는 연결된 문을 지나 바빌론의 공중 정원으로 무사히 귀환했다.

"오오오! 이것이 소문으로 듣던 고렘인가?! 오호라, 오호라. 이건 아주 멋진걸?!"

에투알 세 대를 데리고 '연구소'에 가자, 얼굴 가득 미소를 지으며 바빌론 박사가 달려왔다.

"호오호오, 동형(同型)의 기체인가. 여성형이려나? 우헤헤헤, 이건 보람 있는 조사가 되겠어. 아가씨들, 아프지 않을 거야. 조금만 언니에게 몸을 열어 안을 보여 줘, 아야얏!"

"성희롱 발언은 그만둬!"

변태 유아 여성 박사의 정수리에 나는 파악! 하고 촙을 날렸다. 박사의 언동을 보고 어딘가 모르게 세 대 모두 겁에 질린 것처럼 보였다.

"아프잖아. 그냥 좀 호기심이 폭주한 거 아냐? 미지의 물건에 끌리는 건 마공학자로서 당연한 거 아니겠어?"

"그걸 모르는 건 아니지만, 고렘에겐 의지가 있어. 이 세 대는 학습형이니까 이상한 걸 가르치지 마."

머리를 문지르는 박사에게 나는 못을 박아 두었다. 루비 일행까지 변태같은 성격이 되어서는 곤란하다. 역시 철저한 교육 담당이 필요할 것 같은걸?

"하아하아……. 이 사이즈라면 귀여운 옷이 잘 어울릴 것 같아요. 속옷도 필요하죠? 박사님! 더 탱글탱글한 보디로 만들지 않을래요?!"

콧김을 거칠게 내뿜으며 '연구소'의 관리인, 티카가 루비 일행을 응시, 아니, 시간(視姦)했다. 이 녀석도 있었구나……. 로리콘 자식, 이 아이들도 허용 범위 안이라는 거야?

크게 나눠 보면 바빌론 넘버즈도 고렘도 같은 인공 생명체라는 카테고리에 들어갈지도 모르지만.

일단 이러고 있어 봐야 아무것도 시작되지 않는다. 나는 에투알 세 대의 기능을 일단 정지시키고 휴면 상태로 만들었다.

그리고 니아에게서 들은 대로 고렘의 기본적 지식을 전달하고, 심장부의 G큐브와 두뇌의 Q크리스탈에만큼은 손을 대지 말라고 말해 두었다.

"【애널라이즈】."

박사가 에투알 세 대에 해석 마법을 걸어 조사했다. 내가 봐서는 알지 못했던 기능이나 소재도 박사라면 이해할 수 있겠지.

"흐……음. 몇 가지인가 알 수 없는 소재가 사용됐어. 이쪽 세계에서는 존재하지 않는 것일지도 몰라. 다른 것으로 대체할 수는 있을 거라 생각하지만 말이지. 그리고 이 세 대가 네가 말한 '능력 보유형'인지 어떤지는 아직 모르겠어."

"저편에서는 '왕관'이라는 고렘이 있는데, 엄청난 능력을 가지고 있었어. 어쩌면 5000년 전에 이쪽에 온 파레리우스 옹과 접촉한 고렘이 '왕관'일지도 몰라."

"재미있는 설이지만, 아직 추론의 영역을 벗어나지 못해. 그 고렘이 '세계의 결계'를 복구했다고 한다면, 그 고렘은 그 후에 어떻게 됐을까? 설마 이쪽 세계에 아직 존재한다든가?"

있을 수 없는 일은…… 아니지만, 이쪽에서 지도 검색을 해봐도 걸리지는 않았으니. 원래 세계로 돌아간 걸까?

세계를 건너는 엔데와 마찬가지의 '능력'을 지닌 고렘일지도 모른다.

"아무튼, 일단 전체적으로 이 아이들을 해석해 볼게. 뭔가 알 수 있을지도 모르니까."

"알았어. 부디 쓸데없는 생각은 불어넣지 말아야 한다? 그리고 이상한 개조도 하지 말고."

두 사람에게 다짐을 받아 두고 나는 '연구소' 밖으로 나갔다.

앗, 그러고 보니 이번엔 선물을 안 사 왔네. 이런저런 성가신 일이 겹치다 보니 깜빡했어…….

그런 생각을 하면서 나는 브륀힐드의 내 방으로 돌아가기 위해 【게이트】를 열었다.

그 뒤로 며칠이 지나 오랜만에 각국의 국왕이 모이는 세계회의가 열렸다.

세계회의, 라고는 하지만 한마디로 모여서 맛있는 것을 먹고, 놀고, 사이좋게 이야기하자는 모임이었다. 실제로 홈파티 같은 면이 있다는 것은 부정할 수 없다. 왜 이렇게 된 걸까…… 아무튼 국가 간의 문제를 제대로 이야기하여 해결하자는 목적은 기능하고 있으니 문제없다면 문제없지만.

이번에는 동서 동맹의 멤버에 더해, 새로 마왕국 제노아스, 파르프 왕국, 펠젠 왕국이 가입하게 되었다. 이것으로 동맹의 명칭도 '세계 동맹'으로 변경.

제노아스에서는 마왕 제르가디 폰 제노아스.

파르프에서는 소년왕, 에르네스트 딘 파르프.

펠젠에서는 마법왕, 불랑제 프로스트 펠젠.

이렇게 세 명의 국왕이 새로 회의에 참여했다.

이다음 회의에서는 엘프라우 왕국, 하노크 왕국, 라일 왕국도 가입할 예정이다. 그때까지 어떻게든 이셴과 파레리우스도 끌어들이고 싶은데. 파레리우스는 마침 내일 가기로 되어 있으니 이야기해 볼 생각이다.

〈우와아, 흐, 흔들림이 굉장해!〉

〈뭐 하는 거야, 에르! 어서 일어서!〉

〈핫핫핫! 내 승리다! 나쁘게 생각 마라, 파르프 왕!〉

유희실의 스크린에 프레임 기어 세 대가 비쳤다.

새로 동맹에 가입한 펠젠 왕과 파르프 왕 그리고 파르프 왕의 약혼녀 레이첼이 프레임 유닛으로 놀고 있다. 이제는 완전히 게임 감각이구나.

방 여기저기에는 몇 명씩 그룹이 만들어졌고, 모두 제각각 즐겁게 지내고 있었다. 이미 회의도 뭐도 아니다.

펠젠 왕의 약혼자인 엘리시아 씨는 아버지인 레굴루스 황제, 여동생인 루 등, 두 사람과 근황에 관해 이야기를 나누었고, 제노아스 마왕은 딸인 사쿠라에게 스마트폰의 전화번호(이미 각국의 대표에게는 양산형 스마트폰을 건네주었다)를 가르쳐 달라고 부탁하는 중이었다. ……사정사정하고 있네.

주변의 눈을 신경 쓰는 편이 좋아요, 마왕님. 호위를 위해 따라온 시리우스 씨가 뭐라 말하기 힘든 표정을 하고 있으니까. 물론 아무리 사쿠라라지만 메일 주소 정도는 가르쳐 주겠지. ……아마도.

저쪽 테이블에서는 로드메어의 전주 총독과 레스티아 기사왕이 무언가 진지한 얼굴로 이야기하고 있었고, 발코니에서는 리니에 국왕인 클라우드와 파르프 왕의 누나인 뤼시엔느가 분위기 좋게 이야기하는 중이었다.

그 모습을 히죽거리면서 우리의 연애신과 사냥신이 라밋슈 교황 예하와 관찰하고 있는데.

"잘 생각해 보면 굉장한 일이군."

"그래. 전 세계의 국왕이 모이다니, 몇 년 전까지는 생각도 못 한 일이었으니 당연하지……. 앗, 리치."

미스미드 국왕이 중얼거린 말에 대답하면서도, 벨파스트 국왕이 리치를 선언하고 점봉을 던졌다.

"국가 간의 문제도 여러 가지를 해결하고, 그에 더해 우리도 이렇게 즐겁게 놀 수 있다니. 요즘엔 매달 이 날이 오기가 기다려져서 참을 수가 없을 정도야."

리프리스 황왕이 안패를 버렸다. 으음. 내 차례인가. 패산에서 패를 가져와 수패에 추가했다. 왔다! 녹익색 역만!

나머지는 이 버리는 패가 통하면 단번에 역전……. 그런데 위험하네. 아니, 여기는 승부다!

탕.

"론. 리치 일발 탕야오 이페코 도라도라, 도만."

으으윽! 벨파스트 국왕의 가차 없는 말을 듣고 나는 무심코 마작 탁자에 푹 엎드렸다.

"오오, 무서워라. 토야가 돌진해 줘서 살았어."

미스미드 국왕이 호들갑스럽게 가슴을 쓸어내렸다. 젠장. 졌어! 이 사람들, 순식간에 쇼기도 마작도 나보다 강해져서 시시해!

결과, 나는 최하위가 결정되었다. 으으윽…….

"이것 참, 유쾌하군, 유쾌해. 브륀힐드 공왕, 여긴 정말 즐거워!"

"마음에 드셨나니 정말 다행이네요…….."

져서 풀 죽어 있던 나에게 프레임 유닛 대전에서 승리한 펠젠 국왕이 다가왔다. 이 아저씨, 어린아이를 상대로 이겼단 말이야? 조금은 분위기를 파악해야지.

"그런데 브륀힐드 공왕, 그 물건 말인데…….."

"아, 그것 말인가요? 틀림없습니다. 저희와 같은 거예요."

"? 무슨 이야기지?"

펠젠 국왕과 내가 이야기하는데, 마작 탁자에 있던 임금님들이 관심을 보였다. 기왕에 이렇게 됐으니 지금 설명해 두자.

"얼마 전에 펠젠 국왕에게 상담을 받았거든요. 펠젠의 고대 유적에 있는 지하에서 거대한 아티팩트가 발견됐다고 해요. 어…… 이거인데요."

나는 임금님들에게 스마트폰으로 찍은 물건을 보여 주었다. 사진은 펠젠 국왕이 첨부해 준 것이었다. 어두운 지하에 희미하게 긴 물체가 늘어서 있었는데, 크기는 옆에 서 있는 기사와 비교하면 상당히 컸다.

"이건……. 스우의 프레임 기어에 합체하는 것과 같군……."

"맞아요. 마도 열차. 레일 위를 달리며 다양한 것을 운송하는 고대 문명의 교통수단이에요."

조카딸이 타는 프레임 기어와의 유사점을 발견한 벨파스트 국왕 폐하에게 나는 작게 고개를 끄덕이며 대답했다.

정확하게는 스우의 오르트린데와 합체하는 탄환 장갑차 '레바테인'은 선로가 필요 없으니 같은 것은 아니지만.

"레일이라면 그거지? 광차 아래에 깐 것."

"오오, 그것인가. 그건 재미있었지."

미스미드 수왕과 리프리스 황왕이 서로 마주 보며 웃었다. 아니, 당신들, 너무 속도를 내는 바람에 날아가 버리지 않았나요……?

"어~. 이게 시험적으로 만든 미니어처…… 모형인데요."

나는 【스토리지】에서 80센티미터 정도 되는 일직선 레일과 펠젠에서 발견한 비슷한 열차를 꺼냈다.

그리고 레일 위에 열차를 두고 세팅을 했다.

"그 모형에 마법을 흘려봐 주세요."

"이렇게 말인가? 오오?!"

벨파스트 국왕이 가볍게 마력을 흘리자, 증기기관차의 형태를 한 모형이 천천히 레일을 따라 움직이기 시작했다.

"마도 열차는 마력을 증폭해 동력으로 바꿔 달려요. 이 모형

은 작은 마력으로도 움직이지만, 실제로는 더 큰 마력이 필요합
니다. 펠젠에서 발굴된 녀석도 몇 명이나 되는 사람들이 마력을
몇 개의 마석을 이용해 증폭시켜야 달릴 수 있는 타입이고요."

"사진을 본 것만으로도 잘 아는군. 우리 궁정 마술사들도 그
렇게 말했네."

펠젠 국왕이 감탄했다는 듯이 고개를 끄덕였지만, 아니, 저
어…… 실제로 그걸 만들고 탔던 사람이 우리 쪽에 있거든요.

바빌론 박사에 따르면 사진 속의 그건 고대 왕국 파르테노에
서 만든 마도 열차라는 모양이었다. 파르테노는 펠젠이 있는
그 지역도 지배하에 두었기 때문에 그곳에서 마도 열차가 발
견된다고 해도 이상할 것은 없다. 어쩌면 발견된 고대 유적은
지하철인가 뭔가가 아니었을까?

대도시의 지하철역은 작은 던전이나 마찬가지이기도 하
니……

"그런데, 그 발견된 마도 열차는 움직이는가?"

"아니, 그게 움직이지 않더군. 그래서 브륀힐드 공왕에게 물
어본 것인데……"

미스미드 수왕 폐하에게 펠젠 국왕 폐하가 대답했다. 마법
왕국 펠젠은 마력을 사용한 마도구를 다수 생산한다. 그 기술
력을 이용해도 움직이지 못하는 고대의 마도 열차.

펠젠의 연구자들도 두 손을 든 건가. 물론 그쪽도 박사한테
물어서 해결은 했지만.

"결론부터 말하자면 프레임 기어와 마찬가지라 특수한 마력 매체가 필요해요. 그러니 마력만으로는 움직이지 않아요."

움직이려면 에테르리퀴드와 같은 성질의 마력 매체가 필요하다. 다만 에테르리퀴드보다 불순물이 많아도 움직인다는 모양으로, 만드는 것 자체는 어렵지 않다. 프레임 기어와 마찬가지로 정확하게 말하면 이건 연료가 아니라 인간의 혈액처럼 순환시켜 사용하는 것이다. 수십 년이 지나면 열화되어 사용할 수 없게 되지만 말이지.

"그렇다면 그것만 있으면 움직일 수 있는 거군? 나눠줄 수 있나?"

"돈을 내신다면 좋아요. 사실은 마도 열차를 저희가 만들까 생각하고 있었지만요."

단순히 열차만 생산한다면 펠젠에 맡기는 편이 좋으려나? 우리가 만들게 되면 여러 가지 일에 제동이 걸리고, 돈이 너무 많이 든다.

몇 개나 되는 정석(晶石)을 각인 마법으로 처리한 뒤, 에테르리퀴드를 채워 만드는 마력 배터리. 그걸 그대로 팔자. 펠젠의 기술력이라면 마도 열차를 재생시킬 수 있을 테지.

"그건 우리 나라에서도 만들 수 있는 건가?"

"만들 수 있을 거예요. 저희한테서 심장부가 되는 것을 사신다면요."

"토야도 참으로 빈틈이 없구먼."

리프리스 황왕이 그렇게 말하며 쓴웃음을 지었지만, 우리도 돈은 필요하다. 에테르리퀴드나 마력 배터리를 만드는 법까지 가르쳐 줄 필요는 없겠지.

"우리에게서 열차를 통째로 사들여도 상관없네만?"

"흐음. 참고도 할 겸 한 량 정도는 사 볼까? 아직 재현할 수 있을지 알 수 없으니 말이야."

"앗, 뭐야 선수를 치는 건가? 리프리스도 한 량 정도 사지."

아직 만들지도 않은 펠젠제(製) 마도 열차가 두 량이나 팔렸다. 하지만 미스미드와 레굴루스는 일단 중신들과 상의를 한 다음에 결정하기로 했다.

나는 마작 패를 정리하고 마작 탁자 위에 간단한 지도를 펼쳤다.

"일단은 리프리스와 벨파스트를 선로로 연결하고, 다음으로 미스미드, 레굴루스로 노선을 늘려 가면 되지 않을까요? 물론 양국이 철저하게 의논한 뒤에, 그렇게 하겠다는 것이지만요. 그런 점은 여러분에게 맡기겠습니다."

흙 속성 마법사가 십수 명 정도 있으면 그다지 수고가 들지 않을 테니까. 노선은 간단히 만들 수 있지만, 그 밖에도 문제는 많다. 노선을 부수거나 거기서 드러눕는 사람이 없도록 철저하게 공문을 내려보내야 한다. 우리처럼 작은 나라라면 순식간에 퍼지겠지만, 벨파스트나 레굴루스는 나름의 시간이 필요하다.

"흐음, 그렇다면 펠젠의 기술자를 몇 명인가 초빙해 그 기술을 배우고 싶군."

"아니면 견식 있는 녀석을 유학 보내든가……."

벨파스트 국왕과 리프리스 황왕이 앞으로의 일에 관해 이야기하기 시작했다.

미스미드 수왕은 마작 탁자 위의 지도를 보면서 턱을 괴었다.

"우리는 어떻게 하면 좋을까. 벨파스트와의 사이에는 가우의 대하가 있으니 말이야. 다리를 만들 수도 없고……."

힐끔힐끔 이쪽을 향해 시선을 보내는 수왕 폐하.

"……제가 다리를 만들어 드릴까요?"

"재촉하는 것 같아 미안하군. 물론 제대로 돈은 지불하지."

같은 게 아니라, 재촉한 거잖아…….

"그건 그렇고 토야. 이 마도 열차의 모형 말인데, 야마토의 선물로……."

"아, 드릴게요. 잠깐만요. 직선 이외의 레일도 꺼내 드리죠."

나는 벨파스트 국왕의 부탁을 듣고 고개를 끄덕인 뒤, 【스토리지】에서 커브나 S 자, 분기점 등의 레일을 꺼냈다.

맞아, 이건 장난감이었다. 야마토 왕자, 기뻐해 주면 좋을 텐데.

아직 결혼하지 않았지만 장래의 처남이다. 이 정도는 별것 아닙니다.

이 열차 모형 자체는 작은 마석과 간단한 각인 마법으로 만들어져 있으니 오르바 씨의 도움을 받아 양산할 수 있으려나? 레일 같은 것뿐만 아니라 디오라마 같은 물건을 만들면 팔릴지도 모르겠어. 다음에 상의해 보자.

◇ ◇ ◇

다음 날, 나는 혼자서 파레리우스섬을 찾아갔다. 개국한 뒤의 모습을 확인하기 위해서였다.

"그럼 거수에 의한 피해는 많이 적어졌다는 거죠?"

"네. 이전처럼 빈번히 목격되는 일도 줄었습니다. 조금씩이긴 하지만, 성벽 밖의 거주 지역도 확장되고 있습니다."

파레리우스섬 중앙부에 있는 신전의 한 방에서 나는 섬의 대표자인 센트럴 도사와 마주 앉았다. 센트럴 도사도 이래저래 바쁘게 활동하고 있는 모양이었다.

"파르프 왕국과 엘프라우 왕국이 거수의 소재를 구매해 주어서 그 돈으로 여러 물건을 수입하기 시작했습니다. 남쪽 도시 근처에 항구 마을을 만들 계획도 검토되고 있답니다."

"그렇군요. 이 섬에는 배가 제대로 기항할 수 있는 장소가 없으니까요."

지금껏 닫힌 섬이었으니, 배의 필요성은 거의 없었다. 지금도 파르프 등의 배는 연안에 정박한 뒤, 거기서 소형정으로 상륙하고 있는 듯하고 말이다. 잘 정비된 항구 마을은 확실히 필요할 테지.

이 섬에서만 수확할 수 있는 과일이나 작물은 대륙에서는 진귀한 것이라 충분히 무역이 성립된다. 그에 더해 이 섬의 직인은 섬세한 손재주가 있어, 멋진 세공품을 잘 만든다.

세공품 하면 드워프지만, 드워프는 주로 남쪽 라일 왕국 방면에 많이 산다. 그런 곳에서 사기보다는 파레리우스섬 쪽이 파르프 입장에서는 훨씬 가깝다.

"결계를 풀면 어떻게 될까 하고 걱정했지만, 기우였던 모양이에요. 거수에 떨며 살던 삶이 끝나고, 도시의 결계를 넘어 생활권이 확대되면 이 섬도 더욱 풍요로워지겠지요. 공왕 폐하에게는 정말 신세를 많이 졌습니다. 감사합니다."

"아니요. 저희도 거수를 상대로 프레임 기어의 훈련을 하거나 해서, 나름대로 이용할 일이 있었으니까요. 서로 도움이 된 일이에요."

서로 함께 웃으면서 우리는 앞으로의 국교와 세계 동맹 참가에 관한 이야기를 하기로 했다.

파레리우스섬에서 돌아온 뒤, 나는 모험자 길드의 길드 마스터인 레리샤 씨에게 전화를 걸었다.

센트럴 도사에게 파레리우스 섬에 모험자 길드를 개설해도 좋다는 허가를 받았다고 보고하기 위해서였다. 이것으로 파레리우스섬에 프레이즈가 나타나도 어떻게든 대처할 수 있지 않을까 생각한다.

파레리우스섬은 마소가 모여 있었던 영향으로 강력한 마수가 많다. 거수까지는 되지 않더라도, 평범한 것들보다 대형화한 종이 꽤 존재한다.

베테랑 모험자에게는 돈을 벌기 쉬운 땅이라고 할 수 있으니, 우리 나라의 던전처럼 사람이 모이지 않을지. 도항하려면 힘들긴 하겠지만.

전화를 끊고 오늘은 이후의 일정이 없었기 때문에 브륀힐드의 성 아랫마을을 정처 없이 걸었다.

큰길은 떠들썩하고 활기가 넘쳤다. 오르바 씨의 스트랜드 상회 점포 앞에 늘어서 있는 캡슐토이 앞에서는 용돈을 가지고 온 아이들이 짤깍짤깍 기계를 돌리고 있었다.

막과자 가게 앞 같다는 생각에 무심코 웃음이 나오려고 했다. 흐음, 이런 곳에서 막과자를 파는 것도 괜찮을 것 같은걸?

오르바 씨의 스트랜드 상회는 브륀힐드에 몇 군데인가 있는데(점포가 세 개였던 것으로 기억한다), 이곳은 쇠팽이나 훌라후프처럼 기본적으로 그다지 비싸지 않은 물건을 취급하는 곳으로, 장난감 계열의 하비숍이었다.

　아이들도 살 수 있는 것들이 메인이라 가격도 비교적 싸게 설정되어 있다. 물론 어른도 사 가는 사람들이 있지만.

　"토야 님?"

　익숙한 목소리에 생각을 중단하고 고개를 들어 보니, 그곳에는 힐다가 서 있었다. 기사단과는 다른 가벼운 갑옷을 입고, 내가 준 정검을 허리에 차고 있는 모습이었다. 건틀릿은 벗어서 검과 마찬가지로 허리에 차고 있었다.

　"어? 이런 곳에 무슨 일이야?"

　"야에 씨, 에르제 씨와 함께 셋이서 던전에 다녀오는 길이에요. 두 사람은 섬의 항구 쪽에서 생선을 먹고 돌아온다고 해서 헤어졌지만요."

　또 던전에 갔구나. 물론 세 사람은 들어간다고 해도 기껏해야 한나절 정도니 하층까지는 가지 않는다.

　비교적 안전한 층에서 던전에 무슨 트러블은 없는가 순찰을 하는 정도이지만, 무슨 일이 있을지 알 수 없는 곳이 던전이다. 방심하지 말았으면 한다. 솔직히 가능하면 가지 말았으면 하는데……

　"두 사람이랑 왜 같이 안 갔어?"

　"전 날생선은 껄끄러워서……."

　쓴웃음을 짓는 힐다. 아, 그런 거였구나.

　세 사람은 사이가 좋았지만 사실 의외로 음식은 선호도가 꽤 갈렸다. 에르제나 야에는 서민파 요리를 선호했고, 힐다는 궁정 등의 세련된 요리를 선호했다.

이것은 태어난 뒤로 지금까지의 먹어 온 음식으로 결정되니 어쩔 수 없는 부분도 있다. 힐다가 회를 완전히 못 먹는 것은 아니지만, 적극적으로 나서서 먹으려고는 하지 않는다.

에르제와 린제의 출신지인 리프리스에서는 오징어나 문어도 먹는다고 하니까. 그 두 사람은 그런 면에서 미각이 가까운 것이겠지.

"그럼 같이 돌아갈까?"

"네!"

미소를 지으며 힐다가 내 왼쪽으로 다가와 걸었다.

힐다는 안절부절못하듯이 자신의 손을 움직이며 무언가 꼼지락꼼지락 나에게 말을 걸려고 하다가 입을 닫았다. 뭐지?

……아~.

"손잡을래?"

"앗, 아니요! 싸우다가 와서 더럽기도 하고, 땀이 차 있어서……!"

얼굴을 새빨갛게 물들이며 힐다가 그렇게 말했지만, 나는 상관하지 않고 오른손을 쥐었다. 하으윽, 하고 목소리를 흘리며 힐다의 얼굴이 더욱 빨개졌다.

"난 별로 그런 거 신경 안 써. 힐다는 다른 아이들보다 너무 사양을 많이 해. 더 원하는 게 뭔지 말을 해도 좋지 않을까?"

"아으으, 네, 네엣! 저어, 규율을 지키고, 자신을 다스리는 것이 기사의 가르침이라……."

"나하고 있을 때는 잊어도 돼. 내가 필요로 하는 건 기사인 힐다가 아니라 있는 그대로의 힐다라고 하는 한 사람의 여자아이니까."

"……네."

힐다는 그 말을 하고 새빨개진 얼굴을 아래로 숙였다. 오빠인 레스티아 기사왕에게 들은 이야기인데, 힐다는 공주로 태어났지만 기사 왕국의 선례를 따라 어렸을 때부터 검을 쥐었고, 기사란 무엇인가 하는 신념을 주입받았다고 한다.

국민을 지키기 위해 약한 자의 방패가 되고 검이 되어야 한다는, 그 고결한 마음도.

그래서 평범한 여자아이로 대접받은 적이 없었던 것이 아닐까 하고 생각한다. 조금 가엾다는 생각도 들지만, 그래선 힐다에게 실례다.

카렌 누나가 말하기로 내가 첫사랑이라고 할 정도니 정말 심했다고는 생각하지만.

이런저런 이야기를 하면서 우리는 성으로 가는 언덕을 걸었다. 【게이트】를 사용해 돌아가도 상관없었지만, 이렇게 시간을 보내는 것도 나쁘지 않다.

"……저어, 토야 님에게 여쭙고 싶은 게 있는데요."

"응? 뭔데?"

"저, 저어…… 저, 절, 좋아하시나요……?"

나는 뜻밖의 말을 듣고 몸이 굳어 버렸다. 걸음을 멈춘 나를 보고 힐다는 조금 슬픈 얼굴로 미소를 지으며 다급히 손을 떨쳤다.

"앗. 이, 잊어 주세요! 이상한 질문을 해서 죄송합니다!"

"……왜 그런 걸 물어?"

"……저는, 별로 여자아이답지도 않고, 싸우는 것밖에 할 줄 아는 것이 없어서…… 약혼을 해 주신 것도 레스티아의 공주이기 때문이라든가…… 조금 그런 생각을 하게 돼요……."

그런 생각을 했단 말이야?

아~……. 새삼스럽지만, 제대로 말을 하지 않으면 전해지지 않는구나. 자신의 바보 같은 모습에 스스로가 싫어지려 했다.

나는 힐다와 똑바로 마주 보고 그 양손을 꽉 쥐었다. 이렇게까지 불안하게 만든 것은 나의 태만 탓이다. 확실히 마음을 전달해야 한다.

"조금 전에도 말했지만 내가 필요로 하는 사람은 레스티아의 공주가 아니라, 바로 힐다 자신이야. 힐다는 소중하고, 지키고 싶은 사람이라고 생각하고 있어. 모두와 마찬가지로 행복하게 만들어 줄 거야."

"아……."

"나는 힐다를 좋아해. 거짓말이 아냐. 그러니까 그렇게 생각하지 말아 줘."

"네…… 죄, 죄송합니다……. 흐, 흐윽~……."

얼굴을 일그러뜨리며 주륵주륵 눈물을 흘리기 시작한 힐다
를 꼭 끌어안았다.

한심하다. 좋아하는 아이를 울리면서 뭐가 약혼자야. 이래
서는 앞으로도 민폐를 끼치겠어.

"기회야. 부드럽게 키스를 해 줘!"

"우와앗?!"

"꺅?!"

어느새 등 뒤로 살며시 다가온 카렌 누나가 말을 걸어, 힐다
를 안은 채 나는 무심코 뒤를 돌아보았다. 여전히 너무 갑작스
러운 출현이에요!

"깜짝이야! 그러니까 그런 짓은 그만두래도요! 왜 여기에 있
는 거예요?!"

"누나의 연애 레이더가 '토야가 여자아이와 러브러브하고
있다'고 알려 줬거든. 중요한 이벤트를 놓칠 수는 없잖아."

그 레이더 정말 싫다! 보통 이런 경우는 따뜻하게 지켜봐 주는
거 아닌가?! 연애의 신인데 왜 이렇게 눈치가 없는 건지……!

"저, 저어……. 토야 님, 숨막혀, 요……."

"어? 앗, 미안!"

나는 계속 힐다를 안고 있었다는 사실을 처음으로 깨닫고 파
앗 손을 떼었다.

"아니요…… 싫은 건 아니고요."

얼굴을 새빨갛게 물들이고 힐다가 작게 고개를 끄덕였다. 그 모습을 보고 어째서인지 나도 얼굴이 뜨거워지는 느낌이 들었다. 이게 뭐지?

"요요요~. 뜨겁구나, 뜨거워. 아무튼 그런 두근거림은 지금이 아니면 맛볼 수 없는 거니까, 잔뜩 즐기는 게 좋아~."

"지금이 아니면 맛볼 수 없다니, 무슨 소리죠?"

어딘가 모르게 우릴 무시하는 것 같아 강하게 응수하고 말았다. 뭔가 우리의 마음이 나중에는 식는다는 듯한 말을 들은 것 같아서.

"사랑과 애정은 별개야. 사랑은 아무것도 안 해도 피어나지만, 애정은 노력하지 않으면 자라지 않지. 양쪽 모두 굉장하고 뗄 수 없는 것들이지만, 그건 다른 거야."

으으음……. 무슨 말을 하려는지 모르는 것은 아니지만, 이 사람에게 그런 말을 들으면 어딘가 납득할 수 없단 말이지.

"지금은 몰라도 돼. 어른이 되면 알 거야."

"쳇."

그래요, 어린애입니다. ……하고 삐치는 것도 어린아이나 할 일인가?

"어? 토야잖아. 뭐 해?"

우리가 있는 언덕 쪽으로 에르제와 야에가 다가왔다. 두 사람 모두 손에는 생선이 든 양동이를 들고 있었다. 그거, 사 온 거야?

"힐다 님도. ……앗, 힐다 님, 우신 겁니까?"

"앗, 토야!! 힐다에게 무슨 짓을 했길래?!"

눈치 빠르게 힐다의 눈물 자국을 발견한 두 사람이 나에게 바싹 다가섰다. 이 세 사람은 특히 사이가 좋아서 걱정하는 마음을 모르는 건 아니지만.

"아무 짓도 안 했어! 힐다, 그치?!"

"아, 네! 두 분이 걱정하시는 것 같은 일은 아무것도……!"

나는 힐다와 둘이서 변명하듯이 그렇게 말했다. 하지만 그 말을 들은 두 사람의 눈은 점점 더 날카로워져 갔다.

별로 이상한 짓을 한 것도 아니니 이렇게 당황할 필요는 없었지만, 묘하게 부끄럽다는 생각이 들었다. 어떻게 보면 울린 것은 사실이기도 하고.

"뭔가 수상해……."

"네, 수상하군요……."

"조금 전까지 토야가 힐다랑 딱 달라붙어 있었거든. 너무 뜨거웠어."

"이봐요오!! 무슨 소리 하시는 겁니까 누님?!"

태연하게 바보 누나가 쓸데없는 소리를 했다. 아니, 주변 사람들이 보면 그렇게 보일지도 모르지만!

"확보해!"

"알겠습니다!"

꽈악! 하고 양쪽 팔을 에르제와 야에에게 제압당한 채, 나는 성 쪽으로 연행되었다. 아야야야야! 팔이! 그쪽으로는 안 굽혀져!

"저, 저어, 카렌 형님?! 토야 님이……."

"토야는 다른 모두와의 사랑을 평등하게 키워야만 하잖아? 너도 그걸 받아들였다면 믿고 지켜봐 줘. 그것도 사랑이야."

"앗, 네. 그러네요!!"

힐다, 속으면 안 돼! 그 녀석은 즐기고 있을 뿐이라니까! 봐, 지금 히죽거리며 웃고 있잖아!

"모두 앞에 끌고 가 무슨 일이 있었는지 자세히 물을 생각입니다."

"그래. 물론 힐다에게 물으면 금방 가르쳐 줄 테지만. 우리는 이런 일을 숨기지 않기로 결정했으니 말이야."

진짜인가요? 그 말, 처음 듣는데요……. 누구랑 무엇을 했는지 다 들통나고 있다는 말인가?

아니, 별로 뒤가 켕기는 일은 하지 않았지만, 뭘까. 이 뭐라 말할 수 없는 느낌은…….

단결한 여자 앞에서 남자 따위는 참 무력한 법이구나.

──────남자란 견뎌야 하는 생물이다.

그날 밤, 얼굴이 새빨개져 바닥을 뒹굴뒹굴 굴러야 할 정도로 아홉 명 앞에서 한 사람, 한 사람에게 내가 얼마나 좋아하는지를 고백해야 했다.

실제로 내 방에 돌아와서 마구 뒹굴었을 정도다! 아아, 그래. 코하쿠네가 날 이상하게 보더라! 우아아아아아, 아마 린이라면 스마트폰으로 녹음을 했을 거야, 그걸 다! 스우한테까지 그런 말을 하게 될 줄이야…… 우아아아아아!

거짓이 없는 본심을 말한 거지만 부끄러운 것과 그것과는 별개다.

생각만 해도 마구 뒹굴고 싶어지니, 이젠 잘래!

……………………………크으으으윽!

뒹굴뒹굴뒹굴! 뒹굴뒹굴뒹굴!

"……뭐 해, 레네?"

복도에서 딱 마주친 우리의 소녀 메이드에게 무심코 말을 걸고 말았다.

그럴 수밖에 없는 것이 머리 위에 책을 올리고 걷고 있었기 때문이다. 당연히 말을 걸 수밖에 없다.

"앗, 토야 오…… 아니, 공왕 폐하, 안녕하세요. 앗!"

후두두둑 하고 책 몇 권이 복도의 붉은 양탄자 위에 떨어졌다. 책을 올린 채 인사를 하면 당연히 떨어질 수밖에 없다.

"아아~. 또 실패했어……."

분하다는 듯이 책을 모으는 레네.

"그러니까 뭐 하는데? 책을 머리에 다 올리고."

"시험 특훈이야…… 이에요. 메이드 길드의 시험이요."

"여기는 나랑 레네밖에 없으니 평소의 말투로 말해도 돼. ……그건 그렇고, 시험?"

레네는 벨파스트 왕국에 있을 때 소매치기를 하던 아이로, 내가 우리의 메이드 수습생으로 고용했다. 그 후에 레굴루스 귀족의 피를 이어받았다는 사실을 알게 되었지만, 어머니의 친가로 돌아가지 않고 그대로 브륀힐드에서 메이드로 일하고 있다.

아무리 작은 나라라고는 하지만 성에서 일하는 이상, 원래는 메이드로서 나름대로의 기술, 예의, 상황 판단력 등이 요구된다. 하지만 레네는 아직 수습생이라 기본적으로 우리의 개인적인 보조와 다른 메이드들을 돕는 일을 했다.

하지만 역시 나름 생각하는 것들이 있는지, 약관 9세에 메이드 길드에 등록하고 일류 메이드가 되기 위해 매일 노력을 거듭하는 중이었다.

"세실 씨가 가르쳐 줬어. 이렇게 하고 평범하게 걸을 수 있게 되면 균형 감각도 단련되고 자세도 좋아진대. 길드 승격 시험에는 우아함도 포인트에 들어가니 해 두라고 하더라고."

"혜에. 힘들겠네…….하지만 무리할 건 없어. 굳이 일류 메이드 자격을 가지고 있지 않아도 쫓아내거나 하지 않으니까."

"아니, 꼭 자격을 딸 거야. 일류 메이드가 되어서 브륀힐드를 위해 일하고 싶어. 목표는 메이드장(長)이니까."

오오, 소녀가 큰 뜻을 품고 있어. 메이드장은 우리 나라 메이드의 꼭대기에 있는 라피스 씨다. 그 사람을 넘으려면 힘이 많이 들걸? 전투 능력도 상당히 높으니까.

"열심히 호위술도 배우고 있어. 모로하 언니한테."

"아니, 그건 아무래도 좀…….."

처음 듣는 얘기다. 레네, 너, 혹시 이상한 검술을 배우고 있는 건 아니지? 분명히 세실 씨한테 투척술도 배우고 있지 않았어? 그러고 보니 린도 마법을 가르쳐 줬던 듯한……. 혹시 내가 모르는 사이에 최강 메이드가 육성되고 있었는지도 모른다.

"공부도 열심히 학교에 다니며 하고 있어. 일류 메이드는 머리도 좋아야 하거든."

사쿠라네 어머니인 피아나 씨가 교장선생님을 맡은 학교에 레네도 다니고 있다. 오전 9시부터 오후 2시 사이까지 학교에 갔다가, 돌아와서 또 메이드 일을 돕는 것인데.

역시 어린아이를 그렇게까지 일하게 하는 건 좀 그래서, 자유 시간이나 휴식을 늘리려고 했지만 레네는 고집스럽게 받아들이지 않았다.

원하지 않는 일을 한다는 인식이 아니라, 목표를 위해서 배우고 있다는 인식이라서 그런 거겠지만…….

"가끔은 쉬어도 괜찮지 않을까?"

"아니. 매일 잘 먹고 자고 있으니 괜찮아. 토야 오빠야말로 잘 쉬어. 다들 걱정하더라고."

반대로 혼이 나고 말았다. 으으음. 그렇게 워커홀릭으로 보이나? 꽤 코사카 씨한테 일을 떠넘기고 땡땡이치고 있다고 생각하는데.

"그럼 열심히 노력하는 레네에게 뭔가 선물을 해 줄게. 뭐 가지고 싶은 거 없어?"

"어? 으~음…… 괜찮아?"

"물론이지. 이건 열심히 일하는 메이드에게 주는 보너스야. 사양하지 말고 말해 봐."

"보너스?"

아차, 안 통한 건가. 가끔 이쪽 세계의 말로 번역되지 않는 말이 있다.

"그럼, 그럼……. 저어, 스우 언니들이 가지고 있는 마도구를 가지고 싶은데………."

스우? 아, 양산형 스마트폰인가. 그러고 보니 라피스 씨와 세실 씨에게는 건네줬지만 레네에게는 안 줬었구나.

으~음. 어린아이에게 스마트폰이라니……. 그런 생각도 들었지만 스우한테도 줬는데 새삼스러운가? 스마트폰에 있는 메모 어플리케이션이나 이쪽 세계용으로 만든 사전 어플리케이션 같은 것은 시험에도 도움이 될 테고 말이다. 상이니까 이 정도는 괜찮으려나?

나는 【스토리지】에서 흰 양산형 스마트폰을 꺼내 레네에게 건네주었다. 그리고 같이 최근에 만든 매뉴얼용 책자도 주었다. 이걸 읽으면 전체적인 조작이 가능할 거다.

"고, 고마워. 토야 오빠!"

"일단 학교에 가져가는 건 금지야. 만약 잃어버리거나 도둑맞거나 하면 나한테 말해야 한다? 화내지 않을 테니 걱정 말고."

"응!"

나는 미소를 지으며 스마트폰을 받고 기뻐하는 레네의 머리를 쓰다듬어 주었다.

학교에 가지고 가면 신기하다고 하거나 부럽다고 하면서 훔쳐 가는 사람이 있어도 이상하지 않다. 레네는 그런 괴롭힘을 당하지 않을 거라 생각하지만, 쓸데없는 트러블은 피할 수 있다면 피하는 것이 좋다.

물론 우리 아이를 괴롭히면 어린아이든 누구든 반드시 반성하게 만들어 줄 테지만…….

나는 일단 다른 나라의 임금님 이외의 번호를 등록해 주었다. 이걸로 나나 스우와도 전화를 할 수 있다.

"그럼 시험 힘내. 하지만 무리는 하지 말고."

"응! 이거, 고마워! 소중히 쓸게!"

타다닷, 하고 복도를 달려가던 레네는 도중부터 또 책을 머리에 올리고 사뿐사뿐 걷기 시작했다.

앗, 나도 오늘은 사람을 만나기로 했었지? 나는 복도를 걷는 레네와는 반대 방향으로 걷기 시작했다.

"안녕하세요. 기다리시게 해서 죄송합니다."

"아니. 바쁜데 시간을 내줘서 감사하네."

그렇게 말하며 성의 대훈련장에 찾아온 집단의 리더로 보이는 인물이 고개를 숙였다.

말투는 무뚝뚝하고, 수염에 덮인 얼굴은 험악했다. 그 몸을 두르고 있는 근육은 그야말로 바위 같다는 생각이 들 정도로 종족의 특성이 눈에 띄게 배어 나왔다.

키는 모두 전체적으로 1미터 20센티미터에서 1미터 30센티미터 정도일까. 모두 남성……이라고 생각하지만 여성도 수염을 기르고 있다는 소문이니 판단하기는 어려웠다.

드워프. 산악 지대에 사는 강건한 종족. 전사이자 광부, 세공사이자 대장장이.

그 드워프 집단이 라일 왕국 국왕의 소개장을 들고 이 성을 찾아왔다.

라일 왕국의 국왕, 발스트라 둘가 라일 4세는 드워프의 피를 잇고 있다고 하는데, 그 인연 덕인지 라일 왕국에는 많은 드워프 마을이 있었다. 이 사람들도 그 마을에 사는 사람들이겠지.

"그런데 저에게 보여 주고 싶은 게 있다고 하셨는데 이것인가요?"

"그래. 일단은 보는 것이 빠르겠군. 이봐."

드워프들의 후방에 있는 커다란 수레 위에 자리 잡은 높이 4미터 정도의 물체가 그 '보여 주고 싶은 것'인 듯했다. 물건을 감추듯이 뒤덮고 있던 먼지 묻은 천을 다른 드워프가 일제히 걷어내자, '그것'이 태양 아래에 드러나기 시작했다.

"이건……!"

천 아래에서 나타난 물건. 전체적으로 땅딸막한 모양, 커다란 팔, 짧은 다리. 찾아볼 수 없는 머리 위쪽. 그리고 등에 해당하는 부분에는 조종석이 있었는데, 그곳이 훤히 드러나 보였다.

일찍이 유론 잔당을 끌어들여 펠젠에 침공하려고 한 비밀조직 황금결사가 만들어 낸 기계 장치 병사, 철기병.

순간적으로 그것이라고 생각했는데 아주 달랐다. 뭐라고 하면 좋을까. 철기병보다 더 조잡한 만듦새였다.

그 형태를 알기 쉽게 말하자면 경차의 한가운데를 자른 다음, 운전석이 있는 전면부를 몸체로 삼아 커다란 팔다리를 단

것 같은……. 뭐라고 해야 하나, 세련되지 못한 기계였다.

하지만 이것은 틀림없는 '로봇'이었다. 그것도 사람이 타는 타입이다. 뒤쪽 세계에서는 비슷하게 생긴 고렘이 걸어 다녔지만, 그건 사람을 태우고 있을 뿐 알아서 움직이는 것이었다. 그런데 이쪽은 조종하는 타입인 듯했다.

"'드베르그'라고 이름 붙였다. 토목 작업, 광석 운반용으로 시험적으로 사용하고 있지. 아직 다른 곳으로 유출할 생각은 없지만 말이야."

'드베르그'라. 드워프의 유래가 된 말이었던가? 확실히 땅딸막하고 투박한 면은 드워프랑 닮았다.

하지만 용케도 이런 걸 독자적으로 만들었네. 드워프의 기술, 무시무시해.

"그런데 왜 이걸 저한테 가져온 거죠?"

"당신은 거인병을 가지고 있지? 우리가 만든 이 드베르그와 비교해 보고 싶어서 말이야."

하아. 비교……되려나? 자신감을 잃지 않았으면 하는데.

새삼스럽지만, 이렇게 되고 보니 철기병을 만든 보만 박사라는 사람은 나름 천재였을지도 모른다. 자기중심적인 바보였지만. 음, 우리 쪽 박사도 자기중심적이고 바보라는 점에서는 만만치 않은 것 같은 느낌도 들지만…….

나는 공중에 【게이트】를 열고 중기사를 한 기, 바빌론의 '격납고'에서 불러냈다.

쿠웅! 하고 대지에 양쪽 다리를 내리며 중기사가 착지했다. 그 모습을 본 드워프들 모두가 쩌억, 하고 입을 크게 벌렸다. 어지간히도 놀란 모양이었다.

"양산형 프레임 기어인 슈발리에입니다. 이게 가장 다루기 쉬운 기체이죠. 이건 신형이긴 하지만요."

내 말이 들리는지 안 들리는지, 드워프들은 아무 말도 않은 채(라고 해야 할지, 그냥 입을 계속 벌리고 있으면서) 중기사를 올려다보았다.

뭐, 무리도 아니다. 드베르그는 약 4미터인 반면 프레임 기어는 15미터가 넘는다. 어른과 어린아이보다도 더 많은 차이가 있다.

"이, 이건 고대 유적에서 발견한 건가?"

"맨 처음의 기체는 말이지. 이것을 포함해 그 이후에는 직접 만든 신품 기체다. 그리고 거기에서 더욱 발전시킨 신형도 몇 대인가 만들고 있어."

드워프들의 말에 감화된 것인지 깜빡 잊고 경어를 쓰지 않았다. 음, 이러는 편이 드워프들과는 의사소통을 하기 편한 듯하니 별로 상관없지만.

"……부탁이 있다. 그 신형인가를 만든 사람과 만나게 해 주게. 이런 것을 본 이상 그 만든 사람을 만나지 않고는 돌아가고 싶어도 못 돌아간다."

"응? 아……… 그야, 만나게 해 주는 것 자체는 좋지만……."

좋지만, 말이지.

"이, 이 어린아이가 만든 건가?!"

"으응? 인사가 너무 심한 거 아닌가? 물론 드워프란 대체로 그런 편이니 신경 쓰는 게 잘못된 건가?"

헐렁헐렁한 흰 가운을 입은 바빌론 박사를 보고 드워프가 또다시 놀란 표정을 지었다.

그야 그럴 테지. 등장한 제작자가 열 살에도 미치지 못하는 소녀이니까.

그들 중 드워프의 리더인 자가 정신이 번쩍 든 표정을 지으며 박사에게 말했다.

"혹시 장수종인가?"

"글쎄, 꼭 틀렸다고는 할 수 없다고 해야 하나? 그런 것보다, 대략 보니 그 뒤에 있는 녀석들은 너희가 만든 건가?"

헐렁한 흰 가운의 주머니에 손을 넣은 채, 박사가 드베르그를 올려다보았다.

"흠흠. 상당히 조잡하지만 내 프레임 기어를 그대로 카피한 열화품인 철기병보다 전문가다움이 묻어나와 호감이 가는군. 심장부는…… 호오, 마황로(魔煌爐)인가. 대기 중의 마소만이 아니라, 꽤 압축한 마석을 촉매로 해서…… 오호라."

"보기만 했는데도 아는 건가……?!"

드워프들이 술렁였지만 속지 마. 이 녀석, 방금 슬쩍 해석 마법인【애널라이즈】를 사용한 거니까.

"하지만 기껏 추출한 마력 매체가 세부에까지 도달하지 않았어. 각 관절 부분에서 대기 중으로 누출되고 있는 상태야. 연비가 나쁘겠지."

"큭……. 하지만 손끝까지 마력을 돌게 하려면 나름의 출력이 필요하다. 다소 누출된다고 하더라도 어쩔 수 없지. 아니면 다른 방법이 있나?"

"간단해. 프레임 자체에 각인 마법으로 마력이 지나는 길을 새기는 거지. 그리고 프레임에는 아다만타이트를 쓰는 거야."

"그, 그렇군! 그런 수가 있었나……!"

아무래도 전문적인 이야기를 시작한 듯, 나만 그 자리에 붕 떠 있었다.

잠깐 생각나는 게 있어 나는 품에서 스마트폰을 꺼내 우리 바빌론에 있는 인물에게 전화를 걸었다.

"아~. 로제타? 지금 여기서 재미있는 이야기를 들을 수 있을 테니, 괜찮으면 이리 와. 응, 아. 박사도 이쪽에 있어."

우리의 정비 주임도 동료로 맞아들여야겠지?

잠시 뒤에 온 또 한 명의 작업복을 입은 꼬마가 참가하자, 드워프들이 드베르그의 개량점을 떠들썩하게 이야기하기 시작했다.

결국에는 훈련장 한쪽 구석을 점거하고 그 자리에서 드베르그를 이리저리 만지기 시작했다. 라일 왕국에 돌아가서 하라니까.

드워프들과 로제타가 부품을 제거하면서 무언가 다투는 모습을 보고 있는데, 박사가 이쪽으로 다가왔다.

"이것 참. 무척 재미있는 것을 봤어. 콘셉트는 같아도 만드는 사람이 다르면 완전히 다른 것이 만들어진다는 표본 같은 거야."

"저건 역시 철기병과는 달랐어?"

"다르다고 하면 다르다고 할 수 있고, 같다고 하면 같다고도 할 수 있어. 틀림없이 프레임 기어와 통하는 기술도 사용되고 있지만, 드워프의 독자적인 기술이 더 많이 사용되었더군. 물론 그대로 흉내 낸 것은 아니니, 별개의 물건이라고 봐도 되지 않을까?"

그렇구나. 철기병이나 프레임 기어의 정보만을 보고 독자적으로 만들어 냈다는 건가. 드워프가 마공학에도 뛰어난지는 몰랐지만, 생각해 보면 드워프도 엘프 정도는 아니지만 장수 종이다. 고대 문명의 노하우를 어느 정도 이어받았다고 해도 이상할 것은 없다.

그러고 보니 펠젠에서 개발되고 있는 마도구의 기술자들 중에도 몇 명인가 드워프가 있다고 했었지?

"……위험하지는 않아?"

"네가 말하는 '위험'이 어떤 것을 가리키는지는 어렴풋이 알겠지만, 그런 말을 꺼내서는 문명의 발전, 마학(魔學)의 진보는 기대할 수 없어. 아니면 저들이 만든 것을 빼앗고 드워프를 모조리 없앨 건가?"

심술궂은 미소를 지으며 박사가 나를 들여다보았다. 물론 그런 일은 하지 않을 거고, 할 생각도 없다.

"아무튼 언젠가는 만들어질 것이었으니까. 아니, 5000년 전에는 이미 같은 것이 만들어졌으니, 새삼스럽지 않아? 철기병이라는 전례도 있고 말이야."

"그것도 그런가……."

"기술의 부활이라고 해야 할까. 지금은 아직 탈것 정도의 영역을 벗어나지 못하고 있고, 마법 한 발로 망가져 버릴 기체이긴 하지만 말이지."

그건 그렇다. 노동력으로서는 충분할 듯했지만, 병기로서는 여러모로 의지가 되지 않는다.

물론 언젠가는 이것도 프레임 기어처럼 될지도 모르지만.

뒤쪽 세계의 고렘과 비교해 봐도, 아직 수준이 낮은 편이다. 저거에 비하면 산초 씨와 게 버스 쪽이 훨씬 기술력이 높다 할 수 있다.

뭐라고 할까. 앞쪽 세계와 뒤쪽 세계의 기술자가 손을 잡으면 상당히 편리한 것이 만들어질 것 같은데. 그렇게 간단한 이야기는 아닐 테지만.

바보 같은 생각을 머릿속에서 밀어내고, 나는 드워프가 있는 곳으로 다가갔다.

"모처럼이니 이 녀석이 움직이는 모습을 보고 싶은데, 나도 움직일 수 있을까?"

"걷게 만드는 정도라면 초보자라도 간단하다. 해 보겠나?"

등 쪽으로 돌출된 조종석에 앉아 간단하게 걷는 방법을 배웠다. 프레임 기어처럼 조종사의 의지를 읽어 들이지 않기 때문에 완전히 이쪽이 알아서 조종해야 했다. 가끔은 이런 것도 재미있다.

"좋아. 그럼 조종간 옆에 있는 마석에 마력을 흘리고 드베르그의 마황로를 기동시켜라. 그러면 천천히 걸을 수 있을 거다."

"좋아. 일단은 마력을 흘리고———."

"앗, 기다리세요! 마스터의 마력량이면⋯⋯!"

로제타가 뭐라고 말을 했지만, 나는 눈치채지 못하고 '평범하게' 마력을 흘리고 말았다.

다음 순간, 드베르그가 이상한 회전음을 내기 시작하더니 순식간에 복부에 있던 장갑이 폭발하며 날아가 버렸다.

"""우와아아아아앗———————?!"""

"어?"

쫘아아앙! 하고 날아간 장갑이 지면에 떨어졌고, 복부에서는 뭉게뭉게 검은 연기가 피어올랐다.

다급히 드베르그에서 내려 보니, 드워프들이 뭐라 말하기 힘든 표정을 지으며 입을 뻐끔거리고 있었다.

어? 이건 내 탓인가?

"아……. 마스터의 마력량은 강해서 상당히 줄이지 않으면, 마황로가 버티지 못해요. 양초에 【파이어볼】로 불을 붙이는 거나 마찬가지죠."

"한계점을 순식간에 넘어 마력이 포화상태가 된 탓에 갈 곳을 잃고 폭발한 거야."

"미리 말을 해 줘야지……."

새파래진 얼굴로 멍한 표정을 짓고 있는 드워프들에게 뭐라고 말을 하면 좋을지 몰라 나는 어쩔 줄을 몰라 했다. 나쁜 뜻이 있었던 건 아냐. 그것만은 믿어 주길 바랐다.

아직도 검은 연기가 피어오르는 드베르그에서 전혀 눈을 떼지 못하고 있는 드워프들의 등을 보고, 말로 형용하기 힘든 죄책감을 느꼈다.

과연 술통을 몇 개나 대접해 주면 용서해 줄지…….

어느 나라에도 있지만 브륀힐드에도 시료원(施療院)이라는 시설이 있다. 대략적으로 말해 병원 같은 곳이다. 다친 사람, 병이 걸린 사람들이 찾아가 치료를 받을 수 있는 시설이다.

지구와 비교해 보면 의학이 크게 뒤떨어진 세계이지만, 이 곳에는 지구에는 없는 '회복 마법'이라고 하는 것이 있다. 시료원은 그 '회복 마법'을 이용해 치료해 주는 시설이다.

'회복 마법'이라고 통틀어 말하긴 하지만 그 종류는 부상을 고치는 것에서부터, 독을 제거하는 것, 잃은 체력을 회복시켜 주는 것, 저주를 푸는 것까지 다양하다. 개중에는 '부활 마법'이라고 해서 죽은 사람을 소생시키는, 기적이라고밖에 할 말이 없는 것도 존재한다.

물론 간단히 소생시킬 수는 없다. 다양한 조건을 만족해야 하고, 그에 더해 시행하는 술자의 생명마저도 걸어야 하는 마법이다.

그렇기에 대부분은 가족, 연인, 친족이 아닌 이상에야 '부활 마법'을 시행하지 않는다. 게다가 이 마법을 사용한다고 해서 확실히 소생한다고 보장되는 것도 아니다. 자칫하면 술자도 죽어 그냥 사망자만 늘릴 수도 있는 마법이다.

앗, 이야기를 다시 되돌리겠다.

아무튼 브륀힐드에도 시료원이 있다. 회복사와 의사가 상주하고 있고, 그 외에 몇 명인가 간호사가 일하는 장소다. 다른 곳과 비교하면 아직도 한참 작은 마을 정도 규모에 불과한 브륀힐드의 왕도(?)이지만, 그래도 시료원이 몇 개인가 있어 밤

낮으로 부상자를 치료하고 있다.

그리고 오늘, 나는 그 시료원에 들렀다.

별로 시찰을 하는 것은 아니었다. 아니, 어떤 의미에서는 시찰일지도 모르지만.

"【빛이여 오너라, 평안한 치유, 큐어힐】."

스우의 손바닥에서 발해진 부드러운 빛이 팔을 다친 아이의 환부에 빨려들어 갔다. 그러자 곧장 크게 벌어져 있던 상처 부위가 금세 아물었고, 원래대로 피부가 재생되었다.

"아프지는 않은가?"

"이제 안 아파……."

"그래. 잘 듣게나. 다음에는 혼자서 숲에 들어가선 안 되네. 어머니를 너무 걱정하게 만들면 안 되는 게야."

조금 전까지 엉엉 울던 아이가 스우의 말을 듣고 순순히 고개를 숙였다. 그에 이어 데리고 온 어머니가 연신 고개를 숙이며 진찰실 밖으로 났다.

회복 마법이 있다고는 해도 누구나 모두에게 사용할 수 있는 것은 아니고, 마법을 사용하려면 마력이 필요하다. 회복사 한 명이 하루에 회복 마법을 사용할 수 있는 횟수는 정해져 있다.

그래서 원래라면 웬만큼 다치지 않은 한 마법은 사용하지 않는다. 비싼 치료비를 받는 것도 그 때문이다. 가벼운 상처에 불과한데 계속 가벼운 기분으로 찾아와서는 회복사가 쓰러지고 만다. 그래도 다른 나라에 비하면 치료비가 상당히 싼 편이라고 생각하지만.

"수고했어. 이젠 상당히 익숙한 것 같네."

"아직이네. 토야처럼 【에어리어 힐】을 사용할 수 있으면 더 많은 사람을 고칠 수 있을 텐데 말일세."

아니아니. 그걸 사용할 수 있는 사람은 빛 속성 마법을 상당하게 수행한 일부 사람밖에 없어. 내 경우엔 하느님의 파워 덕분이지, 내 힘이 아니야.

스우는 가끔 시료원에 들러 도와주고 있다. 물론 시종인 레임 씨도 같이 온다.

빛 속성의 적성을 지닌 스우는 조금 전처럼 어린아이 환자를 주로 치료했다.

병이나 사고에 더해, 마수, 마물이 만연한 이쪽 세계는 어린아이의 사망률이 꽤 높다.

조금 전의 그 아이도 숲 안쪽으로 혼자서 들어갔다가 일각토끼라는 마수에게 습격을 당해 크게 다쳤다. 마을에서 자란아이들은 마수를 접할 기회가 별로 없다. 그래서 마수가 얼마나 무서운지 체험해 보지 않아 경계심도 낮다.

이곳에 마을을 만들 때 주변의 마수들을 마구 사냥했었는데, 또 슬슬 늘어나기 시작한 모양이다. 스마트폰의 범위 지정으로 일망타진할까도 생각했지만, 길드 마스터인 레리샤가 말려서 그만두었다.

빨간색 랭크 이상의 마수라면 몰라도, 그 이상의 마수를 다 사냥하면 모험자들이 점점 더 많이 떠난다고 한다. 그건 본의가 아니라, 나는 마을 주변에 결계를 치는 정도로 대처했다.

그 결계의 경우 마수의 침입은 막아도 당연히 사람의 출입을 막는 효과는 없었다. 조금 전의 그 아이도 혼자서 숲으로 들어가 다치고 말았다.

우연히 숲에 모험자가 있어서 살았지, 자칫하면 죽었을지도 모른다. 학교의 교장선생님인 사쿠라의 어머니, 피아나 씨에게 새삼 아이들에게 주의를 해 달라고 부탁하자.

"토야, 미안하네만 마력을 보충해 줄 수 있겠나? 반지의 마력이 다 떨어져 그러네."

"벌써? 굉장히 일을 많이 했구나."

스우 일행에 건네준 약혼반지에는 마력 양도 마법【트랜스퍼】가 부여되어 있어, 약혼자들은 그곳에서 마력을 끌어와 쓸 수 있다. 그래서 스우 일행은 다른 사람들보다 훨씬 많은 마법을 사용할 수 있는 것이다. 반지의 마력 탱크에는 꽤 많은 양을 축적할 수 있지만 그 마력량에도 한도는 있다.

그 마력 탱크가 빌 때까지 스우는 마력을 썼다는 것인데……. 시료원에서 회복 마법을 사용할 때 외에도 마법 훈련을 할 때도 사용했던 것이겠지. 그렇지 않고서야 이렇게 빨리 없어지진 않을 테니까.

너무 무리한 특훈은 하지 말았으면 하는데……. 스우의 왼손을 잡고 나는 반지에 마력을 주입했다.

"너무 무리한 특훈은 하지 마. 린한테도 말했지만 스우는 아직 성장기라서 지금 너무 무리하면 마력량의 성장이 저하될 가능성도 있으니까."

"알고 있네. 알고 있어. 여전히 토야는 걱정이 많구먼."

"당연히 걱정되지. 스우는 나의 약혼자이니까."

특히 스우는 너무 올곧아서 폭주하지나 않을까 하는 걱정이 많이 되었다. 이 아이는 일단 마음먹으면 일직선으로, 옆을 보지도 않고 목적지까지 매진한다. 그것 자체는 좋지만 다른 것들을 머릿속에서 싹 비워 버리는 일도 많다.

열중하기 쉽다고 해야 할지, 너무 지나치게 몰두한다고 해야 할지. 집중력이 있다는 것은 좋은 일이지만 말이지.

"토야도 우리에게 많은 걱정을 끼치지 않나. 서로 마찬가지야. 저쪽 세계에 가서 돌아오지 않았을 때, 우리가 얼마나 걱정을 했는지 아는가?"

"아니, 그건 미안……."

그건 이제 그만 언급해 줘. 모두에게 잔뜩 혼쭐이 났으니까.

뒤쪽 세계에 가 버려서 이쪽 세계에서 사라져 버린 셈이 됐으니. 걱정 레벨이 맥스가 되었겠지. 정말 면목이 없다. 이렇게 작은 아이에게 그 정도로 걱정을 끼치다니 한심하기 짝이 없는 이야기다.

"그러고 보니 토야. 잠시 어머니 일로 상의할 게 있다만……."

"에렌 씨 일로?"

"그래. 어머니는 오랫동안 앞이 보이지 않지 않았었나. 밖은 위험하니 거의 외출을 하지 않으셨네. 토야 덕에 눈은 나았지만, 이번엔 배 속에 아이가 있어 무리할 수 없는 상황이야. 외출을 하지는 않더라도, 뭔가 기분 전환을 할 만한 것이 없을까?"

에렌 씨는 후유증으로 오랫동안 앞을 보지 못했었다. 그리고 겨우 눈이 보이게 되었는데, 이번엔 임신을 하였고. 그 때문에 몸을 생각해 그다지 무리를 할 수 없는 상태였다.

확실히 계속 집에만 있으면 우울해지기 마련이다.

"에렌 씨의 취미나 좋아하시는 건 뭐야?"

"연극 같은 것을 보길 좋아하시네. 전에 아버지가 집으로 극단을 부르려고 했지만, 어머니께서 말리시더군. 다른 관객에게 민폐가 되고, 자신 혼자를 위해 부르는 것은 미안하다고 하시면서 말이야."

극단을 집으로 부르겠다니, 공작 전하도 참 호쾌하신걸? 그것을 말린 에렌 씨도 어떤 의미에서는 굉장하지만.

집에 극단을 부르면 에렌 씨가 밖으로 나가지 않아도 되지만, 에렌 씨의 성격상 너무 미안해한 나머지 별로 기분 전환이 안 되지 않을까?

"그래, 그런 거라면 어떻게든 되려나?"

"되는 건가?! 역시 나의 서방님일세! 의지가 돼!"

"앗, 아니. 내 힘이 아니라 박사의 마도구^{아 티 팩 트}를 빌리면 될 것 같다는 이야기야."

반짝이는 눈으로 나를 바라보는 스우에게 나는 메마른 웃음을 지을 수밖에 없었다. 한심하지만.

이러쿵저러쿵해도 '창고'에 있는 여러 마도구는 참 편리하다. 너무 대단해서 일반적으로 사용할 수 없는 것도 많지만…….

"좋아. 그럼 이래저래 준비를 시작해 볼까? 오늘 밤에 스우네 집으로 가 봐도 될까?"

"그래. 아버지도 어머니도 계실 걸세. 기대하고 있겠네!"

스우와 약속을 잡고 나는 시료원 밖으로 나갔다. 벨파스트나 리프리스, 레굴루스 부근의 극장을 임금님들에게 소개해 달라고 하자. 커다란 극장은 기본적으로 국영이고 하니, 괜찮을 거라 생각한다.

굳이 따지자면 문제는 임금님들이 문제다. 분명히 자신들에게도 그 마도구를 달라고 할 게 뻔히 보이니까. '공방'에서 몇 개인가 생산해야 할 것 같아.

나는 밤이 되기 전에 준비를 끝내려고 【텔레포트】를 이용해 바빌론으로 날아갔다.

"그럼 이곳의 수정구에 마력을 흘려 주세요."

"이렇게 말인가요? 앗?!"

에렌 씨가 내가 가지고 있던 야구공 정도의 수정구에 마력을 흘렸다. 그러자 조명을 끈 어둑어둑한 방 안에 입체영상(홀로그램)이 떠올라 무대 위에서 연기하는 연기자들이 비쳤다.

"오오! 연극을 하고 있구먼! 목소리도 들리네!"

"굉장하군……! 이건 스마트폰의 녹화 기능과는 다른 건가?"

앞에 비친 영상을 보고 들뜬 모습을 보이는 스우와 감탄하는 오르트린데 공작. 에렌 씨도 눈을 반짝이며 연극을 넋 놓고 바라보았다.

"녹화와는 달라요. 이건 리얼타임…… 아~. 지금 연극을 하고 있는 무대를 멀리서도 볼 수 있도록 해 주는 마도구예요. 그거, 프레임 기어의 카메라와 같은 거죠. 눈은 무대 쪽에 있고, 콕핏의 영상판은 이쪽에 있는 그런 느낌일까요?"

아티팩트 '원시(遠視)의 수정구'. 원래는 감시 경계용 도구로, 바빌론에서도 몇 개인가 사용되고 있다.

각국의 임금님들의 협력을 얻은 나는 몇 개인가의 극장을 찾아서 돌아다녔다. 그곳의 극장에서 가장 무대가 잘 보이는 위치에, 나는 수정구의 눈이 되는 여신상 장식물을 설치하고 왔다.

이것으로 멀리 떨어진 곳에서도 무대를 볼 수 있게 되었다.

이쪽의 수정구는 대좌(臺座)에 여섯 개가 붙어 있는데, 각각 다른 무대를 볼 수 있도록 만들어 두었다. 전환하면 다른 무대를 볼 수 있다. 텔레비전의 채널과 같은 것이다.

소파 옆에 앉은 에렌 씨의 팔을 스우가 꼬옥 껴안았다.

"어머니, 이거라면 집에서도 연극을 볼 수 있습니다. 참 좋습니다."

"스우……. 정말 기쁘구나. 고마워. 공왕 폐하도 이렇게 저를 위해서……. 정말 감사합니다."

"아니요. 저는 별로 한 게 없는걸요……."

수정구는 바빌론 박사가 발명한 것이고, 극장은 임금님들의 연줄로 확보한 거니까. 내가 한 일이라고 하면 임금님들과 교섭한 것 정도다.

물론 극장에 수정구의 '눈' 을 설치하는 대신 임금님들에게도 '원시의 수정구' 를 건네줘야 했지만. 지금쯤 저편에서도 왕비님들과 똑같은 연극을 보고 있을지도 모른다.

연극을 즐기는 모녀와 떨어져 나는 몰래 오르트린데 공작에게 종잇조각을 건넸다.

"이건 뭐지?"

"각각의 극장에서 상연하게 될 주된 연극의 일정표예요. 며칠 몇 시에 시작하는지 알고 있으면 처음부터 볼 수 있잖아요? 이야기를 해 두었으니, 매월 초에 이 표를 보내줄 겁니다."

"그렇군……. 참 고맙네. 일부러 한 나라의 왕이 우리 아내를 위해서……. 미안하네."

"스우의 부탁이니까요. 이 정도는 아무것도 아니에요."

게다가 나에게도 장모님이 되실 분을 위한 거니까. 다만, 애

증극이라든가 복수극처럼 자극이 너무 강한 연극은 태교에 좋지 않을 거라 생각은 하지만.

"아기가 태어나면 또 다 같이 보세. 그때는 이 언니가 안아줌세. 안심하고 태어나게."

아직 그다지 크지 않은 에렌 씨의 배를 향해 스우가 말을 걸었다. 태어날 아이는 나의 처남일지 처제일지. 스우처럼 건강하게 자랐으면 한다.

에렌 씨는 별로 심하지 않은 듯하지만, 혹시 입덧 등으로 힘들지 않도록 죽 레시피와 이셴의 쌀과 매실짱아치, 레몬과 오렌지 등의 감귤류를 공작 전하에게 건네주었다. 아마도 입덧은 신체 이상이 아니라 회복 마법도【리커버리】도 효과가 없을 테니 말이다.

벨파스트의 야마토 왕자가 태어날 때도 느낀 거지만, 아버지들은 참 무력하다……. 하다못해 아내의 도움이 되도록 온 힘을 다시 서포트해 주자.

언젠가 나도 경험하게 될 테니 남의 일이 아니기도 하고 말이다. 몇 명인가가 동시에…… 태어날 가능성도 있다. 육아가 굉장히 힘들 것 같아……. 하지만 활기차고 즐거울 것 같다.

아직 오지 않은 미래를 생각하며, 나는 오르트린데 공작 저택을 떠났다.

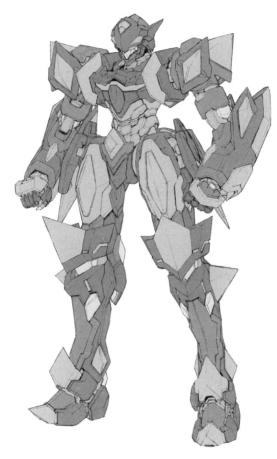

이 세계는 스마트폰과 함께.

■ 메카닉 설정 자료

■ 게르힐데

개발자: **하이로제타**　　　　본프레임 개발자: **레지나 바빌론**
정비 책임자: **하이로제타**　　　관리 책임자: **프레드모니카**
소속: **브륀힐드 공국 공왕 직속**　탑승자: **에르제 실레스카**
높이: **17.1미터**　중량: **7.2톤**　탑승 인원: **1명**　메인 컬러: **빨강**
무장: **소형 파일벙커×2, 정재제 나이프×2**

'창고'에서 발견된 신형 프레임 기어의 기본 설계를 바탕으로 만들어 낸 에르제 전용기. 발큐리아 시리즈 중 하나.
격투전 돌격형 프레임 기어.
타격을 이용한 격투 전투를 메인으로 삼도록 만들어져 있어, 튼튼하고 유연한 움직임을 겸비하고 있다.
정재로 코팅된 다층 장갑으로 이루어져 있어, 기체의 색은 그 투명 장갑의 아래쪽 밑바탕색이 비쳐서 보이는
것이다.

■ 메카닉 설정 자료

오르트린데(오버로드)

이세계는 스마트폰과 함께,

개발자: **하이로제타**　　본프레임 개발자: **레지나 바빌론**
정비 책임자: **하이로제타**　　관리 책임자: **프레드모니카**
소속: **브륀힐드 공국 공왕 직속**　　탑승자: **스우시 에르네아 오르트린데**
높이: **18.4미터(오버로드: 37.5미터)**　　중량: **19.5톤(오버로드: 102.3톤)**
탑승 인원: **1명(오버로드: 4명, 합체 후에는 1명으로도 조종 가능)**　　메인 컬러: **금색**
무장: **(오버로드) : 캐넌 너클, 스타더스트 셸.**

'창고'에서 발견된 신형 프레임 기어의 기본 설계를 바탕으로 만들어 낸 스우 전용기. 발큐리아 시리즈 중 하나. 방어전 무장형 프레임 기어.
고속 비행정 '궁니르', 탄환 장갑 열차 '레바테인', 만능 지저 전차 '몰니르'와 합체하여 오르트린데 오버로드가 된다. 프레임 기어 중에서도 눈에 띄게 뛰어난 방어력과 파워를 지니고 있다. 내부 무장은 적지만 위력이 높은 외부 무장이 몇 개인가 개발 중이다.

후기

『이세계는 스마트폰과 함께.』제13권을 전해 드렸습니다.
즐겁게 읽으셨나요?

　이번 권은 다양한 요소를 이것저것 너무 많이 집어넣어 막간
극이 1화, 그것도 이야기의 제일 앞쪽에 놓일 수밖에 없었습
니다.
　소설가가 되자 쪽에서는 아에루 씨가 브륀힐드에 가게를 차
리는 게 조금 더 나중의 일이지만, 이러한 자조치종도 있어 조
금 빨라졌습니다. 그 외의 대략적인 스토리는 바꾸지 않았지
만, 후반에 나오는 스우의 짧은 에피소드 등, 조금씩 세세한
부분을 더해 두었습니다.

　실은 이번 원고를 작업하던 중, 저는 컨디션이 나빠져 인생
에서 처음으로 입원을 체험해 보았습니다. 건강은 정말 중요

합니다. 이제 곧 여름에 돌입하는데, 여러분도 건강에 유의해 주십시오. 이미 퇴원했지만, 저도 재입원하지 않도록 조심하겠습니다.

　이번 권에서는 브륀힐드의 축제가 메인이었는데, 여러분, 축제에는 가 보시나요?

　제가 사는 센다이에도 아오바 축제, 칠석 축제, 조젠지 스트리트 재즈 페스티벌, 미치노쿠 YOSAKOI 축제 등, 큰 축제가 많이 열립니다. 센다이에 산 지 오래됐지만, 실은 전부 가 본 적이 없군요…….

　굉장히 가까운 곳에서 열리기 때문에 '언제든지 갈 수 있다'라는 생각을 할 뿐, 좀처럼 가 볼 기회가 없어서……. 여름의 더위&붐비는 곳을 싫어하는 성격 탓도 있지만 말입니다. 틀림없이 컨디션 불량을 일으킬 테니까요.

　마을 안에서 열리는 작은 축제라면 종종 가서 사과사탕이나 크레이프 등을 사서 먹기도 합니다.

　올해는 한번 가 볼까……? 하고 생각했는데 이번에는 입원도 했기 때문에 이번에도 못 갈 듯합니다.

　정말로 여름은 싫습니다……. 자신의 펜네임이나 주인공의 이름에 '후유(冬)'라는 글자가 들어가 있는 이유도 아마 그런 탓일 겁니다, 아마도.

그럼 이번에도 감사와 사과 인사를 드립니다.

　일러스트를 담당해 주신 우사츠카 에이지 님. 이번 권의 표지 일러스트, 굉장합니다. 정말 좋아합니다. 다음 권도 잘 부탁드립니다.

　메카닉 디자인을 담당해 주신 오가사와라 토모후미 님.【왕관】의 디자인, 감사합니다. 그 외의【왕관】도 벌써 기대가 됩니다.

　담당자이신 K 님. 항상 민폐를 끼쳐 죄송합니다. 앞으로도 잘 부탁드립니다.

　그리고 하비 재팬 편집부 여러 분, 이 책의 출판을 도와주시는 여러분, 항상 감사합니다.

　또한「소설가가 되자」와 책을 통해 지금까지『이세계는 스마트폰과 함께』를 읽어 주신 모든 독자 여러분께 감사의 말씀 올립니다.

후유하라 파토라

그 사람은 토야와 매우 깊은 관련이 있는 인물인데…… 드디어 프레이즈의 『왕』이 그 모습을 드러낸다!

이세계는 스마트

후유하라 파토라　illustration□우사츠카 에이지

뒤쪽 세계로 탐색 범위를 넓힌 토야.
그러던 중, 우연한 일로
잠든 프레이즈의 『왕』……
그 핵을 지니고 있는 인물을 드디어 발견한다.

폰과 함께 .14

이세계는 스마트폰과 함께. 13

2019년 02월 15일 제1판 인쇄
2019년 02월 22일 제1판 발행

지음 후유하라 파토라 | **일러스트** 우사츠카 에이지 | **옮김** 문기업

펴낸이 임광순 | **제작 디자인팀장** 오태철
편집부 황건수 · 신채윤 · 이병건 · 이홍재 · 김호민
디자인팀 한혜빈 · 김태원
국제팀 노석진 · 엄태진

펴낸곳 영상출판미디어(주)
등록번호 제 2002-000003호
주소 21311 인천광역시 부평구 평천로 132 (청천동)
전화 032-505-2973(代) | **FAX** 032-505-2982

ISBN 979-11-319-9546-4
ISBN 979-11-319-3897-3 (세트)

異世界はスマートフォンとともに 13
ⓒ *Patora Fuyuhara*
Originally published in Japan by HOBBY JAPAN Co., Ltd.